国家出版基金项目
NATIONAL PUBLICATION FOUNDATION

华北抗日根据地及解放区文艺大系

陈晋 郑恩兵 主编

《晋察冀日报》
文艺文献全编

文艺史料

第四卷

向回 梁晓晓 编

河北出版传媒集团
河北教育出版社

图书在版编目（CIP）数据

《晋察冀日报》文艺文献全编．文艺史料．第四卷 / 向回，梁晓晓编．－－ 石家庄：河北教育出版社，2023.12

（华北抗日根据地及解放区文艺大系 / 陈晋，郑恩兵主编）

ISBN 978-7-5545-7653-3

Ⅰ．①晋… Ⅱ．①向… ②梁… Ⅲ．①文艺－作品综合集－世界－现代②晋察冀抗日根据地－文学史－史料③晋察冀抗日根据地－艺术史－史料 Ⅳ．① I11 ② I209.92

中国国家版本馆 CIP 数据核字 (2023) 第 064050 号

书　　名	《晋察冀日报》文艺文献全编·文艺史料·第四卷
	JINCHAJI RIBAO WENYI WENXIAN QUANBIAN WENYI SHILIAO DI-SI JUAN
编　　者	向　回　梁晓晓
责任编辑	孙雪松
装帧设计	郝　旭
出　　版	河北出版传媒集团
	河北教育出版社　http://www.hbep.com
	（石家庄市联盟路705号，050061）
印　　制	石家庄众旺彩印有限公司
开　　本	787毫米×1092毫米　1/16
印　　张	19.75
字　　数	248千字
版　　次	2023年12月第1版
印　　次	2023年12月第1次印刷
书　　号	ISBN 978-7-5545-7653-3
定　　价	115.00元

版权所有，侵权必究

丛书编委会

顾　问
陈平原　刘跃进　王长华　李　扬

编委会主任
吕新斌

编委会副主任
彭建强　孟庆凯　刘　月

主　编
陈　晋　郑恩兵

副主编
董素山　向　回　汪雅瑛

编　委（按姓氏笔画排序）
马春香　王少军　田浩军　包来军　吉　喆　刘书芳　刘贵廷
关小彬　杨　程　杨春生　宋少净　张　辉　张川平　赵　华
高露洋　郭义强　阎晓宏　梁晓晓

编纂说明

在中国共产党百年发展历程中，文艺始终是党领导人民开展进步事业的有机组成部分，是党在各个历史时期的中心工作的实时反映和重要推动力量。"华北抗日根据地及解放区文艺大系"，是一部全面展示抗日战争和解放战争时期华北地区党的历史创造、奋斗风采和形象建构的大型革命历史文艺文献丛书，对于深入研究华北地区革命文艺史、红色新闻史，弘扬伟大建党精神、梳理中国共产党人精神谱系，是必不可少的第一手资料，是我们在新时代坚定树立文化自信的重要思想资源。

一、编纂缘起

抗日战争及解放战争时期，华北地处各方政治与文化力量激烈博弈的前沿，这种特殊政治、军事、文化、地理环境中产生的革命文艺，具有鲜明的地域性特征，是五四新文化运动以来的革命文艺发展史上的突出标识。

但一直以来，由于史料文献整理不足，对华北抗日根据地及解放区文艺的研究，始终未能深入，其独特的地域性实践价值和蕴含的文化创新意义被严重遮蔽。这些史料文献主要以党报党刊的形式呈现，梳理汇编这些党报党刊中的革命文艺史料，借之以探索华北革命文艺的发展路径、发展方向、创造机制和创新经验，是深入贯彻习近平总书记关于"把红色资源利用好、把红色传统发扬好、把红色基因传承好"，"用好红色资源、赓续红色血脉"等系列重要讲话精神的有力举措，也是新时代文艺研究者不可推卸的责任。

2017年6月左右，我们去中国社科院文学所拜访时任所长刘跃进先生，协商合作研究事宜，寻求中国社科院文学所的帮助。请教过程中，刘先生建议我们结合地方特色，做好地方红色文艺文献的搜集整理与编纂出版工作。经过一段时间筹备，2017年底，我们以"河北红色经典系列丛书"为名，正式申报"2018年度河北省省级宣传文化发展专项资金"项目并成功立项，旨在通过选定刊行河北红色经典作品、梳理汇编河北红色经典研究资料、系统阐述河北红色经典发展历史等基础性工作，打造一个集大成式的河北红色经典文献资料库。

项目最初设计共二十四卷，包括六大板块：《河北红色经典史》一卷、《河北红色文艺作品选》六卷、《河北红色经典作家作品索引》三卷、《河北红色经典研究资料汇编》四卷、《〈晋察冀日报〉副刊文学作品全编》六卷、《晋冀鲁豫抗日根据地文艺作品及〈新华日报〉太行版文艺作品汇编》四卷。但在项目实施过程中，我们充分吸收专家意见，认为网络时代和大数据背景下的科研活动有了很大变化，《河北红色经典作家作品索引》与《河北红色经典研究资料汇编》的编纂工作，在当前学术生态中价值不大，并予以取消。同时，在项目实施过程中我们发现，《晋察冀日报》《人民日报》等党报除刊发大量文艺作品外，还有大量记录边区文艺工作者行迹，反映边区戏剧、音乐、文学、美术、舞蹈、曲艺活动与报刊书籍出版发行等各方面情况的文艺史料，以及体现我党文艺方向、方针变化的政策文件与重要领导讲话，是华北地域党和人民对敌作战的重要宣传武器，更是飘扬在华北地区军民心中一面旗帜。这些史料是华北地域革命文艺发生、发展与壮大的真实记录，对我们正确认识革命文艺的特点与历史地位有重要的决定性作用。

为此，我们精心整理了《〈晋察冀日报〉文艺文献全编》《晋冀鲁豫〈人民日报〉文艺文献全编》《〈晋察冀画报〉文艺文献全编》《晋察冀日报社人物志》（共五十一卷），同时收入全国抗战时期和解放战争时期与河北地域相关且被广大群众所喜爱并广泛传唱的红色文艺作品，结集为《河北红色文艺作品选》（共六卷），至此形成丛书目前的五大板块，而且将名称由"河北红色经典系列丛书"改为"华北抗日根据地及解放区文艺大系"，方便以后在此基础上做进一步拓展。

二、地域范围及文艺特质

华北抗日根据地包括当时山东、河北、山西、察哈尔、绥远、热河全部及豫北、苏北、皖北部分地区，分晋绥、晋察冀、晋冀豫、冀鲁豫、山东五大块。1941年，冀鲁豫合并到晋冀豫，称晋冀鲁豫。其中晋察冀抗日根据地作为开辟最早、地域最大、人口最众的模范抗日根据地，是华北抗日根据地的坚强堡垒，牵制和抗击了三分之一以上的华北日军和二分之一的伪军。

在河北及其邻省周边地区开辟与创建华北抗日根据地，是红军长征到达陕北之后党中央迅速做出的重大战略决策。这些根据地地处对日武装斗争最前线，不仅打开了抗战的新局面，成为华北敌后抗战的主战场，而且进行了新民主主义社会的实践探索，对解放战争的历史进程产生了巨大影响，成为我党开辟东北解放区的前进基地和逐鹿中原的战略后方。随着抗日根据地的开辟，延安文艺工作团、西北战地服务团、东北促进纵队干部队、八路军总政治部前线记者团等大批文艺工作者，随同党政干部一道陆续抵达华北，东北、平津的青年学生也纷纷冒着生命危险来到边区。他们一手拿枪，一手拿笔，深入农村与抗战前线，切身体会工农兵的生活，深刻了解工农兵的需求，从而根本上克服了艺术至上主义思想倾向。所以，华北抗日根据地及解放区文艺，既响应了伟大的民族抗战对文学艺术提出的时代要求，亦充分兼顾到广大人民群众的接受习惯和欣赏水平，真实地反映了华北人民火热的战斗与生产生活。很多作者本身就是农民、战士或基层工作者，他们把自己的经历和熟悉的人和事，通过小说、戏剧、诗歌、报告文学、歌曲、绘画、舞蹈等文艺样式记录下来，语言通俗平实，富有生活气息。由于产生于特定时代、特定区域而又适应特定需要，故而无论是题材、语言还是风格，在体现革命大众文艺共性的同时，又具有强烈的华北地域特性。

华北抗日根据地及解放区文艺的繁荣发展，是专业文艺工作者与工农兵群众共同创造的结果。人民群众不仅是革命文艺运动的主导主体、推进主体、受益主体，还是一切成败得失的评判主体。华北抗日根据地及解放区文艺，归根结底，是"以人民为中心"的文艺。

三、学术价值

今天的河北在抗日战争、解放战争时期是晋察冀、晋冀鲁豫两大根据地的中心区域，有着悠久的革命历史传统和丰厚的红色文化底蕴。据不完全统计，抗日战争和解放战争期间，仅晋察冀边区专区以上就办有报刊四百余种，编印图书五百余万册。如果将这种统计扩大到环绕河北的整个华北抗日根据地及解放区，时间扩展至从中国共产党成立到中华人民共和国成立，数据更为可观。这些红色图书、报刊的出版发行，团结了一大批来自全国各地的著名革命文艺家和专业文艺工作者，其中有大量文艺相关信息，是研究近现代中国革命文艺的重要史料。但因受当时物质条件及复杂局势影响，它们传播范围有限，保存困难，如今已普遍出现老化或损毁现象，面临着消失、断层的危险。

长期以来，由于对抢救、整理和利用红色文艺文献的意义认识不足，现行的科研评价、出版机制亦难以有效刺激科研工作者积极从事老旧报刊等红色文艺文献的系统整理，大量有待整理的红色文艺文献尚未进入学界的视野。特别是华北抗日根据地及解放区的文艺文献，有很多甚至还是学术盲区。如《冀中导报》《救国报》《边政导报》《冀南日报》《团结报》《前进报》《新察哈尔报》《冀热察导报》等各类党报，以及《冀热辽画报》《冀中画报》《北方文化》《五十年代》《新长城》《新群众》《诗建设》《诗战线》等期刊，虽有部分学者对其办报（刊）历程、思想以及传播等方面予以研究，但均无系统的文艺文献整理本。"华北抗日根据地及解放区文艺大系"整理的《晋察冀日报》、晋冀鲁豫《人民日报》、《晋察冀画报》，是当时华北抗日根据地及解放区党报党刊的典型代表，是党的理论和实践同文艺结合的主要媒介和载体，是华北革命文艺重要的传播平台。这些报刊，既客观记录了华北革命文艺的传播与发展，也完整展现了华北革命文艺的特殊使命与风格特征，具有极其重要的史料价值。在此基础上，我们还会将视角延伸到《晋绥日报》《新华日报·太行版》《新华日报·太岳版》等党报，不断地充实这套大型文献史料丛书，以此来系统建构华北抗日根据地及解放区的"文艺史料学"。

四、丛书特色

这套丛书的编纂，主要以抗日战争及解放战争期间华北境内各根据地、解放区出版、发行、制作之图书、期刊、报纸等红色文献中的文艺资料为内容。编纂特色主要包括：

（一）抢救珍贵历史文献，弘扬伟大建党精神。

华北抗日根据地及解放区的红色文献发行于条件艰苦的战争年代，数量少，印制质量粗糙，历经岁月的洗礼，留存下来的品相完好者已经很少，有些到今天已成孤本。这些文献作为特定历史时期和区域的产物，见证了中国共产党领导华北人民争取民族独立和人民解放的伟大历程，反映了华北近代社会的巨大变化，蕴含着珍贵的史料价值和鉴往知来的现实意义，是中国共产党领导的文艺事业、新闻出版事业与意识形态建设发展的历史见证。它们诠释了党的初心和使命，蕴含着坚定的理想信念与崇高的革命精神，到今天仍然具有强大的感染力与说服力，是陶冶情操、磨炼意志，走好新时代长征路的有效精神资源。抢救性搜集、整理与研究这些珍贵历史文献，有利于增强党政干部政治信仰，弘扬伟大建党精神和践行社会主义核心价值观。

（二）文艺与党史密切融合，拓展革命文艺与党史研究的新视野。

革命文艺作品的创作、发表和传播，和党的历史任务和奋斗实践是分不开的。在艰苦卓绝的革命岁月，奋斗前行的中国共产党始终强调，既要拿"枪杆子"，也要拿"笔杆子"。革命的文艺工作者，一手拿枪，一手拿笔，深入农村与抗战前线，以人民大众易于接受和欣赏的形式，宣传党的政策，推行党的方针，为中国共产党顺利完成不同历史阶段的中心任务和伟大使命发挥了独特而重要的作用。本套丛书收入的文献史料，主要是抗日战争与解放战争时期党报党刊中的文艺作品与文艺史料，它们鲜明生动地体现了党的历史，党领导人民争取民族独立、人民解放的奋斗历程和精神面貌，从而为学界从文艺角度研究党史和从党史角度研究文艺提供了有力支撑。

(三) 作品汇编与史料梳理并行，还原革命文艺的历史场域。

"华北抗日根据地及解放区文艺大系"的编纂，全面辑录华北抗日根据地及解放区党报党刊上刊登的诗歌、小说、戏剧、报告文学、散文、歌曲、版画等文艺作品，并系统梳理当时文艺发生、发展、传播以及社会各界文艺活动的各类消息和报导，同时选编了大量的河北红色文艺作品作为补充。这种文艺史料与文艺作品的配合整理，还原了革命文艺的历史场域，有利于构建对革命文艺的科学认识。

五、丛书内容

(一)《〈晋察冀日报〉文艺文献全编》共三十八卷：

诗歌三卷

戏剧一卷

小说二卷

文艺评论三卷

文艺史料九卷

外国文艺二卷

散文报告文学十七卷

歌曲版画一卷

(二)《晋冀鲁豫〈人民日报〉文艺文献全编》共十一卷：

诗歌一卷

戏剧、小说、文艺评论一卷

散文报告文学五卷

文艺史料四卷

(三)《〈晋察冀画报〉文艺文献全编》一卷

(四)《晋察冀日报社人物志》一卷

(五)《河北红色文艺作品选》共六卷:

诗歌一卷

戏剧一卷

散文一卷

小说三卷

六、编纂体例

(一)整套丛书题材丰富、门类众多,在体裁上不做强行统一。

(二)丛书中所录作品均为当年报刊发表的原文。为确保丛书的文献性、学术性、专业性和资料性,丛书编辑加工的总原则为保持文献原貌,内容上不做改动。

(三)文字的使用

1. 丛书中文字的使用以2013年教育部、国家语言文字工作委员会公布的《通用规范汉字表》为准。

2. 丛书中的古体字、通假字、俗体字,以及所涉及姓名字号、职官地理等专用字,均予保留。

3. 丛书原文字迹模糊残损,但仍可辨认或可依上下文校正,以字外加方框"口"表示;原文缺字或无法辨识,且无法校补,每字以一个方框"口"表示;如无法统计所缺字数,则以"☒"表示。

4. 丛书中数字的使用,保持原貌。

（四）标点符号及其他符号的使用

1. 丛书在不改变原文意义的情况下，将旧式标点改作现行标点符号。

2. 丛书原文中出现代表文字的符号，如"×""△""○""▲"等，保持原貌。

3. 丛书原文中的着重号、专名号等不再保留。

（五）其他

1. 丛书原文中的注释，保持原貌；编者亦出部分注释，供读者参考。

2. 因为原始文献本身产生于战争年代，保存不易，漫漶不清处较多，丛书疏误之处在所难免，希望专家读者批评指正。

七、鸣谢

本套丛书得以顺利面世，要特别感谢中共河北省委宣传部、河北省社会科学院、河北教育出版社的资金支持，以及北京大学陈平原教授、中国社科院文学所刘跃进研究员、南开大学文学院李扬教授、河北师范大学文学院王长华教授等，为丛书编纂提供了多方面的学术支撑；晋察冀日报社老报人及报史研究会诸位老师，中国社科院文学所现代室、中国丁玲研究会、中国现代文学馆各位专家，也在丛书编纂过程中提出了许多建设性意见；院内外的数十位年轻科研工作者，在原文录入和校对方面付出了艰辛劳动，确保了项目的顺利进行。在此一并致谢。

把艺术交给大众（代序）
——祝贺"华北抗日根据地及解放区文艺大系"结集问世

中国社会科学院　刘跃进

由河北省社会科学院文学研究所编纂、河北教育出版社出版的"华北抗日根据地及解放区文艺大系"结集问世，值得庆贺。

文艺是时代前进的号角。1937年7月7日，卢沟桥事变爆发，全面抗战由此而起。广大的爱国知识分子和青年学生，表现出同仇敌忾的民族气节，走出书斋，走出校园，用知识、用智慧、用不屈的精神力量唤醒民众，用实际行动担负起抗日救亡的历史重任。在此后的岁月里，延安文艺和华北抗日根据地及解放区文艺，是中国共产党领导下的两大主体，双峰并峙，展示着那个时代的风貌，引领了那个时代的风气。

随着抗日根据地的开辟，延安文艺工作团、西北战地服务团、东北促进纵队干部队、八路军总政治部前线记者团等大批文艺工作者，随同党政干部一道陆续抵达华北，东北、平津的青年学生也纷纷冒着生命危险来到边区。他们一方面积极创作大量街头剧、活报剧、街头诗、墙头小说、木刻版画、歌曲、舞蹈等革命文艺，开展抗日救亡宣传运动；一方面也通过开办文艺干训班，开展各行业、各阶层甚至全民的文艺创作与评选活动，吸引工农兵群众加入文艺队伍，掀起了"晋察冀一周""冀中一日"等具有深化性质的群众写作运动，以及"创造模范村剧团""穷人乐"等群众戏剧运动，为晋察冀文艺史添上了浓墨重彩的一笔。

　　说到这里，我想起2009年参加《北平学生移动剧团团体日记》捐赠仪式的一段往事。从1937年到1938年，在中国抗战史上唯一以大学生组成的"北平学生移动剧团"在长达一年半的时间里，历尽艰难，转辗于国民党第五战区的各个战场，演出话剧，创办报纸，宣传抗日，鼓舞斗志，谱写出响彻云霄的时代赞歌。移动剧团的成员每人一周轮流记述，用日记形式记录了那段不平凡的岁月，《北平学生移动剧团团体日记》就是这部历史的记录。它不是写给个人看的私密记录，也不是为将来面世扬名。作者完全出于一种历史责任，真实客观地记录了那段鲜为人知的历史，体现出强烈的史家意识。日记封面上有这样一段题记，"北平学生移动剧团·愿我永恒·中华民国二十七年二月二十三日始·璧华"。孤立地看这部日记，也许没有什么轰轰烈烈的战斗业绩，也没有什么感人肺腑的情感纠结。客观、平实是它的本色，正是这种本色，为那个历史年代留下一段真实。"北平学生移动剧团"的抗日活动，是文艺工作者投身抗日洪流中的一个历史缩影。

　　随着抗战的胜利，察哈尔省会张家口解放，晋察冀文协、晋察冀剧协、晋察冀音协、晋察冀美协、晋察冀通讯社、晋察冀边区剧社、晋察冀日报社、晋察冀画报社等文化团体随中共晋察冀中央局和军区领导先后开赴华北根据地，一大批文艺工作者也随之来到华北，开展丰富多彩的文艺活动。他们坚持毛泽东《在延安文艺座谈会上的讲话》中指出的方向，一手拿枪，一手拿笔，深入农村与抗战前线，既为切身体会工农兵的生活，也为深刻了解工农兵的需求，从而在根本上克服了自身相当普遍和严重的艺术至上主义思想倾向，为工农兵而创作，为工农兵所利用，以人民大众易于接受和欣赏的形式，普遍写人民大众的生产战斗故事。譬如左翼作家邵子南，于1938年10月随西战团到晋察冀，主持战地社日常工作，主编《诗建设》；1943年整风运动后，他到阜平任小学教员，在反"扫荡"中与群众、民兵一起转移、战斗，还直接在五丈湾跟随李勇的游击组对日寇展开地雷战；1944年5月随团回延安，在鲁艺任教，后调陕甘宁文协搞专业创作，开始大量创作反映晋察冀边区生活的小说。他以亲身体验为基础创作的短篇小说《李勇大摆地雷阵》（后改为《地雷阵》），运用阜平农民群众的语言，以口语化方式讲述了爆炸英雄李勇的抗日故事，明显吸取了民间说唱文学的优点，特别是在白话叙述中还插入不少快板式的韵白，更适合群众的喜好，因而在当时广为流传，家喻户晓，起到了很大的宣传鼓动作用。其他作品，如《荷花淀》《太阳照在桑干河上》《漳河水》《赶车传》《王九诉苦》《孟祥英翻身》《新儿女英雄传》《白求恩大夫》《我的两家房东》《穷人乐》《李殿冰》《戎冠秀》《没有共产党就没有中国》《团结就是力量》《没有土地的人们》《白毛女》等，都是成功的文艺典范，在现代中国文学史上占据比较重要的位置。

在华北抗日根据地及解放区的文艺创作成果中，还有数以万计的文艺作品和极具研究价值的文艺史料刊发在根据地及解放区所办的报刊上。很多作者，本身就是农民、战士或基层工作者。他们把自己的经历和熟悉的人和事，通过小说、戏剧、诗歌、报告文学、歌曲、绘画、舞蹈等文艺样式记录下来，语言通俗，富有生活气息。人民既是历史的创造者，也是历史的见证者；既是历史的"剧中人"，也是历史的"剧作者"。让故事中的人物自己编词、自己表演的创作方式，很好地反映出人民的心声，并让人民群众从生动活泼的艺术作品中得到教育，这确实是一个成功的尝试。

配合党的中心工作，"把艺术交给大众"，通过文艺唤醒大众，这已成为华北文艺工作者的自觉意识。他们积极响应伟大的民族抗战对文学艺术提出的时代要求，充分兼顾到广大人民群众的接受习惯和欣赏水平，创作了大量的作品，真实地反映了燕赵儿女火热的战斗与生产生活，起到了良好的宣传教育与鼓动激励效果。刘萧无编排新闻报道剧《李殿冰》，编剧与演员一起住到李殿冰家里，以便于熟悉主人公的生活，搜集真实生动的群众语言，还模仿他们的动作，理解他们的心理，甚至还让主人公李殿冰等直接参与剧本的修改和编排。描写群众的生活，邀请群众参与创作，这是当时文艺工作者走群众路线的生动体现。该剧演出后获得当地老百姓的极大赞赏，鲁中实验剧团还专门学习该剧的创作方法，创编了三幕五场话剧《过关》。艾思奇《前方文艺运动的新范例》更是誉其开创了前方文艺的新范例。抗敌剧社的《王老三减租小唱》、冀中火线剧社的话剧《我们的母亲》，也都具有这种特色。

这些文艺作品，可能略显仓促，有的甚至急就于战火中，所以在素材提炼、人物形象塑造以及语言的使用、细节的刻画等方面还有很多不足。但是，这不是一般意义上的创作，而是燕赵大地为争取民族独立、人民解放的集体记忆和行动号角，是中国革命事业的重要组成部分。华北抗日根据地及解放区的文艺，有很多这样未经沉淀的纪实作品，不管其艺术性如何，但在发动群众、组织群众、铸就抗击日寇和国民党反动派铜墙铁壁方面，发挥了无可替代的作用。20世纪五六十年代，河北地区涌现出大量的红色经典，便是华北抗日根据地及解放区文艺的传承和发展。

2017年6月，河北省社科院文学所郑恩兵所长来京与我们协商合作研究事宜。我根据所了解的信息，建议他们结合地方特色，做好地方红色文艺文献的搜集整理与编纂出版工作。"华北抗日根据地及解放区文艺大系"就是那次商讨的成果。全书由五个部分组成：第一部分为《晋察冀日报》文艺文献全编，第二部分为晋冀鲁豫《人民日报》文艺文献全编，第三部分为《晋察冀画报》文艺文献全编，第四部分为晋察冀日报社人物志，第五部分为河北红色文艺作品选。全书收录各种文体的作品六千余种，包括小说、诗歌、文艺评论、戏剧、报告文学、散文、文艺通讯、美术、书法和音乐、文艺史料，还有文艺信息、文艺广告，基本涵盖了华北抗日根据地及解放区的文艺创作情况，具有很高的研究价值。

时值中华人民共和国成立七十五周年之际，我们有机会阅读这部皇皇五十余册的"华北抗日根据地及解放区文艺大系"，更加深切地感受到新中国的建立真是来之不易，她是无数条战线的可歌可泣的人们不懈奋斗的结果。在这样一个特殊的日子里，我们感念当年那些有名无名的作者，感谢参与整理工作的学者，当然，更要感激我们这个伟大的时代。

目 录

苏联文化动态	1
名作家张天翼病剧	3
山东敌冒"抗日"名义印发报纸以假乱真	4
文协号召配合实际工作　反映群众除奸运动	5
文化界动态	6
文艺整风简讯	6
山东省抗联文工团开展乡村民主文化	6
延安新华社对边区文艺界整风运动的评价	7
苏联各界筹备纪念高尔基逝世七周年	8
乡村文艺创作征文评定结果公布	8
西战团全体下乡	11
山东文艺界集会揭发脱离群众的倾向	13
苏联战时文化动态	15
本报启事	17
曹禺抵兰	18
贯彻下乡精神　文协创刊《山鼓》	18
请领稿费	18
群众剧社总结五年工作　今后将更面向广大乡村	19
四专区展开七月通讯竞赛	20
苏隆重纪念玛雅可夫斯基五十诞辰	20
边委会奖励铅皮制版发明者	21
儿童创作录取作品	21

边委会公布儿童创作征文结束	24
文化消息	24
盂平教联建立模范读报组	25
晋冀鲁豫文化界号召反对法西斯思想	26
"下乡"以后的西战团	26
县选中各县出小报	28
开展乡村文艺　盂平举办乡艺训练班	29
《野玫瑰》与《屈原》	29
抗敌剧社整风后确定工作新方针	31
冀中《团结报》主编周景陵同志牺牲	32
县选声中各地文化娱乐活动	33
灵寿成立文艺小组	33
阜平城厢剧团县选中演出收效极大	34
群众剧社下乡半月　帮助区村工作很大	35
报纸再也不会失落了	35
房涞涿蒲洼村成立剧团	36
国民党反动派十年来摧残新闻事业的罪行	36
国民党反动派横行法西斯新闻政策	44
青记学会改选	45
在乡村，人民是怎样传阅与热爱着日报	46
应县县政府的公余生活	47
阜平、行唐文艺工作活跃	48
北岳学联征文揭晓	49
北岳学联征文获选名单	49
易县的一个文救小组	50
名记者萨空了氏被捕	50

《新华日报》华北版已改为太行 …… 51
纪念鲁迅逝世七周年 …… 52
中共中央宣传部关于执行党的文艺政策的决定 …… 52
华中局划淮南为实验区决定展开群众的文艺运动 …… 55
反"扫荡"中的一支艺术军 …… 57
本报举行庆祝盛会 …… 59
边区文联发起新年文艺创作运动征文启事 …… 60
边区文联发起新年文艺创作运动 …… 61
淮南路东区新文艺运动正开展中 …… 61
本报启事 …… 62
拥军运动中的阜平城厢剧团 …… 63
平津伪报多停刊 …… 64
新四军淮南纵队举行文娱竞赛大会 …… 64
延安南区秧歌队深入农村收效极大 …… 65
平山八区文化娱乐竞赛 线外群众来根据地演戏 …… 66
群众剧社在易县开办文艺训练班 …… 66
文学工作近讯 …… 67
文联决定今年奋斗目标 …… 68
雁北宣传队深入群众中 …… 70
灵寿文艺小组开会讨论为工农兵服务问题 …… 71
贯彻"全党办报"精神 三分区地委表扬三篇好通讯 …… 71
曲阳抗联成立文艺通讯小组 …… 72
六专区抗联号召开展通讯竞赛 …… 73
投稿同志注意 …… 73
西下关的读报小组 …… 74
李殿冰家乡演出《李殿冰》 …… 74

在西庄庙会上群众剧社演街头戏 …………………………………… 75

活跃在冀热边的文化军 …………………………………………… 75

鲁艺工作团下乡演戏配合党政工作成绩很好 …………………… 78

安塞县委领导通讯工作的经验 …………………………………… 79

杨朝臣的秧歌队 …………………………………………………… 82

教育鼓动组织了群众 ……………………………………………… 84

中共中央晋察冀分局宣传部召开通讯工作会议 ………………… 86

共同的信念 ………………………………………………………… 87

中共中央晋察冀分局关于党报工作的指示 ……………………… 87

实行全党办报的方针 ……………………………………………… 90

中共晋察冀四分区地委关于加强党报通讯工作、贯彻"全党
　办报"方针的指示 …………………………………………… 91

目前陕甘宁的文化建设工作 ……………………………………… 95

新闻报导剧《李殿冰》是"前方文艺运动的新范例" …………… 97

阜平城的"乡艺小组" …………………………………………… 98

美术工作者给劳动英雄和战士作画 ……………………………… 99

唐县文化娱乐开展 ………………………………………………… 100

我的文化学习 ……………………………………………………… 101

《真理报》《消息报》：纪念"五五"新闻节 …………………… 104

分局加强党报工作　胡锡奎同志任本报社长 …………………… 105

读报能够推动大生产　阜平读报小组做得好 …………………… 105

文艺为大生产服务　广安村剧团搞得好 ………………………… 107

在改进中的报社工厂 ……………………………………………… 107

米脂印斗区群众成立生产业余剧团 ……………………………… 111

西北局文委召开总结延安去冬今春文艺宣传工作会议 ………… 112

完县传达了通讯工作并布置拥护本报运动 ……………………… 114

陇东曲子民教馆真能为群众服务 115
平北《挺进报》改为石印后在敌占区起了极大影响 116
阜平龙泉关的读报经验 117
陕甘宁党政民决定召开边区文教会议 120
冀中九分区文艺工作近况 121
唐县杨家庵村剧团生产中坚持演出 122
城南庄出版《老乡报》 123
三分区发动爱报运动 123
二分区供给处在赵占魁运动总结中是怎样组织通讯工作的？ 125
关于五月份的通讯工作（不另印发） 128
三分区爱护日报运动中各县热烈响应情形 131
唐县试办黑板报的经过 134
贯彻毛泽东思想 本社出版《毛泽东选集》 137
郭沫若新著《甲申三百年祭》出版 137
《前线》出版预告 138
中共中央晋察冀分局宣传部通知 138
冲锋剧社配合麦收在平汉路附近演出 138
火线演《血泪仇》 观众获得极好印象 139
墙报和戏剧改造了懒老婆 140
完县司仓文救小组推动了民校和墙报 141
平西挺进剧社到收复区去工作 141
阜平云彪村剧团取材本地事情很受群众欢迎 142
复活了的农村剧团 143
"伟大的两年间"写作运动冀中七分区热烈展开 145
前线文化娱乐活跃 群众对我军极亲热 146
云彪沟外村庄开展文化娱乐工作 群众情绪极为高涨 147

整理改造村剧团和宣传队　灵寿发起创作运动 …………… 147

曲阳郎家庄文救工作开展　全村焕然一新 ……………… 148

早作准备 ………………………………………………… 149

灵丘大生产运动中群众文化生活一瞥 …………………… 150

给读报组的同志们 ………………………………………… 152

下卸甲河村剧团活跃 ……………………………………… 153

文化零讯 …………………………………………………… 153

学习《李殿冰》创作方法　鲁中演出《过关》话剧 ……… 154

边区青记学会筹备纪念记者节 …………………………… 155

安平召开通讯工作会议　决议普遍建立村级通讯组织 … 155

东岗南村剧团益活跃 ……………………………………… 156

云彪村剧团怎样和对敌斗争结合的 ……………………… 157

美术工作与群众的进一步结合 …………………………… 159

三边分区陈叔亮等创造美术宣传新方法 ………………… 160

边区记者纪念"九一八"节 ………………………………… 161

致中国各抗日文化团体暨各学校电 ……………………… 161

灵寿检查宣传工作　宣委会展开自我批评 ……………… 163

阜平十区的通讯工作 ……………………………………… 163

军区各剧社联欢　号召展开文艺工作竞赛 ……………… 164

东岗南村剧团演出《岗南惨案》 ………………………… 166

活跃群众文化生活　三分区流动展览照片 ……………… 166

边区音乐工作者成立 中国民间音乐研究会晋察冀分会 … 167

山头广播 …………………………………………………… 168

罗庄的流动墙报 …………………………………………… 168

边区出版史上一件大事 …………………………………… 169

宣传英雄模范故事 ………………………………………… 170

云彪秋收中的三种读报新形式	170
悼邹韬奋先生	171
邹韬奋先生事略	174
文化界先进战士邹韬奋先生病逝	177
华中根据地沉痛追悼邹先生	178
中共中央电唁邹先生家属	179
邹先生遗嘱：最后呼吁团结民主　要求中共追认入党	180
中共四分区地委指示　普遍开展乡村文化艺术运动	181
迎接边区第二届群英大会及展览会	181
一个小型生产展览会	185
陕甘宁边区文教代表大会开幕	186
延安各界筹备追悼邹韬奋先生	188
周扬同志在延安文教大会上谈发展农村秧歌队	189
盂平县委深刻检讨半年通讯工作缺点	190
陕甘宁文教大会电唁邹韬奋先生家属	190
边区各界筹备追悼邹韬奋先生	191
艺术和战斗结合的冀热辽尖兵剧社	191
东江纵队全体指战员同声悼惜邹韬奋先生	193
创造新型村剧团的商榷	194
重庆各党派各界人士沉痛追悼韬奋同志	198
冲锋剧社开会纪念鲁迅追悼韬奋	204
边区各界沉痛集会含泪祭悼韬奋同志	204
追悼邹韬奋同志	210
大会致延安纪念韬奋先生筹备会电	214
大会致邹韬奋先生家属唁电	215
陕甘宁边区设立韬奋出版奖金	215

龙华冬学运动中提出选拔学习模范……216
冲锋剧社演完戏当场征求观众意见……217
葛存区黑板报有成效　经验值得各地学习……217
关于九、十月份的通讯报导工作……219
唐县各村黑板报开始有新的改进……222
四分区各界沉痛追悼韬奋同志……223
七月群众两剧社在印刷局演出《血泪仇》……224
敌寇穷途末路　迫害鲁迅遗留文物……224
定唐游击区设阅读室解决群众读报困难……225
《血泪仇》在二分区演出　万余观众痛愤反动派……226
柳亚子著文赞扬敌后军民……226
盂平大坪文救小组的文化艺术活动……227
艺术组研究利用与改造庙会……229
认真加强群众时事教育　洪子店创办讲报馆……230
援助韬奋同志家属　联大进行募捐……231
陕甘宁边区少数民族文化有新发展……231
盂平文化活动简报……232
曲阳涧子村群众喜欢听讲报……234
陕甘宁的黑板报……235
从文教陈列室里看到的边区文教工作的阵容……238
平定宣教干部检查教育工作……242
陕甘宁文教大会闭幕……243
清除特务分子后洪子店宣传队面目一新……244
陈庄剧团创办文化合作店……245
开展大规模的群众文教运动……246
延安各界举行追悼韬奋同志大会……255

盂平文教简讯 258
阜平九区各村选举英雄会上村剧团很活跃 258
大生产运动中村剧团为群众服务 259
高街剧团演出《穷人乐》 260
三专区文艺座谈会奖励《穷人乐》的演出 263
曲阳韩家峪组织军民"俱乐部" 265
胡顺义演出《胡顺义》 265
李副主席关于文教工作方向发言 266
盂平县宣委会初步检查冬学工作 267
印刷局工人掀起文艺创作热潮 267
本社胜利完成英雄模范选举 268
文娱简讯 269
周三、郝玉林剧团新年准备演戏 270
芝麻沟村剧团演戏生产冬学结合 271
洪子店讲报馆一月来获很大成功 272
工人英雄大会上的文艺活动 273
鲁迅先生逝世纪念日　国民党特务捣乱会场 275
合作社主任陈富全任高街村剧团团长 277
关于三分区文娱工作的简单介绍及对于专业剧社
　　下乡工作的几点意见 277
盂平一区成立文化互助社 280
群英大选中村剧团普遍演新戏 281
康福山家乡村剧团演出《大拨工》 284

苏联文化动态

自 然 科 学

乔治亚科学院工作介绍

乔治亚科学院院长穆斯基西维里关于乔治亚科学院的工作，进行如下的介绍："在战争期中，一切有利于抗战的农业和技术研究院，都在科学院的计划与领导下纷纷建立起来了。各院工作特别着重在研究乔治亚的煤油、煤、水力利用等问题。其他物理、化学、数学和天文学院，也都有与战争有密切联系的新的成就。农业学院关于菜蔬和一般谷物的改种问题的研究，有惊人的收获。地理学院，在土壤学方面则给了农业研究以许多有利的帮助。"

全联科学院成立九个分院

苏联科学院秘书贝第阿诺夫告塔斯记者称，最近在亚塞尔拜疆、卡萨吉斯坦、土耳克美尼亚、乌拉尔和苏联北部各地，一共成立了九个分院。第十分院不久也要在吉尔吉兹成立。上述九个分院，已聘请的教授、研究工作者在一千五百人以上。

一 般 文 化

美康奈尔大学设俄国文化讲座

全苏对外文化关系协会约定美国康奈尔大学，在今年暑期十七星期中，开设俄国文化介绍讲座。聘请专门学者负责讲授，其科目有《俄国历史》《苏维埃国家与其国际关系》《苏联科学》《苏联法律》《苏联保健制度》《苏联陆海军发展史》《苏联工、农业》《苏联建筑学》等等。同时美国科学委员会在该校设立高等俄文班，以备帮助学生进一步自动研究上述诸问题。其被聘执教的教授有伯那德·帕尔博士、爱鲁斯特教授、新闻学家兼作家亚尔伯特·雷氏诸人。

列城图书馆图书交换

在战争期间,苏联最大图书馆列宁格勒图书馆赠送英、美、巴西、澳大利亚各国的书籍达八千四百余册,收到的则有一万八千多册。综计战争开始以来,列宁格勒图书馆和英美交换书籍关系最为密切,在英国的交换机关,还有不列颠情报部图书馆和皇家军事图书馆等非一般的机关。

文 学 作 家

萧洛霍夫从前线归来

苏联著名作家萧洛霍夫日前从前线回到莫斯科,据其告塔斯记者称:"我的新作《他们为了他们的国家而斗争》(长篇小说)已经在付印,我希望能用这本东西,来告诉全苏维埃的人民以我在这次为自由的斗争中所目睹的空前的残酷和困难。我相信这该是我的责任,我以为一个作家,特别在今天,是应该在反对外国侵略者的伟大的行列中和我们的人民一同前进。我亲身参加了南战场、西南线和中路的许多斗争场面,我也巡视了许多受了战争的洗礼的地区,我看见了许多我的作品中常见的哥萨克村落和哥萨克的男女老幼被敌人残酷地摧毁和屠杀了。……在顿河岸上一个叫维申斯卡雅的村落里,我的七十五岁的母亲,被敌人的炸弹炸死了。我的出生地,已经成为废墟。我的私人图书室和其所有的图书,已全被敌人洗劫,化成灰烬。我的妻和三个孩子,也都不知去向。……这以个人的不幸来说,恐怕可以说是一出悲剧的了吧!……但我却又看见了在广阔的顿河草原上,红军急如奔马的攻势;……现在我希望,目前正等待着展开的决战,就是决定英、

美、苏、法、捷……各个民族的命运和给予德寇最后致命的一击。"

苏作家联盟准备纪念玛雅可夫斯基五十度忌辰

今年七月十九日，是苏联名诗人玛雅可夫斯基五十岁忌辰。届时苏联作家联盟准备为他在莫斯科举行一个大规模的晚会。这个晚会将要在莫斯科音乐宫举行，并由作家联盟主席菲德叶夫详细介绍玛雅可夫斯基之为一个苏联爱国诗人。在莫斯科的玛氏博物院将举行抗战期间苏联一切著名诗作的展览，这一展览会陈列的东西还将包括有前线殉难将士一切有关玛雅可夫斯基的作品，因为玛氏的作品在红军中最为流行。最近一个红军军官就从前线寄给玛氏博物院的当局一封信，略称："玛雅可夫斯基的作品，是帮助了红军的杀敌，和鼓起了他们的勇气以战胜一切的困难。"

（《晋察冀日报》1943年6月3日）

名作家张天翼病剧

《新华日报》等募款救济

【新华社延安二十九日电】渝讯：作家张天翼病剧，因无钱医疗，境遇惨淡，此事已引起各界之注意。《新华日报》关于此事之报导称：张氏因努力著作，操劳过度，致旧疾肺病复发，而又限于经济困难，致使病势转危，虽曾一度筹资医治，未几因款尽中辍，现呻吟病榻，病体更趋恶化。张氏现任教于湖南溆浦县北平民国学院，该院同学对张氏贫病交加，深表同情，特发起募集医药费，并向各界呼吁，现已得粤中山大学及中华文化学院等校同学之响应，募得二千余元汇寄张氏。《新华日报》职工文艺小组闻讯后，亦发起募款救济，第一批捐款三百一十元及慰问信一封已发出，第二批正在续募中。又据该报载：桂林各界人士，获悉张氏病剧消息后，颇多关怀者，某印刷厂两学徒，从其生活费中节约廿一元，托《大公报》转汇张氏。又据《广西日报》四月二十三日载：平乐中学数百同学，联名发起救济张氏捐募运动，此运动已得各方热烈赞助，不久即将扩大至他校。该校同学对张氏之惨淡境遇呼吁称：大后方之文坛，现已不堪寂寞，"谁还忍心看见这么一位优秀的作家竟因贫困而死？"某大报于短评中亦发出同样感慨。

【新华社延安二十九日电】渝讯：文学家万迪鹤患肺病已三年余，家贫无法疗养，病势转剧。据《新蜀报》载，万氏于四月十二日病死于巴县，年仅三十六岁。万氏生前任职军委会政治部文化工作委员会，廉洁自持，创作尤为勤勉，现遗妻子四人，幼子尚未满月，身后萧条，安葬费系由茅盾、郭沫若诸氏筹措，并拟募款抚育万氏遗孤。又《宇宙风》主编林憾庐亡故后，家属生活无着，友人巴金等正竭力为谋善后。

（《晋察冀日报》1943年6月4日）

山东敌冒"抗日"名义印发报纸以假乱真

经发现者已有五种

【新华社鲁中八日电】据悉：敌伪今竟无耻盗用"抗日"名义，印发类似报纸，向我根据地秘密散发。据已发现者有《我们的消息》（盗用中共山东分局名义）、《建设报》、《大众报》（捏造鲁南救国同盟名义）、《鲁南导报》（捏造沂蒙觉醒联盟名义）及《时事快报》等。此外，并积极搜集我方报纸，如沂蒙某地敌曾规定每一便衣奸细出外，必须带回《大众日报》。我有关当局现已通令各地严防。

(《晋察冀日报》1943年6月11日)

文协号召配合实际工作　反映群众除奸运动

下乡文艺工作者反映良好

力编

【文联讯】北岳区自六月一日开始之夏防运动，文协特发动该会会员及爱好写作的同志们热烈配合，搜集夏防运动的材料，反映各地夏防的动态，教育群众，启发群众的除奸热忱，战胜敌奸！文协认为这是非常重要与迫切的工作，文艺工作者过去配合群众除奸运动的写作较少，当此文艺工作者下乡中间，这一配合工作，将是文艺新转变的一个表现内容。文协并要求在作品上，力求短小通俗，泼剌生动，为广大群众所懂所爱，机动地利用各种机会与方式，把作品呈现到人民面前。各级公安部门均可供给作者以必需的材料，并在印刷出版上帮助作者。

【又讯】各文艺工作者下乡后反映良好，某诗作者下乡前来信说："我要好好反省一下自己处事和作品上的缺点，以实现和完成为工农兵服务的任务为誓。"某小说作者到县任抗联会宣传部部长，当他到达该地时，正值敌寇烧杀过后。狼牙山前，流水与呜咽同声，松涛与呼号共愤，他背包甫卸，就参加了救济灾民的工作和会议，来信说："一到这里，就感觉肩上重重的了，非常的沉重，这是下乡的第一个好处……我将在这个可贵的基础上改造自己，多多下乡，绝不以下县为满足……"

(《晋察冀日报》1943年6月11日)

文化界动态

鞋袜劳军运动，已在大后方各地热烈展开，郭沫若、老舍分别作有《鞋袜劳军颂》，王平陵并于九日晚向全国文艺界广播。

朱光潜近作《谈修养》一书已出版。

美国务院公布：中国教授金岳霖等五人，现在来美途中，此行系在美讲学，并促进中美两国之文化关系。

（《晋察冀日报》1943年6月11日）

文艺整风简讯

帆

【本报讯】抗敌剧社现正进行文艺整风，全社人员均加入整风热潮中，热烈讨论，深刻反省。文艺队同志正从事下乡准备。

【又讯】西战团文学队与美术队取消，队员下乡参加实际工作。音乐、戏剧队亦于日前分别到雁北、平山一带工作。

（《晋察冀日报》1943年6月13日）

山东省抗联文工团开展乡村民主文化

【新华社鲁中七日电】省抗联文工团接受了党的任务，掌握着去年八个月的群众工作经验，自三月初再度深入农村，分两个队开展两个中心县区的农村民主文化工作。迄今两月，已在某某等区建立俱乐部、妇女识字班、农村剧团、区文协若干处，创造了一套敌后开展农

村文化工作的办法,活跃了农村群众的生产,提高了群众政治文化水平。大批妇女涌入识字班,并召开妇女生产品展览会,鼓励妇女生产情绪,推广种棉。

(《晋察冀日报》1943年6月15日)

延安新华社对边区文艺界整风运动的评价

【新华社延安七日电】党中央的文艺政策,延安文艺界的整风运动,特别是中央文委中央组织部三月十日所召开的文艺工作者会议,已在晋察冀发生强烈的影响。晋察冀文艺界在敌后奋斗了六年,得到了很多成绩,但是也有一部分同志,由于与工农兵群众的实际斗争联系不够,而产生了一种小资产阶级的艺术至上主义倾向,以至提出所谓"艺术指导政治"与所谓"化大众"的理论,大大妨碍了文艺工作的发展,妨碍了文艺与群众的结合。四月二十四日中共北岳区党委根据中央的方针召集了党的宣传、文化、文学、戏剧、美术、音乐各部门的主要干部三十余人,一连开了四天的大会。(中略详情已见本报——编者)五月六日至十日,晋察冀边区文联又召集了第二次代表大会。(中略详情已见本报——编者)经过这两次会议,过去文艺界的倾向,基本上已被克服;文艺工作者亦纷纷以新的精神,重行下乡工作;文联等团体,已大为精简。晋察冀的经验证明:文艺界脱离群众的倾向,即在敌后直接战争环境中,亦有发展的可能与清算的必要。按党中央的文艺政策,在华北各地先后均已有所反映,而联系当地实际,经过深刻讨论,借以彻底改造工作者,尚以晋察冀的经验为最值得重视。

(《晋察冀日报》1943年6月15日)

苏联各界筹备纪念高尔基逝世七周年

【（本报特译）莫斯科十九日塔斯电】苏联作家联盟已经准备在各工厂、部队举行隆重纪念高尔基逝世七周年讲演会及朗诵会。莫斯科艺术剧场则以出演高氏名剧《仇敌》，为纪念之主要内容。参加演出者有：斯大林艺术奖金之获得者卡查洛夫·尼泊尔、柴霍夫·塔哈纳夫、塔拉素娃与卡米勒夫诸人。在莫斯科的预备纪念会上，有全俄戏剧协会格里哥列夫教授报告关于高氏剧作，古兹德夫教授朗诵其近作——《伟大的民族作家——高尔基》。各报亦纷纷刊载纪念论文。

(《晋察冀日报》1943年6月20日)

乡村文艺创作征文评定结果公布

广征稿近七百件　百五十八篇入选

宸敏

【北岳文救讯】由边区文联、鲁迅文艺奖金委员会及北岳文救共同发动的新年乡村文艺创作征文运动，至四月底截止，共收到稿件六百九十六篇，其中文学作品五七〇篇（包括一般文章六十七篇），音乐作品二十篇，画两幅，戏剧作品一〇四篇。已于五月半评定结束，入选作品共一百五十八篇，兹将入选作品公布于后：

甲、文学作品共一二四篇：

（一）散文：

甲等：《牛》（阜平张雷），《黑牛》（灵寿文永森）《二线上》（完县刘文兴），《孩子的秘密》（北岳抗联陈勃），《雪夜》（满城殷士元)，《娘儿三个》(阜平耿锦文)，《问题解决了》(唐县李子牧)，《光明》(完县庞云)，《月夜》(边区政府马承迪)，《坏孩子变成好孩子》(平山□瑞芳)。

乙等：《月芽儿》(完县□干)，《我永远忘不了》(灵寿杜明)，《三个和一个》(一专区河南区队张凡)，《一个民夫的日记》(井陉高永志)，《卖菜》(北岳抗联王殿军)，《我的幼年》(灵寿段修才)，《先生，请你收下吧》(平山王福山)，《在太阳光下我们胜利了》(唐县王远)，《可怜的小花墙》(完县王占五)，《谁的心属它呢》(完县孙蕴英)，《春郊杂感》(平山魏具)，《当八路军去》(灵寿杨牧云)，《自私的人》(灵寿仲飞)，《强暴总有失败的一日》(地区未详马树田)，《抗战小说》(平西刘启元)，《应卡》(唐县耿达夫)，《一个日本兵的故事》(平山名未详)。

(二) 诗、歌谣等：《集市的诗》(完县洪阳)，《希你坦白的承认》(灵丘张明)，《刘洁的扁担》(北岳抗联陈勃)，《街头诗六首》(完县崔磊)，《歌谣二首》(灵寿苏子刚)，《记一个自卫队员》(阜平高顺古)，《磨粉歌》(曲阳王世杰)，《黎明前给我的母亲》(唐县周力)，《夜行诗三首》(冀中军区郄野农)，《纺棉花》(阜平路远)，《那个看沟的》(平山辛林)，《歌谣二首》(完县知新)，《伪军五叹》(灵寿孙敬书)，《山头哨》(阜平张业勋)，《歌谣四首》(地区未详郝正名)，《献花歌》(阜平臧拓山)，《敌占区你看苦不苦》(云彪孙云先)，《四季谣》(昌宛房王育民)，《我爱你——八路军》(曲阳王峰)，《童谣》(繁峙王一哲)，《春雨》(阜平里侠)，《十二月调》(盂平封世杰)，《滹沱河畔的吼声》(平山名未详)，《新年》(地区未详周铭)，《当兵去》(灵寿杨牧云)，《街头诗四首》(完县名未详)，《新年》(唐县四区)，《庆祝新年》(平山齐学成)，《虎不辞山》(冀中深北冯再生)，《从平原走到山地》(曲阳晨光)，《歌谣》

（昌宛房韩卿云），《鼓舞吧同学》（完县郝植仙），《歌谣》（唐县国信），《粮》（平山赵灿宵），《除奸歌》（平西王殿祥），《冬防》（昌宛房王介生），《粮食战小调》（曲阳李林），《秧歌舞小调》（涞水龙门村剧团），《冲破黎明前的黑暗》（阜平高顺古），《患难讨生》（唐县田彭善），《平西是一支不可战胜的力量》（昌宛房宋恩普）。

（三）旧诗文、对联等：《诗》（曲阳甄雨农），《时局歌》（一专区七一山人），《新年节感今伤昔》（一专区绍民），《除夕杂感》（蔚县李理），《庆祝废约》（平山常振文），《十七字打油诗》（一专区金新吾），《诗》（昌宛房杨子方），《诗》（昌宛房刘必斋），《诗》（曲阳杨宗棠），《新年献诗》（灵寿杨牧云），《告伪军反正》（一专区元亨），《卖文字没出息》（蔚县李理），《弦外之音》（曲阳景川），对联等共十二件（曲阳傅庆羊，一专区董化成、梁永栋、赵山、高寿松，平山辛林，孟平张韵轩，五台六区文救会，蔚县李理）。

（四）杂感及其他：《整风杂感八则》（灵寿张侃），《整风笑话二则》（蔚县路光杰），《"羊"和"牧者"》（灵寿维赤），《现在小学教育中存在的一些问题》（一专区杨自志），《怎样训练儿童遵守秩序》（平山韩月魁），《新文字战棋》（蔚县阮冲光），《不要受骗》（平山王化民），《顽强地与敌展开反奴化教育的斗争》（灵寿明幹），《千年的枯树开了花》（平山勾先明），《展开游击区的宣传工作》（曲阳李步汉），《北大悲剧团》（完县邵谦），《冬防运动》（平山杨杰庭）。

乙、音乐作品（歌曲）共七件：《恨敌谣》（阜平杜亚曲），《纺纱曲》（完县歌先词曲），《向前跑》（阜平张学明词曲），《麦苗儿青啦》（阜平张雷词曲），《献给灵寿的游击队》（灵寿李股长词曲），《选个好村长》（唐县子牧词曲），《献给村长》（完县郝继孔词，郝文江曲）。

丙、美术作品画一幅：《想法过生活》（完县马丙铎）。

丁、戏剧作品共廿六件：

甲等：《今天晚上》（话剧，铁血剧社康天佐），《把粮食夺回来》（话剧，阜平顾明），《大报仇》（秧歌，完县李世元、张永林），《白老太太》（梆子，平西刘金甲），《那个好》（两幕歌剧，阜平黄庆丰），《劝郎入伍》（快板剧，涞水李甲），《走向自由舞》（舞蹈，阜平耿锦文）。

乙等：《掠夺》（话剧，铁血剧社王血波），《贷款与放债》（两幕话剧，阜平黄庆丰），《到边区去》（话剧，阜平杨钦亮），《边界上》（两幕话剧，阜平王千），《谁好》（秧歌，完县郝继孔），《春耕小戏》（钉大缸，涞水王殿翔），《不去了》（独幕歌剧，阜平耿卓云），《地雷战》（话剧，完县王化民），《模范家庭》（话剧，完县臧春华），《送到隍城去》（话剧，一专区呈瑕），《儿童站岗》（小放牛，平山刘异琴），《小放哨》（小放牛，灵寿周树模），《新中国》（小放牛，完县刘史生），《大家一条心》（梆子，平西南龙村剧团），《代耕》（秧歌剧，灵寿塞头文救小组），《贺新年》（歌舞，铁血剧社徐景深），《缉私》（快板剧，云彪王丰），《给抗属拜年》（快板剧，灵寿寨头文救小组），《警惕与粮食》（歌活报，满城高庆祥、柔树滋）。

（《晋察冀日报》1943年6月24日）

贯彻文艺为工农兵服务

西战团全体下乡

在工作中抓紧整风学习

西战团

【北岳讯】西北战地服务团，为了贯彻中共领袖毛泽东同志提出的口号——文艺为工农兵服务,并根据北岳区党的文艺工作者会议结论,边区文联二年工作总结的精神,于文联二代大会后,立即改变组织机构,将文艺、美术两队分散下乡,参加政民部门实际工作,或做部队与地方的美术工作。其余音乐、戏剧等队,于五月中亦编为两个混合队,分到××两专区工作。他们主要工作为根据当前中心任务进行宣传,开展对敌政治攻势,帮助进行乡艺运动,并争取更多机会参加实际工作。现一队已在××县分散,深入敌占区、游击区,随同政民干部进行中心工作。另一队在××县配合保卫麦收的突击宣传工作,他们根据当时当地生动材料,已创作了不少关于麦收的剧本、歌集、连环画,一般的创作都征求过群众的意见,再三地修改过;并在各村召开大会,已开过七次。出演时不用舞台,利用自然景物进行各种形式的街头演出。据老百姓与地方干部反映:这种演出的内容和形式是容易懂的,不像过去那样"闹不清"演的是什么了。干部说:这样比较适合群众口味,虽然由于没有舞台,开始引不来人,但不久就越聚越多了。这个办法合乎眼前的环境。近来他们的宣传工作已告一段落,现正参加麦收工作,过后,准备分散到区村政权团体中,担任一定的工作职责。在此次工作中,他们还抓紧时间进行整风学习。根据中共中央北岳区党委及文联二代大会所发文件的精神,对每一工作,进行深入的思想检查,并强调在工作中向群众学习,改造自己。他们在分散之前,讨论了"体验生活"中应注意的问题,与在实际工作中"安于职守,忠于职守",把实际工作做好,不是去"做客",任何地方不可有特殊表现。同时要对现实斗争复杂性有足够的认识,必须经过一定过程,才能"入门","急于求功"乃是不切实的。现在大家以最大的热忱,准备到新的岗位上去。

(《晋察冀日报》1943年6月26日)

山东文艺界集会揭发脱离群众的倾向

<small>分局陈沂同志传达党的文艺政策
对文艺界各种偏向提出尖锐批评</small>

【新华社鲁中二十四日电】 山东文艺界日前继续深入研究党的文艺政策面向工农兵的新方向问题，五年来文艺活动中若干脱离实际、脱离群众的倾向正被逐渐揭发清算中。本月初敌情紧急时，省文协派赴□村开展文运之青年文化工作同志四十余人，在分局宣传部直接领导下进行了两天的集中讨论，初步揭发了文艺活动脱离实际、脱离群众的具体表现。在这以前，曾有同志以为"面向工农兵的方向"是"延安作家诗人们的方向，而不是敌后山东文艺工作者的方向"。因为他们懂得他们的文艺活动一开始就是在敌后农村和军队中进行的，"我们一开始就是面向着工农兵的"。但事实上"面向"并不等于已为工农兵"服务"了，何况这个"面向"还仅仅是以一种剧团的晚会形式出现，真正面向群众还谈不到。因此，才大大妨碍了对于本身工作与思想的深刻反省和改造。特别是去年春季开展减租减息群众运动后，由于不少党的文化工作者曾在分局深入群众、转变作风号召下走进农村、开展群众工作，获得了一些成绩，因此就在某些同志中产生了若干自满情绪，放松了对于自己观念上、工作上脱离群众倾向应有的警惕。分局宣传部陈沂同志在传达党的文艺政策后，对于以上不正确认识提出了尖锐的批评，他指出虽然在山东还没有产生过什么系统的"艺术至上"主义一类的错误论调，但在实际工作中已充分反映了某些同志群众观念薄弱与脱离实际斗争的不正确观点。例如有些同志把到群众中去是抱着"搜集材料、充实作品"的观点，而不是真正同群众一起斗争；有的同志把"深入群众"看成是去"洗澡"

去的,专门"炼个人"的,而忘记了真正为群众服务的精神;又有些同志急于成名成"家",幻想一举成为"作家""诗人";还有些同志虽然已经在党的号召下接近群众了,可至今还对"当年晚会阶段"和"演大剧时代"怀着留恋,不了解自己今天是担负的群众文化工作,已经比过去一些剧团宣传的任务扩大了很多,对革命的贡献已增加了好几倍,反而对深入群众的艰苦工作表现了厌倦。由于这些不正确思想的作祟,反映到文艺工作的具体活动上,就产生了公式主义。群众讽刺我们说:"剧刚开场就知道在什么情况下闭幕了。"这就是最好的说明。同时,又因此而使文艺活动限于组织晚会的狭小圈子及文艺作品的不通俗等等。陈沂同志指出,所有这些就是小资产阶级与无产阶级的意识斗争的问题,都是我们同志的思想问题。说到这里,他尖锐地发问道:"我们许多创作可以通俗,应该通俗,但偏不通俗,这不是思想问题吗?我们的刊物编得太深,问题太大,群众看不懂,别人提出意见,但编辑同志还坚持说,这是指导文化人的刊物,不是为群众服务的刊物,这不是思想问题吗?我们有揭露敌伪阴谋的剧,有的只满足于技术上的成功(实际上技术上也没有了不得的成功),这不是对于敌人、对于实际的无知吗?文艺政策要求我们下乡,我们说我们是住在乡村,已经下乡了,这不是思想问题吗?我们还有些创作,在进行创作上反倾向,批评时没有教育的精神和态度,只是单纯的讽刺和打击,把细小的个别的例子夸大,这不又是思想问题吗?我们还有些同志不重视点滴的实际的教育群众的工作,而多少还有点出大刊物大杂志的大都市文化活动的残余,不很好考虑敌后环境的困难,也不很好考虑读者是否需要,这不也是思想问题吗?"最后,他建议全体同志,首先从思想上确立文艺服务于政治斗争(在目前就是服务于生产和战争),牺牲自我,为群众服务的观念,彻底抛弃艺术特殊和个人英雄主义的意识,并作深刻的系统的自我反省；其次，在工作上打破公式主义，决心实现大众化、通俗化，写群众的生活斗争和痛苦，大批编印通俗读物，进行群众性民主的科学的思想教育，鼓励生产情绪，坚定胜利信心，指导对敌斗争；并在这些工作普及的前提下，去求提高。此外，在组织上要更进一步地深入与分散，彻底纠正对于晚会阶段的留恋，把眼光放大些，长期深入到群众中去。第二日，到会同志继续了一天的讨论，当晚敌情紧张，干部疏散，未作初步结论，现分局已决定在"七七"时召集党的宣传、文化、艺术工作干部，扩大讨论，彻底清算党八股和脱离群众、脱离实际的倾向。

(《晋察冀日报》1943年6月27日)

苏联战时文化动态

俄罗斯化学会七十五周年

这一个月是俄国大科学家门德雷业夫（按，门氏乃原子周期表作者——编者）设立俄罗斯化学会七十五周年纪念期。世界名科学家曾为该会名誉会员的有庇爱、居里夫人、波义尔等人。现在该会会长是巴哈氏，从他长会以后，便将化学会改组为全联工艺科学会的一个部门，年来对于世界的自然科学界，有极大的贡献。该会图书馆所藏关于化学史及其他理论书籍之富，为全世界之冠。

科学院设福龙芝分院

苏联科学院主席团决定在吉尔吉兹设立分院，院址设在福龙芝，共分考古、生物、化学、历史、语言、文学等六个部门。科学院会员斯克列宾将被任为该分院院长。

提米列齐夫百年诞辰

今年为俄国名农学家提米列齐夫百年诞辰纪念，苏联人民委员会决定下令全国隆重纪念。提氏为著名生物史学家，他对于植物生理、农业科学和达尔文主义宣传工作，贡献极大。人民委员会决定将莫斯科大学的植物学院改名为提氏植物学院，并在莫斯科大学和提氏农业学院设立本科生及研究生的提氏奖金。全联科学院和列宁农业学院将出版提氏科学论丛，国家出版处则出版提氏著作选集。莫斯科提氏私宅并将建立纪念碑。

建筑学院重修古迹

苏联建筑学院委派名建筑学家索尔托夫斯基、斯邱塞夫二人成立专门机关，进行莫斯科附近所有重要古代建筑物的再建工作。其中有杜霍夫斯卡雅教堂（一四七七年建立）与具有极重要价值的十七世纪的建筑物多所。现修建工作已经开始。

国家出版局新书

苏联国家出版局在这一个月里出版的新书有：《基辅时代的俄罗斯》，这是获得斯大林奖金的鲍利斯·格生科夫根据有关乌克兰、白俄罗斯和大俄罗斯的建国与基辅省的密切关系的一些文献所写成的；雅科夫列夫的《莫斯科的农奴与农奴制度》，其中包括有三百年中的调查数字百五十多种，为研究这一社会制度的权威著作。

基门诺夫归自伊朗

苏联对外文化协会会长基门诺夫新近由伊朗归来，告记者说："伊朗民众对苏联的一切都富有极大的兴趣，他们非常关心苏联人民的生活，每在放映苏联电影和举行苏联展览会的时候，总是门庭若市。目前伊朗人民大都已了解到对于反对法西斯奴役者的斗争，他们也有着极重要的历史部分需要去完成。也因此，德意一切在伊朗的活动，最近都遭到了限制和失败。"

二十八国放映苏联影片

自开战以来，放映苏联电影的国家，达廿八国之多。其中有英、美、加、墨、古巴、哥伦比亚、阿根廷、瑞士、瑞典、巴勒斯坦、埃及、印度、伊朗等。《我们俄罗斯盟国》这一新闻纪录片，在英国放映九阅月，获得了极美满的成绩。放映该片影院达四千家，放映期间每星期的观众达二千四百万人。现在，英全国放映的苏联影片与纪录片，达七百七十种之多。在美国则有三千二百多家的影院在放映着苏联影片《战争之路》，放映的影院前后达九千多家。其他如《莫斯科抗战》《伊朗》等片，都在国外受到极热烈的欢迎。目前新片《女剧人》和《她在保卫她的祖国》，正在准备出口中。（本报集六月十五—二十四日塔斯电）

（《晋察冀日报》1943年6月29日）

本 报 启 事

本报为纪念"七一"，放假一天，二日无报，三日照常出版。此启。

（《晋察冀日报》1943年7月1日）

曹禺抵兰

【中央社兰州二十九日电】资委会主委钱昌照,二十九日由渝飞兰,名剧作家曹禺亦同机来此。

(《晋察冀日报》1943年7月1日)

贯彻下乡精神　文协创刊《山鼓》

力编

为贯彻下乡精神,供应工农兵广大读者文艺读物,发表下乡文艺工作者之新作,文协最近即创刊一文学杂志,名为《山鼓》。内容以通俗、短小精悍的创作为主,兼收指导写作研究的理论文章,要在作品上造成一种新气象,真正为人民大众所懂所爱。该刊现已收到各文艺工作者下乡后新作多篇,并广泛征收稿件,铅印出版,发行到区村小学教师、完小学生云。

(《晋察冀日报》1943年7月4日)

请领稿费

下列诸位同志,请将通讯处告知,以便寄奉稿费。

太、罗少华、火明、益、德铭、珍、刘贵卿、鹤、纯光、杨白云、林伟、韦云、车沄、罗俊秀、雷雨田、亚克、郭大唐、力安、铁城、杜民、伯英、洪、力子、佟谷、翟、采芃、田海、晨光、志坚、刘矢、洪涛、阿徐、周容、杜唐、凡武、申时行。

本报编委会七月八日

（《晋察冀日报》1943年7月9日）

群众剧社总结五年工作　今后将更面向广大乡村

也牧

【北岳讯】群众剧社在六月八日举行五周年纪念大会（该剧社前身是平山铁血剧社，成立于一九三八年五月，初由平山县青救会领导，现由北岳区抗联领导），会场中央悬鲁迅先生像，俯视全体二十余同志，倍觉亲切。到会的有文联沙可夫、罗东，抗联冯宿海、李冷等同志。沙可夫同志号召剧社全体同志加强政治、文化、艺术……的学习，不要以为自己的文化水准低，前途不大，世界上有许多大戏剧家，如英国莎士比亚、法国莫里哀，也都是出身于农村，原先文化水准也并不高。冯宿海同志总结了该社五年来的工作，指出，铁血剧社在群众中产生与成长，五年来获得了很大成绩，为名符其实起见，今决定改名为群众剧社。并指出剧社同志在思想上、工作上个别还存在着"艺术至上主义倾向"以及经验主义倾向等，又指出今后的方针与任务，应该本着"艺术为工农兵服务"的总方针，通过艺术形式来完成战斗、生产、教育……的任务。工作范围应该扩大到一般的乡村文化工作，加强集市庙会的活动，抓紧群众生产余暇进行小型的演出，突破晚会老一套的演出形式……会后，剧社全体同志根据这个报告，进行严正的自我反省和自我批判。

（《晋察冀日报》1943年7月16日）

四专区展开七月通讯竞赛

【本报讯】为了进一步提高本报通讯工作,健全和巩固通讯组织,提高质量,本报四专区特派记者沈重同志于六月二十一日召开该专区各县特约通讯员座谈会。在这个会上大家总结了五个多月来的经验,检讨了工作的优缺点,估计了本身组织的力量,讨论了今后工作方针、重点,和使通讯工作更加正规化的具体做法。最后,各县一致本爱护本报之热忱自动提出友谊的竞赛,加速工作的进度,用实际工作来纪念七月节。这个竞赛首先由阜平、定唐提出挑战,唐、完、云彪、曲阳诸县随即响应,在会上各自根据本县情况提出具体条件,特约通讯员也提出其本身日常工作之树立为条件之一。在会上,规定竞赛期间为一月,自七月一日至月底止,并强调提出在七月竞赛中要创造出大批模范通讯员来。

(《晋察冀日报》1943 年 7 月 20 日)

苏隆重纪念玛雅可夫斯基五十诞辰

【(本报特译)莫斯科二十日塔斯电】七月十九日,苏全国各界热烈纪念苏联著名诗人玛雅可夫斯基五十诞辰。关于诗人平生的著作及其生活的展览会,全苏联各地都有举行。莫斯科纪念大会上,由苏当代诗人休尔科夫报告《苏维埃国家的爱国者:玛雅可夫斯基》,同时诗人亚色叶夫朗诵其新作《献给玛雅可夫斯基》。玛氏之母亲和莫斯科玛氏的纪念堂,收到不少从前线寄来的信,那里面充满了对已故诗人的无限敬意,和表示了他的诗作在红军的将士间是如何广泛地流行着。

（《晋察冀日报》1943年7月22日）

边委会奖励铅皮制版发明者

见非

【边府讯】晋察冀画报社技师何重生及该社自然科学研究会诸同志，为克服敌后物资困难，坚持画报出版，苦心钻研，多次试验，发明了铅皮制版及轻便印刷机（详情业志本报），对于抗战文化贡献至大。边委会为奖励有功，特发给该自然科学研究会奖金二千元，并发给何技师"匠心创造、贡献抗战"奖状一纸，以资鼓励，并嘱继续研究，更高度地发挥创造能力。

（《晋察冀日报》1943年7月23日）

儿童创作录取作品

甲、成人作品：

一、☐。乙等：1.《高尔基少年时代》（高顺古），2.《"四四"儿童节大会速写》（郝植仙）。丙等：1.《班里的大哥哥》（耿巾文），2.《就这样纪念我们的儿童节吧》（陶廉），3.《星期日的下午》（张雷）。

二、故事☐小说。甲等：1.《小☐旦》（王殿钧），2.《☐☐》（欧阳君山），3.《菊儿》（陈勃），4.《二黑》（原题《火里的故事》，贾璋）。乙等：1.《一只小松鼠》（张雷），2.《向八路军控诉》（原题《这不就是斗争流血吗》，江灏），3.《一册国语》（□□□），4.《孩子□□》（□进）。丙等：1.《小三的朋友》（□□），2.《张六子》（陈勃），3.《秀青》（张明），4.《不可消的仇恨啊！》（张业勋），5.《黑小》（李坚）。

三、诗歌童谣。甲等：1.《儿童歌谣集》□。乙等：1.《□》（尼尼），2.《儿童节大会》（□雄）。丙等：1.《我是童子军》（辛林），2.《小仔要书》（三则，刘知新），3.《送哥哥》（三则，路远），4.《打棍谣》（赵忠）。

四、戏剧。甲等：1.《刻苦灭荒》（阜平柏崖小学×××，原作无姓名），2.《想活只有斗争》（陈英杰）。

五、音乐。甲等：1.《关于小学儿童唱歌须知》（赵上午），2.《晋察冀童子军进行曲》（王莘），3.《前进少年兵》（消□），4.《□□的儿童》（景琛词，火星曲）。乙等：1.《小星星》（王莘），2.《小儿童》（刘文卿），3.《民主的花》（流加词）。丙等：1.《上学好》（张子衡），2.《春来》（童谣，刘□），4.《洗□洗澡》（二册国语，丁□□），5.《响应三大号召》（小谷）。

六、美术。1.《儿童连环画》（三十六幅，曹振峰），2.《小画册》（三十幅，沃渣）。2.《儿童埋地雷》（四幅，□□）。

七、游戏教材。乙等：1.《三十个小游戏》（萧河），2.《识字棋》（张国珍）。丙等：1.《打日本上高山》（耿文巾），2.《儿童游戏》（刘骥），3.《识字游戏》（刘知年）。

乙、儿童作品：

一、散文故事。甲等：1.《三月二十一日的日记》（完县一完六年级齐国英），2.《现在的我不是过去的我了》（西战团张血明），3.《四四儿童节》（完县四完六年级梁□□），4.《春耕之一角》（阜平七完六年级杨振贵），5.《四四我要说的话》（完县一完六年级王盛乔），6.《悲壮的故事》（阜平六完六年级杨德银），7.《给敌占区小朋友的信》（易县八完六年级赵文彬），8.《劳动英雄》（完县一完五年级刘知生），9.《在敌人统治下的一个儿童》（完县三完五年级孙廷英），10.《春天到了加紧春耕》（阜平丁家庄中小四年级赵进禄）。

乙等：1.《献给聂司令》（阜平七完六年级杨瑞林），2.《春天的早晨》（阜平四完六年级刘荣敏），3.《我们应怎样纪念"四四"》（完县六完六年级张芳敏），4.《这是我们的实际工作》（阜平四完六年级杨雄坦），5.《文化教育的一瞥》（阜平三完六年级王道渊），6.《一个课外游戏》（阜平八完六年级刘国斌），7.《爸爸不让哥哥读书了》（完县三完六年级李绍平），8.《敌占区小兄弟姐妹的一封信》（西战团张庆福），9.《□□□□》（易县八完五年级张□诺），10.《怎样帮助贫雇儿童渡荒》（完县一完五年级张金衡），11.《一个模范的童子军》（行唐烈棉初小三年级苗至远），12.《春天来了》（阜平上旺台初小三年级臧成浩），13.《纪念四四儿童节》（□□龙耳村初小三年级□□生）。

二、□模范儿童》（阜平八完六年级陈□忠），2.《城子岗□砖记》（阜平二完六年级李家阐），3.《王建国的故事》（西战团张冀），4.《劝儿童入学小调》（阜平三完六年级郑修良），5.《"四四"开会记事》（完县一完六年级杨继□），6.《一个来自敌占区小朋友日记》（完县一完六年级□□□），7.《家能给我们什么呢?》（阜平八完六年级白水明），8.《曲逆河畔上的春天》（完县三完六年级齐国宾），9.《给××教练的一封信》（完县五完□年级张□□），10.《□生产》（完县一完六年级孙玉珍），11.《春天到了》（易县八完五年级孙学文），12.《写给敌占区小朋友》（阜平城厢中小五年级王朝海），13.《给边区青联主任的一封信》（阜平崔家沟初小三年级□□□），14.《今年春□》□1.《二妮上学》（连环画九幅，阜平二完三年级郑国强），2.《童子军之一》（速写二幅，同上），3.《孩子谁杀死你的娘》（漫画，易县八完□年级杨□□），4. ▢，5.《▢》（铅笔画二幅，易县八□□德□□□学文），6.《童子军五不运动》（连环画，铁血社齐德荣）。

三、剧本：《群儿闹学》（独▢）。

四、工艺：树皮筐（□□□家□初三年级王克文）。

（《晋察冀日报》1943年7月22日、7月23日、7月24日连载）

边委会公布儿童创作征文结束

牢寒

【边府讯】边委会为纪念"四四"儿童节，供给儿童精神食粮，特拨发奖金一部，征集有关儿童的作品与儿童创作。经各地文化工作者、小学教师、青年与儿童踊跃应征，收到故事、诗歌、歌曲、戏剧、美术等作品共三八九件（成人作品二一七件，儿童作品一七二件），现已评阅完竣（录取作品见本报昨日报缝），奖金不日发出。据闻此次评阅应征作品，为录取普遍计，不但分别作者文化水平，更照顾到来稿地区。录取作品除一部将由点滴社出版单行本外，另一部将逐期在《教育阵地》儿童俱乐部发表。

（《晋察冀日报》1943年7月23日）

文 化 消 息

也牧

《乡村文化》创刊号定于七月间铅印出刊，现已付印，内容有论文、社会科学讲座、科学小品、历史故事、地理知识、文艺写作指导、乡艺通讯等。文字浅显，读者对象为一般小学教员、乡村知识分子、高小学生。

北岳区文救会所编印的《大家唱》歌集，很受群众欢迎。现已出到第六集。自第六集起改名《群众歌集》，由群众剧社编选，第一集现已出版。内容有：中共二十二周年纪念、民主运动（县选）、爆炸运动、野场惨案等；有芦肃、王莘、李劫夫等同志新作。歌曲短小通俗，适合乡村群众演唱。

北岳区抗联群众剧社最近创作了剧本十余种。独幕剧《一斗粮食》（辛毅作）、歌剧《犯人》（玛金作剧，王莘作曲）已经排出，准备在七月中旬配合阜平县各区村进行县选工作中演出。

（《晋察冀日报》1943年7月24日）

盂平教联建立模范读报组

老乡

【盂平讯】县教联与抗联，于上月布置建立模范读报组。每区计划建立三个，以教联会员为骨干，村文救组长负责领导，教育委员、民校教员、日报发行员共同协力进行。模范读报组要做到：（一）三天读报一次；（二）不拘时间，不拘地点（最好在民校），保证全村百分之五十以上的人能听到，并且乐意听；（三）读的内容：《晋察冀日报》的国内外及边区大事、重要消息及《群众报》。现在三区进行得很热烈。

（《晋察冀日报》1943年7月25日）

晋冀鲁豫文化界号召反对法西斯思想

【新华社太行电】晋冀鲁豫边区文化界,惊闻法西斯走卒挑动内战,河防大军准备围攻陕甘宁边区,情势危急,前途堪虑,特通电全国,呼吁制止内战,挽救危亡,表明誓为陕甘宁边区二百万人民后盾,并希各地思想界同人一致起来,反对法西斯思想。原电详述共产党、八路军乃吾人生死战友,华北人民不可须臾相离之救星,陕甘宁边区乃八路军之后方,亦即支援敌后抗日民主后方,此种抗战堡垒团结标志之尺寸土地,决不容许任何特务丑类假借任何名义,加以蹂躏摧残。继称:随着反共内战毒焰之高涨,大后方文化界即更横遭蹂躏,其最堪注意者即拥有重兵之特务首脑,利用其宣传机构,大肆散布法西斯主义毒素,强奸民意,制造反共内战口实,希特勒的妖言谬论被尊为圣典,民主自由学说视如洪水猛兽,妖言弥漫,皂白不分,致使社会风气颓败,人民意志消沉,影响抗战至深且巨。最后,特郑重声言,法西斯主义乃时代渣滓罪恶结晶,试行于德国,则德国危殆;试行于意国,则意国沉沦;试行于中国,必招致众叛亲离亡国灭种之惨祸。深望全国思想界、文化界一致消灭法西斯毒素,摧残反共内战之思想基础。

(《晋察冀日报》1943年7月25日)

"下乡"以后的西战团

水宫

根据中共中央对于文艺工作的指示及边区文联第二次代表大会的

决议与精神，西战团的音乐戏剧工作者也都"下乡"了。由于他们本身工作的特点，在工作方式上不能尽同于文学美术工作者。他们不能长期离开一定限度的集体活动，因此不能长期地分配下去参加其他实际工作。但是他们却争取了一切可能的机会，深入下层，了解群众，使音乐戏剧达到了为工农兵服务的目的。

"下乡"之前，他们曾做了周密的准备，并集体讨论了应行注意的各种大小问题。例如如何留心乡村统一战线，如何观察与研究群众中的新人物，如何把艺术学习与所担任的工作联系起来，如何与群众打成一片以改造自己的思想情绪与生活方式等等。

他们开始"下乡"的时候，正是北岳区各地麦收紧张之际，一大部分同志便随同区级干部参加到区村的麦收委员会中去了，另一小部分则跟着大队部深入到被敌寇新近蚕食的地区去。这是他们第一期参加下层工作，前后约一星期。在这短短的六七天中，各个同志收获都很丰富，首先大家都很快地知道了很多乡村里的事情，如土地问题、劳资关系、妇女问题等等。为了更进一步地了解这些东西，每个同志都自动地学习各种政策法令，并关心农民的生活。其次由于这些问题的了解更直接帮助了创作，使许多同志在第二批县选宣传品的制作中，进一步与实际问题取得了联系，个别同志在与群众的接近中，初步观察与研究了农村中的新人物，体会了农民与战士的语言和动作，经历了各种新鲜的群众场面（集体收割、麦场上开会、短工市场等），打下了今后在创作上转变作风的基础。

再次在学习上，在生活习惯上，也都有了很大的进步。但是缺点也还是存在的，例如有的同志只顾完成工作，忙于督促检查，忽略了主动地去了解各种问题，忽略了随时随地对于新人物的观察。有的看到、听到了一些东西，忽略了随时记下。有的发现了许多问题但分不清轻重，未能有重点地进行分析研究。有的急于创作，妨碍了对事物的精密观察。有的则更感到某些地方干部不易接近，工作不易推动，又不主动地耐心地想法克服，因而表现了对工作没信心与不耐烦的心情。现在，西战团正在举办训练班，听说结束后即将再度"下乡"工作。上述的优点，想他们必定能继续发扬光大，而那些零零碎碎的缺点，则必将能够很快地克服。

(《晋察冀日报》1943 年 7 月 31 日)

县选中各县出小报

曲阳民主救灾结合报导　孟平编制通俗歌谣插画

王炜

【本报讯】北岳区县选在各地正热烈进行，除化装宣传、演剧、秧歌舞、霸王鞭等文化娱乐方式及从其他方面积极进行宣传推动外，各县选委会还各创办了民主小报，有力地指导与推动了这一工作的进行。如曲阳出有《曲阳县选》，孟平创办《县选小报》，完县发行《民主小报》等。《曲阳县选》中，对本县目前生产救灾工作，全面反映，因为这是曲阳当前的紧急任务，也正是该县民主运动在目前的具体内容，《曲阳县选》把二者紧密地结合起来报导，给工作以明晰有力的指导。《县选小报》更利用了通俗明白的插画，尖锐地指出了什么样的公民是关心民主的，什么样的公民是落后的、麻木的；另外，他们还编登了许多民主的歌谣，以便大家传唱。其他各县小报也多能根据当地具体情形，形成自己在内容上、形式上独创的特色。

(《晋察冀日报》1943 年 8 月 1 日)

开展乡村文艺　盂平举办乡艺训练班

车漾　先礼

【盂平讯】为使目前盂平各区之村剧团及其他乡村文化娱乐组织更加活跃，更能高度地发挥其作用，以便在乡村中展开广泛之艺术活动，经县政府教育科及抗联宣传部共同会商，举办儿童乡村文艺训练班。并商得七月剧社同意，由该剧社派人负责教导。受训学员，则由各区选拔一百二十名，现已开始训练。

（《晋察冀日报》1943年8月8日）

《野玫瑰》与《屈原》

——大后方动态之一

秋浦

教育部在去年举行学术审议委员会时，曾决定奖励学术著作多种，内有西南联大教授陈铨所著剧本《野玫瑰》，亦在得奖之列。当时重庆戏剧界同人对此颇有异议，当有二百余人联名致函全国戏剧界抗敌协会，要求转函教育部请予撤销原案。该函内称："查此剧在写作技巧方面，既未臻成熟之境，而在思想内容方面，尤多曲解人生哲理，有为汉奸叛逆制造理论根据之嫌。如此包含毒素之作品，则不仅对于当前学术思想无功效，且与抗战建国宣传政策相背，危害匪浅，同人等就戏剧工作者之立场，本诸良心，深以此剧之得奖为耻。抗战剧运正待开展，岂容有此欠妥之措施。"

这封信发出后，没有得到什么回响。不久，在国民党"中央文化运动委员会"及中央图书杂志审查委员会联合招待戏剧界同人茶话会上,剧界同人又再度提出严重抗议,要求撤销奖励,禁止上演。经过这又一次的抗议,教育部长陈立夫及中央图书杂志审查委员会副主委潘公展,不得不起立讲话了。陈立夫说:"审议会奖励《野玫瑰》,乃投票结果,给以三等奖,自非认为'最佳者',不过'聊示提倡'而已。"而潘公展则说:"《野玫瑰》不惟不应禁止,反应'提倡',倒是《屈原》剧本'成问题',因为这时候绝不应该'鼓吹爆炸'。"

这真使许多人越弄越糊涂了。为什么鼓吹法西斯思想的《野玫瑰》,不惟不加以查禁,而且还要加以"提倡"呢?为什么像《屈原》这样的剧本,这样一首新的正气歌,不加以奖励倒反"成"了"问题"呢?而且这种的话,竟是出自堂堂的党政要员的口中呢?……

这些都使人无法解释的。

也许有人会这样想:《屈原》可能像潘公展所说,是真的"成问题"吧?好,我们现在就来倾听一下,除了潘公展以外,一般人士对于《屈原》的批评。

重庆人士一致认为在大后方此时此情此景下公演"伏清白以死直"的《屈原》,更有意义,各方对郭沫若先生这一伟大创作,均予好评。文学界王亚平除惊叹郭沫若先生以十一昼夜写成此五幕大诗剧之外,更指出郭先生对屈原独到的、精深的见地。而罗荪特别强调提出,屈原是当日抗秦中坚,主张团结,主张反抗外侮,屈原为坚持他的主张,而不惜用他的血和生命来贯彻;他重气节,不投降,不屈服,以致遭奸人之忌,用最卑鄙手段来谋害摧残他。戏剧界同人交口赞誉《屈原》的光辉成就,著名剧作家如田汉、洪深、曹禺、宋之的、夏衍、陈白尘等,并全体参加了《屈原》的公演。

这样看来,那说《屈原》是"成问题"的人,对于今天全中华民族的团结御侮，又不知在作着何等的解释了。

(《晋察冀日报》1943年8月8日)

抗敌剧社整风后确定工作新方针

五台召开文艺座谈会

【本报讯】抗敌剧社的整风学习已经完毕，现在一部分同志（主要是文学组）已经下乡。剧社在今后工作上为了贯彻整风和下乡的精神，确定了新的方针：一、把剧社工作和军区部队文艺运动结合起来。二、把工作和学习（在业务上提高自己）结合起来。三、把工作和下乡（丰富生活，深入实际斗争）结合起来。在工作的具体要求上：一、认真地学习政治理论及政策时事的研究，以掌握马列主义的原则与实际。二、深入地研究和把握现实主义创作方法，使其真正成为我们艺术创造的指导原则。三、以最大的努力通过各种工作来完成当前的政治任务。四、发展文艺上的新形式，创造泼辣、新鲜、短小精干（也不反对大东西）乡土情调的新风格，并使得一切创造都是真实和生动、尖锐，是现实斗争的反映。五、在艺术活动上充分发扬自由探讨、大胆创造的精神和发挥集体的力量。六、加强业务学习（从理论上、技术上来提高我们工作的质量）。七、获得生活是长期艰巨的工作，应争取一切可能的时机，丰富生活斗争的知识和生活实践，从日常生活中加强观察和体验。八、为了工作的完成，要不浪费一分时间，不虚耗一点精力，实事求是，刻苦自励，目前工作应是：进一步开展整风运动，开展自我批评、个人反省和工作检查，建立新的工作作风（严肃突击的工作，研究学习的态度，团结互助的精神，紧张战斗的生活）。今后的工作，一般地采取分队活动的方式（必要时才集中活动），音乐队美术队经常采取单独活动（但各队工作，又从全社出发，求得相辅相助，协力完成总的任务），以开展部队及地方工作为基础，使工作与下乡密切结合；戏剧队以小型巡回演出为主（或分两队活动）深入生活中去，从工作中去获得生活。而今后分散活动的中心则以：一、小型巡回演出或展览，二、文艺组训工作（以上先从军区直属单位和所在附近地区试行活动），三、政治攻势等为主要。（金澜）

【又讯】五台县级各文化工作者，乘田间同志来县之便，特于七月十日召开一文艺座谈会。席间田间同志对学习写作，作了极详尽的阐述，对大家提出的"什么是艺术至上主义""边区文艺运动近况"等问题，均作有扼要的答复。（木）

（《晋察冀日报》1943年8月13日）

冀中《团结报》主编周景陵同志牺牲

青季

【本报特讯】冀中九分区《团结报》主编周景陵同志于七月二十三日夜行军，路经敌一岗楼，遭敌机枪扫射，中弹牺牲。按，周景陵同志为一年轻勇敢的模范共产党员，在敌寇长期残酷的"清剿"下，坚持新闻出版事业。一年来，他为了革命，曾经费尽心血，用报纸鼓舞广大群众对敌斗争的情绪，团结上层知识分子，教育各级干部。他们坚持的报纸工作，是秘密的不见太阳的工作。一天黄昏，他和另外两个人希望能呼吸一点新鲜的空气，他们正在街上走，偏偏遇到一队敌人，周景陵同志立即拔枪痛击，当场毙敌一名，余敌逃窜。类此艰险，周同志经历不只数次，他从未恐惧、怯退。此次不幸牺牲，边区新闻工作者闻讯，莫不悲痛哀悼。

（《晋察冀日报》1943年8月13日）

县选声中各地文化娱乐活动

（一）盂平第一完小学生，在课余的时间，集体创作了一个关于县选的歌活报，在群众面前露演过几次，深得观众赞许。

又，二、三、四、五、七等区小学也都普遍学会了霸王鞭、秧歌舞，及适于在街头演出的街头剧、新歌曲，有计划地在各个村庄上进行宣传。（古塞）

（二）阜平县选委员会，为了活跃县选工作，特邀请北岳区群众剧社帮助各小学排剧唱歌，写标语及一些短小的宣传品，水泉一带的宣传工作，因此活跃了许多。（锦文）

（三）平山第七完小组织宣传队到各村进行关于县选的口头宣传，听众都说讲得很明白。全校师生并捐款一百余元，蒲扇八十八把，蔬菜五百斤，慰问附近伤病员。（牛德俊）

（四）阜平第六完小在王快大集上，化装表演《县选大活报》《保卫陕甘宁大活报》，观众千余人。

又，王快村剧团亦于晚间，在群众面前表演各种节目，最精彩的是县选与反对内战的秧歌舞和大活报，观众近千人，人人赞赏。（力生）

（《晋察冀日报》1943年8月18日）

灵寿成立文艺小组

永森

【灵寿讯】灵寿文救会及文协会员为了响应边区文协号召，开展乡村文艺运动，特于月前发起成立文艺小组，组员十五人，于七月十六日假县文救会召开成立会，决定今后工作如下：一、配合通讯工作，每人每月保证写通讯两篇。二、加强学习，推定专人负责领导，拟出参考书及名著研究提纲，每月至少讨论一次。三、每人每月至少创作一篇，供给《山鼓》《乡村文化》，并将一个月的创作，装订成册，互相传阅批评。四、进一步为工农兵服务，决定每月在陈庄出版文艺壁报一次。街头集市的文艺活动和朗诵运动亦将逐渐推行。

(《晋察冀日报》1943年8月27日)

阜平城厢剧团县选中演出收效极大

也牧

阜平城厢剧团，已经有了五年多的历史，一向能及时配合中心工作，进行各种艺术活动。今年上半年，他们曾先后演出十四次，创作了许多新剧本。县选的时候，更演出了新剧《都平等》《王秀清》及《反内战大活报》，新相声《四不闲》，新式霸王鞭、大鼓、快板、花鼓等。在城厢的九次演出中，有四次是在集日，收到了极大的效果。根据历年的露演，他们有如下的几点经验：（一）不要一定等到观众聚集很多时才开演，有几个算几个，观众慢慢就会多起来。（二）人挤不开时可分开两个场子活动。（三）集日出演时间最好是在刚上集或快散集的时候，这样观众才有工夫看戏。（四）花样越多越好，节目越短小越好。（五）观众要事先组织一下，布置几个干部在观众中维持秩序。

(《晋察冀日报》1943年8月27日)

群众剧社下乡半月　　帮助区村工作很大

辛

北岳区抗联群众剧社自文艺整风后，即于七月中旬分队分组到阜平各区帮助县选工作，并推动全县的乡艺活动。半月来，阜平城厢、王快、龙泉关、广安等地都已在这次县选中活跃起来，制止内战、热烈参选的歌声已传遍了各个村镇和山沟小道。各地村剧团和完小在他们帮助下，普遍地在集市上、在竞选大会上进行演出。该社在工作中写出了适合村剧团用的短剧、小调剧、活报、秧歌舞、霸王鞭及其他民间形式等作品二十余种，歌子十余个。最近已初步总结了半月来的工作，指出了工作中的一些缺点，并决定第二期工作重心为：（一）有重点地帮助村剧团进行经常工作，提高其活动能力和艺术水平。（二）帮助健全民校。（三）加强文救小组的读报通讯工作。现已转至他区继续进行工作。

（《晋察冀日报》1943年9月3日）

报纸再也不会失落了

也牧

报纸到了村里常常容易失落。有时，有人看了不交回，有时有人看了就藏起来包了东西，所以很难找出一个整份的报纸来。读报小组离了报纸，就没法进行工作，可是报纸却时常找不到。阜平四区在开展读报工作中创造了一个办法，其实也是极其平常的办法，但是就这么一个平常的办法，报纸即不再遗失了。他们的办法是：首先健全了发行制度，调整了发行员，进行登记，发报时在封皮上写上发行员的名字，日报送小学校由教员保管，《群众报》由村抗联宣传部保管。在四区平阳上半部，送到营里，由站上开收到条，下半部由区里直接送去，各村发行员收到后也要开收条。这样一来就克服了报纸容易失落的缺点。

(《晋察冀日报》1943 年 9 月 5 日)

房涞涿蒲洼村成立剧团

路明

【房涞涿讯】在挺进剧社和县文救会热心帮助及村干部积极动员下，蒲洼村剧团已正式成立。共有男女团员二十四人，用具幕布，都已备齐。现在他们已排好六个剧，并在宝水、义和村出演了两次，成绩颇佳。在他们的影响下，东村剧团亦在积极筹备，不久即可成立。

(《晋察冀日报》1943 年 9 月 5 日)

国民党反动派十年来摧残新闻事业的罪行

延江

【新华社电】国民党反动派一掌握政权之后，即对新闻界采取横暴的统制政策，远的不说，我们就从国民政府一九三三年"九一"公布所谓《保护新闻令》开始说起吧。当时国民党当局不仅对于共产党的革命报纸绝对不准出版，对于革命的记者施行残酷的屠杀，就是对于一般要求抗日和民主的资产阶级报纸和记者，也倍加摧残。其所采取的手段，就是颁布限制法令，实行新闻检查，强迫停刊，以及秘密收买、恐吓、暗害等等。首先南京的报纸全部变成了国民党御用的宣传机关，一部分报社并开始向着特务化的道路发展。其次是上海，这是战前全国新闻业的中心，反动统治者自然不能放过去。《申报》发行人史量才先生被当局暗杀，就是一个例子。在史氏被暗杀以前，《申报》上不是有主张抗日和民主的评论吗？在《自由谈》不是常常有鲁迅先生揭露旧社会黑暗的杂感吗？国民党统治者视若眼中之钉，硬要收买申报馆，并派人当《申报》的总编辑。这两个无理的要求被史量才先生拒绝了，于是在一九三五年三月十一日，在"沪杭国道"上，《申报》发行人史量才先生便遭受国民党暴徒的毒手，从此惨淡经营了五六十年全国历史最悠久的申报馆，便在国民党反动派的摧残下逐渐破产了。此外，《苏州报》记者刘煜生，一九三四年因揭露江苏省当局黑幕，竟被顾祝同（时为江苏省主席）公开枪杀了。一九三六年《新生》主编杜重远先生，因嘲笑日寇天皇，亦被国民党法院判处有期徒刑。当天津《大公报》遭日寇压迫不能立足准备□迁时，国民党反动派便乘机加以威胁利诱，要该报同意"不得有抵触当局之言论"。国民党统治者对于自由资产阶级的报纸，都不惜加以摧残，对付那些进步的报纸杂志，不用说更是蛮横无理。最引起全国人民的愤慨的，即"一二•九"周年（一九三六年）纪念前，随"七君子"被捕而有《大众生活》等十四抗日的进步杂志均被封闭。当时国民党当局颁布了对日屈服的"睦邻令"，严禁一切人民抗日运动的消息，凡刊载有关抗日之文句均被删掉，"抗日"勒令改为"抗×"，中国人民办的报纸不能刊载反抗民族敌人之文字，宁非怪事！当时在海外出版之抗日报纸——《救国时报》，秘密流行国内，大受国人欢迎。国民党当局禁止抗日言论，但敌寇汉奸报纸——天津《庸报》却能在国内公开发行，在国民党统治区内大批销售。因此，至抗战前夕，中国新闻事业在大革命时代发展起来的一点幼芽，在国民党当局摧残之下，不仅未能发育滋长，反而日趋枯萎。

"七七"抗战爆发，抗日民族统一战线形成，言论在抗战初期获得一些的自由。一九三八年实为大革命以来中国新闻事业第一次呈现了朝气蓬勃的时期，这是人民抗战的伟大力量促成的，也是我全国舆论界十年来不断奋斗的结果。中国青年新闻记者学会的成立，更表现了全国新闻界的团结，它到后来发展成为全国进步新闻记者的团体（但至一九四一年亦被反动派下令封闭）。

国民党当局此时在人民的压力下，和该党一部分开明人士的推动下，一方面部分地开放了言论出版自由，如在武汉失守前后，检查新闻采取"能放过就放过"的比较进步的方针；但另一方面，各地非法查禁书报的事件仍不时发生。随着武汉失守后反共倒退的逆流而来的检查新闻，便采取了"能不放过就不放过"的方针，对舆论界的统治压迫与日俱增。谁都知道，正确的战时新闻政策，应当严禁一切汉奸及不利于抗战的宣传，积极扶助抗战新闻事业的发展，保障一切抗日党派、抗日人民的言论出版自由。这样正确的新闻政策已经在陕甘宁边区和各个抗日根据地实现了，但国民党所实行的新闻政策，却与此完全相反，实际上是它战前"新闻摧残"政策的继续和发展。在大地主大资产阶级几年来所实行的"消极抗战，积极反共"的反动政策的过程中，我全国新闻界也遭受着空前野蛮的摧残。请看下面的事实吧：

第一，是强迫收买报纸，排斥"异己"记者。抗战后CC以十三万元收买上海《立报》，移至香港出版，原在该报工作之进步记者便相继被迫离去，该报抗战前所有的进步内容即被完全取消。在当局压迫之下，名记者范长江、邹韬奋都不能在大后方立足，范氏等创办之国新社被迫停办，邹氏十多年惨淡经营起来的生活书店竟遭封闭，重庆《新蜀报》《国民公报》等经被迫"改组"后，有几位编辑和记者只得辞职。南洋、印度、南美等地，十余种华侨报纸均被国民党反动派分派"总编辑"前往把持，进步记者受到排斥（如《星岛日报》总编辑金仲华即被迫辞职）。《新疆日报》自今春被重庆当局派人去"接办"后，过去主张团结抗战的进步言论即不再见，也开始宣传起蒋介石的《中国之命运》来了。

第二，封闭抗日报纸，枪杀抗日记者。如长沙《观察日报》，即是抗战后第一个被国民党封闭的抗日报纸（一九三八年）。郭沫若先生等进步文化人创办的《救亡日报》，则于一九四一年在桂林被迫停刊。各地方的抗日报纸杂志，凡是被当局认为"异己"又不愿接受"收买改组"因此被封闭者，真是不胜枚举。如去年一年，被封闭者即达五百余种。抗战以来被国民党反动派枪杀的新闻记者，一九三九年有成都前《时事新刊》（被封）记者李亚凡，一九四〇年有前《大声周刊》总编辑车耀先，其他被国民党特务机关暗杀的不知有多少！而国民党反动派所培养出来的记者，已经投降敌伪者不下五十人，从不闻国民党当局有何惩处办法。由于篇幅限制，只得略举数例如后。

管翼贤（抗战前任北平《实报》社长，积极拥蒋反共，抗战后曾至武汉"谒见最高当局致敬"，现任北平伪《实报》社长，伪中华通讯社社长，伪华北政委会情报局长）

张铁笙（抗战前任华北国民党机关报——《华北日报》采访部主任，专门造谣污蔑学生救亡运动，抗战后投敌，主办伪《华北晨报》）

贺逸文（抗战前任北平《世界日报》编辑兼新闻专科学校教务长，反共、反民先，阻碍学生救亡运动。抗战后投敌，主编伪《世界日报》）

吴幼丞（抗战前任中央社北平分社记者，抗战后投敌，任伪

《华北晨报》记者）

　　李虚白（抗战前任南京《中央日报》驻沪特派员，"七七"事变前后任《中央日报》庐山版主编。上海沦陷后投敌，任伪《晶报》总编辑）

　　钱九威（抗战前曾任上海《大晚报》记者，复兴社特务。抗战后投敌，任伪《新青年日报》主编）

　　蔡钓徒（抗战前办上海《社会晚报》，抗战后投敌，主持伪《社会日报》兼任伪上海新闻检查所科长。后因对敌用两面派手段骗钱，为敌枪决）

　　钱华（抗战前……抗战后投敌，任伪方新闻检查所主任）

　　至于汪记国民党的记者，自林逆柏生以下亦达数十人之多，尚未计算在内。重庆当局对此总是不声不响，而对汪逆《南华》《天演》《自由》三汉奸报中爱国工友之反汪运动则不予援助，各地捐助之款项不准汇出，后来反汪工友组织回国服务团，竟被重庆当局勒令解散。

　　第三，是封锁抗战消息，摧残抗战报业。抗战以来，一切消息均为中央社所统制和垄断，过去社会新闻也要包办了，国民党"无战斗的战报"各报有登载之义务，而八路军新四军的辉煌战绩，则无论毙伤敌伪几万几千，均一字不准发表，××××××亦不准后方报纸登载。国民党特务机关在各地遍设新闻检查所，除中央社稿外，任何报纸自访稿及评论，均须送检，评论更需将原稿送检。抗战的进步言论横遭禁止删改，而汉奸吴开先等的谬论，则可以大登特登。"抗日政权""争取民主"等名词都要"一律禁用"。对于我党《新华日报》之压迫检查，自然是特别厉害。"八路军"勒令改为"×路军"，"边区"变成了"×区"，社论则一检再检，故意找岔子，一切主张团结抗战到底、实行民主、改善民生之正确主张，均在被"删"，以至

"免登"之例。我党中央伟大的抗战宣言，可以任意删改或禁止刊载。过去被删之处不准"开天窗""打××"，现在它们的检查法更"进步"了，被检之处不全部删去，而全将铅版铲模糊，这样既可使读者看不清楚，又可以破坏进步报纸之威信。其他如对《新华日报》购买纸张、印刷材料及生活必需品之多方限制、阻难，打报贩，逮捕"新华订户"，禁止向外发行等等，更是层出不穷，无耻已极。

这种无理的新闻检查与中央社垄断一切消息的办法执行的恶果，连国民党自己也不能不承认："现在大家都感到报纸太形式化了，内容千篇一律，看了一份可概其余。如社论经过一检再检，自然会'上气不接下气'，空话连篇，再加以中外消息全部'中央社制'所以有些报馆采访部就形同虚设，有钱报馆的记者变了'老爷'，穷报馆的访□顿告失业。"（《新闻战线》第二卷九、十期合刊）。

关于摧毁新闻事业之法令，抗战初有《出版法》《出版法施行细则》及《报纸通讯社登记办法》等之公布，其目的在于限制新的报纸通讯社之创办，剥夺抗日的言论自由。去年七月，又有《国家总动员法》之公布，更凶横地规定"本法实施后，政府于必要时得对报馆及通讯社之设立、报纸通讯稿及其印刷物之记载加以限制，停止，或命其为一定之记载"（第二十二条）。"本法实施后，政府于必要时得对人民之言论、出版、著作、通讯、集会、结社加以限制"（第二十三条）。这和希特勒、戈培尔的新闻政策有何分别？今年二月十五日，国民党反动派又由国民政府公布了一个所谓《新闻记者法》，已经全国新闻界大多数人的一致反对。该法则计三十一条，把记者应有的权利和自由剥夺得一干二净，按照该法令所规定的"记者资格"，只有国民党的御用记者才容易被"声请核准，领有新闻记者证书"。没有"证书"，就不准"执行职务"。既不能加入"记者公会"，也不准报社通讯社聘用，自然只好失业。其次，《记者法》第七条规定：

"新闻记者应加入其执行职务地之新闻记者公会，或联合会公会，其他无公会者，应加入其邻近市县之新闻记者公会。"而各地的新闻记者公会，又大部在国民党特务的把持中。

第四，是训练特务记者，扩大反动报纸。训练特务记者的机关，如"中央政治学校、新闻学专修科""中宣部中政校新闻人员训练班""中央训练团新闻训练班"等，受训人数近千，已经毕业的，根据今年《新闻战线》所载，即共达五百人。这些特务记者在"学成"之后，即可不经什么"声请核准领有新闻记者证书"，分发到各地报馆去，"执行新闻记者职务"。

国民党当局实行"一个政党、一个领袖、一个报纸"的法西斯新闻独占政策，它要求各报绝对服从《总动员法》，主张"国营新闻事业""制裁不良的私营报业""扶植（即是收买）善良的私营报业"。它鼓吹"各报联合版"的"好处"，"第一步是政府的报纸和政府的报纸合并""私人的报纸和私人的报纸合并"，"第二步政府的也可以和私人的报纸合并"，并要"集中管理"，主张国民党"中央党政军机关联合组织全国新闻事业管理局"，各省得设分局，各县得设检查员，用这样的新闻特务系统，来实行大地主大资产阶级的"加强新闻事业管制"的政策。（以上引语见《新闻战线》潘公展、马星野、黄少谷、黄天鹏、曾志智等之文章）

大后方各省在这种情况之下，国民党内法西斯所主办报纸日益增多，民营报纸则日益减少，现CC直接指挥下正牌的已有十一个《中央日报》，十三个《民国日报》（有的叫《国民日报》），并筹划成立八十个《新闻简报》。复兴社直接指挥下正牌的已有一个《党军日报》，两个《扫荡报》，十一个《阵中日报》，五十个《扫荡报简报》。连同其他杂志的和暗中操纵的报纸，CC与复兴社已霸占了将近两百家报纸，占大后方报纸的多数。这些报纸散布各地，天天宣传的不是抗战救国，而是造谣反共，鼓吹中国的法西斯主义。它们耗尽了国库巨大的支出，不为抗战人民做一点事情，说一句公道话，而是在那为汉奸吴开先捧场，为投敌叛国将领的庞、孙辩护。御用通讯机关中央社统治了大后方的消息来源，每年花了几千万元的民脂民膏，散布反对老百姓、反对共产党的稿子，并要强迫一切报纸去登载。大批特务记者横行各地，到处招摇撞骗，排斥异己，闹得大后方新闻界乌烟瘴气，黑幕重重。报纸变成了争权夺利的工具，如在江西泰和复兴与CC争夺中正大学党部支配权，《国民日报》与《捷报》被打得稀烂。再如"关于贪污案的揭发，某些报纸登载了消息出来，某些报纸又为之大刊广告申辩……幕后还有种种活动"。连官办的《新闻战线》也不得不承认大后方新闻界"要不得"的颓风增长（见该刊三卷一期）。

目前中国新闻事业正面临着空前严重的大危机，际此纪念第十届新闻记者节之时，我们感怀万端，除对国民党反动派十年来摧残中国新闻事业的罪行表示无限的义愤之外，我们要向全国新闻界呼吁，一致团结起来，反对国民党反动派的"一个政党、一个领袖、一个报纸"的法西斯新闻政策，要求开放言论出版的自由，要求取缔中央社及一切国民党报纸的反共反人民的宣传，要求取消《新闻记者法》，取消《国家总动员法》中关于抗日人民的言论出版自由的非法限制！我们要求真正保障一切抗日报纸和抗日记者的言论出版自由权和人权。

（《晋察冀日报》1943年9月5日）

国民党反动派横行法西斯新闻政策

全国舆论界奋起反对

【新华社延安一日电】今天陕甘宁边区和其他抗日根据地的新闻界，正在以兴奋愉快的心情纪念"九一"——这个为全国新闻界和爱国同胞争取言论出版自由的节日。因为只有在这里，各界人民才充分享有言论出版自由。抗日根据地的报纸，每天都充满着前方军民奋勇杀敌、后方军民努力生产的事实报导，大批模范战士和劳动英雄都得到应有的表扬，这证明新民主主义政权下的报纸，真正是人民自己的喉舌，它的发展前途是无限量的。反观国民党统治下的大后方，人民言论、出版自由摧残无余，新闻事业空前凋零。民营报纸日益减少，而国民党反动派所办的报纸则大肆扩充，国民党反动派并企图将整个新闻界特务化，其用心之阴毒，手段之卑鄙，实无以复加。国民党反动派摧残和垄断舆论，究竟是为了什么？根据最近事实，约有下列数端：第一，是掩盖敌人诱降和自己准备妥协的阴谋。例如最近在短短一个月内，日寇陆军报导部长谷荻发表三次诱降谈话，汪逆的最高经济顾问石渡，又跟着发表同样谈话，说要"一步一步使蒋介石屈服"。对于敌寇发言人这样再三诱降的叫嚣，国民党反动派竟噤口结舌，不敢驳斥一词。他如庞孙等逆率部投敌，吴逆开先回渝活动，国民党的中央社及其报纸均为其多方辩护，并加以"忠贞不屈"的头衔，真可谓欲盖弥彰，心劳日拙！第二，是集中反动宣传，加紧反对中国共产党。中央社自从广播日寇第五纵队张涤非等九个匪徒开十分钟会所通过的反共通电以后，在不满一个月的时间内，又曾广播了十九个各地特务分子盗用各种名义要求"取消边区、取消共产党"的通电。至于封锁八路军、新四军的战报，更是国民党反动派的惯技，为国人所熟知。第三，是粉饰太平，隐藏大后方民生涂炭的实况（参看一日本报社论——编者）。以上数端，不过举其荦荦大者。现在重庆、成都等地报纸已有"保障舆论""给记者以适当的自由"（《大公报》），"报纸究非政府公报，大可不必全部中央社制"（见《新闻战线》二卷九、十期合刊）等呼声，可见国民党反动派的"一个党、一个领袖、一个报纸"的法西斯新闻政策，必然要遇到全国舆论界和全国同胞们日益增长的反对而归于失败。国民党反动派最近又准备玩一套"实行宪政"的把戏，可是民主的主要标志之一，就是人民有言论出版之自由，现在国民党反动派实行这样倒行逆施的新闻政策，它的"实行宪政"，就不但毫无真心诚意，而且恰恰证明是一种烟幕，其目的是实行更大的专制独裁的罪恶。

(《晋察冀日报》1943年9月5日)

青记学会改选

邓拓等五人当选理事

帆

【本报特讯】昨日记者俱乐部假本报编辑室召开会议，讨论记者学会边区分会改选问题，到会有本报、《子弟兵报》、《晋察冀画报》等报记者三十余人。该会首先报告去年度边区殉国新闻工作者——沈蔚、雷烨、戴烨、周景陵的壮烈事迹并致哀，旋即进行改选。结果，邓拓、丘岗、沙飞、张致祥、周游等五人当选为理事，最后以整风精神交换各报工作经验。

(《晋察冀日报》1943年9月7日)

在乡村，人民是怎样传阅与热爱着日报

安克成

北岳区自正月开过发行会议以后，日报发行员与读报组已在各地普遍建立起来。由于他们的积极努力，乡村读报工作已有很大的开展。"一天不看报闷得慌。"这已成为许多群众的共同感觉。灵寿三区×××村遭到敌人蚕食后，一个时期没有发报，我们一个同志去看望该村某老士绅时，他说："好久没有看到咱们报纸了，究竟希特勒怎样了。如果再看不到报，可真要闷死人了。"这是事实，也是广大群众对报纸的热爱。

在今天，无论是巩固区或者是游击区人民，对日报的传阅与热爱，是有不少的模范例子的。灵寿张家庄发行员李万贵，把从今年二月到现在的报纸，完全装订起来，一份也不差地保存着，对报纸非常爱护。在读报工作上，他把他们村子（包括自然村）所有能看懂报的人都编成读报小组，排定甲、乙、丙、丁等号，报纸送到即按甲、乙、丙、丁的编号轮流传阅。阅后，为了使大家对报纸更深刻的了解，又规定七天召开座谈会一次，把一些重要的问题进行讨论，然后再让这些读报组员分别向大家进行宣传。此外他自己还经常地逢人就问有没有人讲报给大家听，进行检查工作。由于他这样的积极努力，所以群众对报纸都很爱护。报纸这次增价后，他们就说："报纸变成二毛钱，就是二十块钱，我们也愿意看报。"

阜平七区沙湾村发行员杨庆玉，报纸到后不仅做到每期都给大家读，而且还能经常用信告诉附近村老乡，当天报上有些什么事，有时自己还亲自到附近村去给大家读报，这样有的老乡就说："杨庆玉真好，经常给咱们读报，不然咱们什么也不知道。"还有的说："现在出两个钱没关系，报纸来得很快，而且还有人给咱们读。"

平山五区之陈庄，发行员王德元，一期接不到报纸，或者报纸来得较慢点，就马上写信或者自己亲自到区里去问，报纸到后，看见哪里有人他就拿上报纸给大家读，这样使得老百姓在吃饭的时候，也都要找他给读报。

龙华×区×村小学教员，对于读报工作积极负责，能经常给大家读报。该村有一个老乡非常落后，这位小学教员常常讲报给他听的结果，他改变了，感觉到自己过去不对，对抗日工作也很积极了。

平西涞水县六区××村有一个老乡每逢读报时就喊："今天晚上读报了，大家都去听吧，天下大事都有，希特勒快完了，人家冀西十三岁的丫头一天纺一斤线，都去听呀！"

平定×村离敌人据点二里路，但也和巩固区的村子一样，他们也把报纸装成合订本，很好地保存着。报纸到后，他们就拿着我们的报纸与伪报比较，看哪些是敌人在造谣，然后再把敌人造的谣加以讨论，大家一致揭穿敌人。

雁北繁峙游击区的村子，对报纸同样是热爱着，他们经常在村外放上岗哨进行集体读报，敌人来了就把报纸藏了起来，敌人走后再继续读。

以上这些模范的例子与群众对于日报的热爱情形，到处是存在着的。我所能写的只是这些。

（《晋察冀日报》1943年9月7日）

应县县政府的公余生活

晋宜

应县县政府的干部学习，在高县长的推动下，正在大踏步地进展，他们每天的生活很有规律。

早晨天一亮就起来爬山,三五一伙地坐在山头上读报。爬山回来,仍坚持着每天两小时的集体学习,一个人念,大家记笔记。这样,解决了书籍少的困难。

太阳下山的时候,文艺小组就活跃起来了,有的阅读《山》,讲述创作方法,有的研究新文字,有的给"小鬼"们讲算术,有时候找一个同志讲史地、报告时事,有时候分组学习,有时候集体研究。

夜色笼罩了大地,书看不见了,他们便开始了一面散步一面讨论的漫谈会,有的辩论问题,有的互相批评。

每天早晚两个时间,都是这样。

(《晋察冀日报》1943年9月9日)

阜平、行唐文艺工作活跃

【阜平讯】本县教联,为了使一般爱好文艺的会员提高写作技术,特于八月十六日成立文艺组,参加者达二十余人。聘请邵子南、侯金镜为指导人。现在各区都在相继建立小组,今后本县乡村文艺,将有新开展。(张雷)

【行唐讯】本县爱好文艺的同志,为了有组织地研究文艺,练习写作,最近成立了文艺小组,参加者十七八人,县长、武装部长等都参加了,选出也平、戈华为正、副组长。全体组员大会决定:每月每人至少写作品一篇,通讯员一定要保证每月写两篇通讯稿;每月出版文艺壁报一期,每月举行文艺晚会一次;并准备成立图书馆,把散在各部门的书籍搜集起来以便大家传阅。县议会开会时,文艺组刊出《庆祝县议会专号》,县议员阅读得颇为踊跃。(也)

(《晋察冀日报》1943年9月10日)

北岳学联征文揭晓

【北岳区讯】北岳学联于本年"五四"青年节发起征文运动,应征者五百余件。经该会聘专人评阅,从中选出三十篇,作为这次征文获选的作品,并于国际青年节日公布发奖(获选名单见明日本报一四版报缝)。

(《晋察冀日报》1943年9月12日)

北岳学联征文获选名单

☐《给日本士兵的一封信》(平山五完☐☐),《"五四"运动的经过和当前青年的任务》(完县四完杨长花),《勤劳可以改善生活》(平山五完刘学习),《我们的学校生活》(阜平二完袁☐兴),《在劳动中学☐》(☐☐☐完杨振☐),《他是个哑巴》(完县二完☐金印),《☐☐☐文艺☐☐》(阜平八完白宗儒),《孩子回来了》(唐县九完么丙甲),《"八路军真好"——一个日兵说》(唐县七完晓明),《"四四"献给共产党》(唐县五完李国☐),以上各奖毛巾一条。

《☐》(☐国林),《一☐》(☐),《☐"五四"到来》(完县五完陈俊岐),《我最亲爱的朋友——报纸》(阜平二完张尊上),《一定去》(完县三高李绍平),《记一个英勇的八路军》(完县二完张永俊),《刘大嫂》(完县五完☐),《☐》(☐天祥),《歼灭战中的青年战士》(完县五完齐正心),《风雨中逃难的老百姓》(平山五完胡致成),《☐》(唐县七完李洪福),《☐☐日本兵》(唐县七完赵振☐),《我们☐》(☐),《☐的传染》(☐),《☐春》(阜平十完苗植田),

《快乐的事》（唐县三完齐尚科），以上各奖日记本一本、铅笔两支。

《晋察冀的儿童》（唐县二完史国魁、张□芳、虫织顺），奖日记本□。

(《晋察冀日报》1943年9月14日)

易县的一个文救小组

孙禄田

易县第九区上苇厂的文救小组，自去年七月间建立以来，已有一年多的光景了。在这一年多的过程中，每一个中心工作到了，他们都分头去深入地宣传动员，使工作完成得很迅速，如苇厂村的小学入学儿童的增加，及其他各种建设，文救小组给的帮助都很大。他们经常写壁报，从去年的七月起到现在共写标语十五次，每次平均十八条，一年来共写标语二七〇条。化装宣传工作共有六次，口头宣传在外。过新年的时候，他们唱过大戏三次（从阳历年到正月十五日）。最近他们又以每条街道为界，划定区域，每晚由各个会员分头负责向群众讲解目前国内外形势，及本村各种工作。自开始至今，从没间断过。

(《晋察冀日报》1943年9月14日)

名记者萨空了氏被捕

【新华社华中十七日电】桂林讯：曾任上海《立报》经理萨空了氏，已于六月被国民党特务捕去，押于桂林集中营。萨氏曾于"九一八"前后在北平编《北平画报》及《北平世界日报》，一九三九年曾任新疆日报副社长，一九四一年在香港任中国民主政团同盟机关报《光明报》总经理，为中国之名记者。

（《晋察冀日报》1943年9月22日）

《新华日报》华北版已改为太行

【新华社太行十二日电】《新华日报》华北版，已于本月一日正式改为太行版，加强报导太行抗日根据地的一切动态，服务于太行区一切建设事业，以期与实际工作更加结合。改版后的报纸，采综合编辑，第一版及第二版为社论与本区新闻，第三版为国际国内（包各根据地新闻），第四版专登有关本区实际工作的论文与通讯。该报内部同时改组，贯彻精兵简政原则，编辑部人员较过去减缩二分之一。在新的工作中，每一同志均有完成党所赋予的重大任务的勇气与决心。按，华北版创刊于一九三九年元旦，四年以来，对华北敌后抗战与各抗日民主根据地的理论与实际的指导上，有不可磨灭的功绩，为华北广大抗日军民的喉舌。由于敌寇对各抗日根据地分割与封锁，同时各根据地的党报建设亦先后完成，而四年以来该报即努力于地方化，中经数度改革，益与本区实际工作相结合。此次改版后，对本区当前实际斗争的指导与经验的交流将更加强。

（《晋察冀日报》1943年10月14日）

纪念鲁迅逝世七周年

《解放日报》发表毛主席重要文献

中央总学委通知深刻学习研究

  本月十九日是鲁迅先生逝世七周年纪念日，延安《解放日报》□在这一天发表了毛泽东同志一九四二年五月在延安文艺界座谈会上的讲话，来纪念这位中国文化革命的最伟大、最英勇的旗手。中央总学委并于二十日发出通知称：《解放日报》十月十九日发表的毛泽东同志在一九四二年五月延安文艺座谈会上的讲话，是中国共产党在思想建设的事业上最重要的文献之一，是毛泽东同志用通俗语言所写成的马列主义中国化的教科书。此文□绝不是单纯的文艺理论问题，而是马列主义普遍真理的具体化，是每一个共产党员对待任何事物应具有的阶级立场，与解决任何问题应具有的辩证唯物主义、历史唯物主义思想的典型示范。各□党收到这篇文章后，必须当作整风必读的文□，找□适当的时间在干部和党员中进行深刻的学习和研究，规定为今后干部学校与在职干部必修的一课，并尽量印成小册子，发送到广大的学生群众和文化界□□界的党外人士中去。

（《晋察冀日报》1943 年 10 月 26 日）

中共中央宣传部关于执行党的文艺政策的决定

  （一）十月十九日《解放日报》发表的毛泽东同志《在延安文艺座谈会上的讲话》，规定了党对于现阶段中国文艺运动的基本方针。全党都应该研究这个文件，以便对于文艺的理论与实际问题获得一致的正确的认识，纠正过去各种错误的认识。全党的文艺工作者都应该研究和实行这个文件的指示，克服过去思想中、工作中、作品中存在的各种偏向，以便把党的方针贯彻到每一个文艺部门中去，使文艺更好地服务于民族与人民的解放事业，并使文艺事业本身得到更好的发展。

（二）小资产阶级出身并在地主资产阶级教养下长成的文艺工作者，在其走向与人民群众结合的过程中，发生各种程度的脱离群众并妨害群众斗争的偏向是有历史必然性的。这些偏向，不经过深刻的检讨反省与长期的实际斗争，不可能彻底克服，也是有历史必然性的。这个真理已为各根据地的无数事实所证实。因此各根据地党的文艺工作者，都应该把毛泽东同志所提出的问题看成是有普遍原则性的，而非仅适用于某一特殊地区或若干特殊个人的问题。无论是在前方后方，也无论已否参加实际工作，都应该找到适当和充分的时间，召集一定的会议，讨论毛泽东同志的指示，联系各地区各个人的实际，展开严格的批评与自我批评。各地方与部队中党的领导机关，应该普遍负责领导所属范围内文艺工作者的这个学习运动，并检讨本身过去对文艺工作的自由主义或认识不足等缺点。须知只有经过这个学习与批评，才能使真正属于人民群众的文艺与文艺家成为可能。而这种革命文艺与革命文艺家的产生，对于根据地人民事业是有重要意义的。又须知在今天的文艺战线上，与民族斗争、阶级斗争的其他战线一样，不但存在着保持小资产阶级错误思想的分子，而且混有若干为敌人反动派所派遣的奸细破坏分子。他们过去利用我们的尊重文化人（这是对的），与若干同志中的自由主义倾向（这是错的），散布思想毒素，进行反对人民的破坏革命队伍与革命文艺队伍的纯洁性的活动。不经过认真的学习运动并使这些分子觉悟，则文艺事业的发展与根据地的巩固都将遇到困难。

（三）在目前时期，由于根据地的战争环境与农村环境，文艺工作各部门中以戏剧工作与新闻通讯工作为最有发展的必要与可能，其他部门的工作虽不能放弃或忽视，但一般地应以这两项工作为中心。内容反映人民感情、意志，形式是易演易懂的话剧与歌剧（这是融戏剧、文学、音乐、跳舞甚至美术于一炉的艺术形式，包括各种新旧形式与地方形式），已经证明是今天动员与教育群众坚持抗战、发展生产的有力武器，应该在各地方与部队中普遍发展。其已发展者则应加强指导，使其逐渐提高。各根据地有演出与战争完全无关的大型话剧和宣传封建秩序的旧剧者，这是一种错误，除确为专门研究工作的需要者外，应该停止或改造其内容。报纸是今天根据地干部与群众最主要、最普遍、最经常的读物，报纸上迅速反映现实斗争的长短通讯，在紧张的战争中是作者对读者的最好贡献，同时对作者自己的学习与创作的准备也有大的益处。那种轻视新闻工作，或对于这一工作敷衍从事，满足于浮光掠影的宣传而不求深入实际、深入群众的态度，应该纠正。由于过去许多根据地的文艺运动都曾不适当地强调提高，故在执行这两项工作或其他任何工作中，目前的方针都应该特别着重普及方面。如戏剧工作者的主要精力即应放在指导地方与部队的群众剧团或群众戏剧活动，新闻通讯工作者及一般文学工作者的主要精力，即应放在培养工农通讯员，帮助鼓励工农与工农干部练习写作，使成为一种群众运动。在这一方面，专门化的文艺工作者必须深刻觉悟到过去对这个任务的不认识或认识不足，已经造成了严重的损失，今后应以十分的热诚与恒心来开始这个工作。在陕甘宁边区工农（首先是工农干部、八路军与工厂工人）的学习条件较好，更应以大力有系统地进行之。

（四）毛泽东同志《讲话》的全部精神，同样适用于一切文化部门，也同样适用于党的一切工作部门。全党应该认识这个文件不但是解决文艺观、文化观问题的教育材料,并且也是一般的解决人生观与方法论问题的教育材料。中央总学委对此已有明确指示。鉴□根据地知识分子大多数都是受过小资产阶级、资产阶级或地主阶级文艺的深刻影响的,在他们中间尤须深入地宣传这个文件。(一九四三年十一月七日)

(毛主席《在延安文艺座谈会上的讲话》全文,不日由□□□□行本——编者)

(《晋察冀日报》1943 年 11 月 26 日)

贯彻推行党的文艺政策

华中局划淮南为实验区
决定展开群众的文艺运动

【新华社华中电】华中局为推行中共新文艺政策,决定以淮南路东为实验区。首先在报纸与戏剧两方面着手,积极为工农兵及其干部服务。淮南区□委为□已作如下的决定:第一,在新闻方面,确定将《新路东报》作为对干部的报纸,将改为□开二日刊,以三分之一刊登淮南地方新闻。对工农群众及战士,暂时各出版一种不定期刊物,图画与文字并重,内容以完全适合于工农及战士要求为准,故事、歌谣、群众生活及工作经验等将尽量采用,每期内容力求丰富,发行务□求普遍,群众与战士创作亦将尽量在此□刊物上发表。两个刊物将大量发展工农通讯员及战士通讯员。第二,在戏剧方面,以原有大众剧团及文工团为基础,配合地方知识青年,分别进行民间及连队戏剧运动。工作程序预定从现在起至旧历年前后准备时期,作思想上、干部上和材料上的准备。旧历年前后一月左右为普及运动时期，明年旧历二三月为群众工作。只有组织群众文娱组织，这样群众文艺运动才能普遍开展。

【新华社华中电】华中局为对党中央宣传部文艺政策的决定深入研究起见，特于去年十一月二十七日及十二月四日和十一日召开文艺座谈会，对毛泽东同志《在延安文艺座谈会上的讲话》作热烈讨论。饶漱石同志特别着重指出文艺工作者基本的问题乃是立场问题，只有立场正确解决了，则对于其他问题也易于解决。最后饶同志提出为要彻底解决立场问题，文艺工作者须：（一）深入工农兵，与工农兵结合一起，建立骨肉相连的关系。（二）在参加工农兵的实际斗争中去锻炼自己。（三）学习马列主义，学习政治。（四）发动并培养广大的工农兵文艺工作者，使工农兵自己能掌握文艺武器。为使研究深刻化起见，座谈会将继续召开，并分组详细讨论。

【新华社苏中电】淮南津浦路东的文艺工作者，正以全部力量来迎接根据党的文艺政策而进行的淮南新文艺运动。所有戏剧工作者都集中一起，自十二月十四日开始作五天的时事教育和五天的文艺工作的思想教育，并邀请民间戏剧团体的工作者一同参加讨论。并于十二月二十五日起作五十五天的工作实习。文工团同志将深入连队及机关，帮助建立战士与机关的文艺工作团体。大众剧团帮助工农建立民间文化团体。最后总结经验，进入普及工作阶段。至于计划中为战士报纸及农民报纸，正着手进行干部的配备及印刷工作的调整。以干部为对象的《新路东报》的改版，也在积极准备着。负责各地区通讯工作的同志将在十二月底集中□□□毛泽东同志《在延安文艺座谈会上的讲话》进行深入的讨论。

（《晋察冀日报》1944年1月1日）

反"扫荡"中的一支艺术军

王炜

在全国久著声誉的西北战地服务团,在这次残酷的三个月的反"扫荡"里,他们这一支艺术军的一部分(另一部分在平山帮助地方工作),配合着雁北的子弟兵,为打击外线敌寇的抢粮活动,并肩作战在风沙茫茫的繁峙川下。

他们的演出是依据着边区的政策法令,照顾到当地观众的文化水平,和针对着当地群众最迫切的需要,因此获得了光辉的胜利。

例如繁峙敌寇自去年七月初就打算在繁峙川抢粮十二万吨,粮食斗争成为川下群众最需要解决的严重问题。他们当时就演出了关于粮食斗争的戏,用当地曾经发生过的事例,具体地教育了当地群众,使他们得以喜笑颜开地、有把握地去进行斗争。又如最为川下群众所痛恨的繁峙县伪新民会事务部长王家祥,在十月二十二日被活捉时,他们就在当天夜里,在据点沙河附近演出了《活捉王家祥》,向广大游击区的人民宣传着我军的胜利,振奋了当地民心,使我们的工作得以顺利开展。

我们为了当地群众能够接受起见,不仅剧情都用当地的故事,台词采用了当地土话,还听取观众的意见来改编剧本。例如《活捉王家祥》一剧,原来是活捉着以后,带走了即行闭幕。但是,看戏的老乡们还不满足,一定要求当场处死;后来他们就改编成当场公审,激起了观众高涨的情绪,使他们整个身心都燃烧着对敌斗争的烈火。

另外,他们在三、四、五区的士绅和知识分子反法西斯的座谈会上都举行演出,同时帮助"反战同盟"和"朝鲜义勇队",演出了日本剧《我们的敌人是谁》,使川下人民了解了日本军阀不独是中国人民的敌人，而且也是日本人民的死对头，中日人民大众应该携起手来去打倒他们。

他们艰苦奋斗的精神，是非常值得我们称道的。他们在寒风震窗的深夜里，聚在一起编戏排戏；他们化好装以后，疾行走到据点附近村庄去演戏；他们在深夜演出归来，还不顾疲倦地进行探讨，来改进剧本。烧水做饭，背负道具，一切都是他们自己亲身去作，他们具有过去的艺人从未有过的刻苦精神！十六日内，他们曾演出了十次！

情况变化，当不能继续演出时，他们就和区村干部一同去进行贯彻土地政策等工作。在一个大据点附近的村庄里，我曾经看见了卢前同志夫妇是怎样不顾一切危险地工作着。

在艺术上，他们这次也有不少新的尝试：编剧和导演统一。由于"幕表戏"的使用，使演员都成为□□的剧作者，而且由于演出的迫急，不能作更多的排演，实践了苏联史坦尼斯拉夫斯基氏所主张的体验艺术。

在反"扫荡"胜利归来以后，我遇见了领导西战团的周巍峙同志，他告我说：

"我们这次在外线的演出，每个同志都具有整风下乡的决心，不仅准备流汗，还准备着流血！"

这是西战团这次胜利的最大的原因，也是敌后每一个文艺工作者应具有的工作精神。

（《晋察冀日报》1944年1月6日）

迎接新岁纪念创刊六周年

本报举行庆祝盛会

刘澜涛同志亲临讲话

本报为庆祝反"扫荡"胜利,庆祝新年及本报创刊六周年,特于元旦日举行大会。到会除本社全体工作人员外,尚有来宾于副议长、教育处刘皓风处长、《子弟兵》负责人丘岗同志、边区教育出版社罗光达同志等多人,分局刘澜涛同志亲临指导。大会由邓拓同志主持,在报告开会意义时,他把本报六年来的工作作一简单概括的回顾和检讨。随后即由刘澜涛同志代表分局讲话,他强调地指出党报为工农兵服务、为全边区人民各界抗日同胞服务,只有在党的正确领导和边区广大人民的支持援助下,再加全社工作同志的努力,才能很好地完成它的任务。他勖勉社内同志无论在哪个部门,担任什么岗位,其工作的重要,对党、对革命所负的责任是一样的,都应安心,尽最大的努力去完成分内的工作。今后日报不但要保证本身办得好,还要成为全边区各地党报的楷模和指导者。而特别重要的,是要注意培养工农通讯员。最后,他列举了敌寇日本法西斯和边区反共特务分子对我们党报的仇视和破坏的种种事实,在这次反"扫荡"时期缴获敌人文件中,曾有"《晋察冀日报》已永远和晋察冀人民绝缘了"等一类的词句。但我们的日报却始终未停,一直替边区广大人民服务,为他们所拥护爱戴,这就是我们的胜利,惟今后对敌寇、奸细、反共特务要更加警惕,随时揭发他们的罪恶与造谣。于副议长说:"《晋察冀日报》不但作了边区人民的喉舌,而且还是边区人民的耳目,它在民主建设上起着很大作用,今后希望对边区参议会的工作多多提供意见。"刘处长也特别指出政权工作与日报工作的密切关系,保证今后要更多地予以协助。会末由主席代表全社工作人员向来宾致谢，并宣布决〔定〕根据澜涛同志的指示及各位来宾的讲话，益加努力，贡献全部心力把党报办得更好，不管在任何环境下，一定要坚持党报工作。

（《晋察冀日报》1944年1月8日）

边区文联发起新年文艺创作运动征文启事

一、兹规定此次文艺创作运动，自本年一月起至三月底止，为期三个月。各项应征作品，于创作运动结束时，由鲁迅文艺奖金委员会评定给奖。

二、关于评定作品的标准与办法如下：

1. 作品必须适合于控诉复仇、拥政拥军爱民、劳动生产诸内容，并能在宣传活动中实际应用者。其他适合于对敌伪宣传与反法西斯主义思想内容者，亦可应征。

2. 作品不拘形式，不论小说、剧本、歌曲、绘画、木刻以及各种民间形式（如大鼓、唱词等），均任作者自己选择，不加限制。

3. 作品必须力求通俗化、大众化。

4. 各地区寄应征作品者，文学寄联大教育学院孙犁同志转文协，音乐寄西战团芦肃同志转音协，美术寄抗敌剧社惦非同志转美协，戏剧寄抗敌剧社韩塞转剧协。各协会于三月底以前将各项应征作品，分别初步评选完竣，再将评选结果交来文联，召开鲁迅文艺奖金委员会作最后之评定。

（《晋察冀日报》1944年1月23日）

边区文联发起新年文艺创作运动

【本报讯】边区文联于去年九月间，为开展对敌伪政治攻势，宣传反法西斯主义思想，曾号召发起文艺创作运动。以后不久，敌寇即开始对我北岳区进行全面"扫荡"，我边区全体文艺工作者立即投入反"扫荡"战斗中，致影响此次创作运动未能按计划进行。值此反"扫荡"胜利结束，全边区党政军民为加强对敌斗争，迎接人类大解放的前夕——一九四四年，正在普遍掀起控诉复仇、拥军拥政爱民以及大生产运动之际，边区文联特继续发起新年创作运动，号召各地区、各部门的文艺工作者，积极投入这一创作运动中来，大量创作新的文艺作品，举起艺术的武器，进行对敌坚决的斗争。

(《晋察冀日报》1944年1月23日)

淮南路东区新文艺运动正开展中

区党委召开文艺座谈会总结实验经验

【新华社淮南二十二日电】华中局决定淮南路东为新文艺运动实验区后，淮南路东新文艺运动正在开展中。供干部阅读的《新路东报》已于十二日改版出刊。供工农群众阅读的《淮南大众》也已付印，通讯组织工作业已开始。全体戏剧工作同志则已初步结束群众戏剧运动的实验工作。在十天的实验工作中，他们开始接近农民与战士，从群众中发现了不少艺术天才，收集了许多民间戏剧材料，对开展群众性戏剧运动的规律作了初步研究。淮南区党委为总结此次实验经验，特于本月九日起召开文艺座谈会，会期共历三日，除各剧团总结戏剧大众化经验，报纸通讯工作者检讨过去工作外，并对即将开展的群众文艺运动的组织工作加以研究。到会同志从实际经验中，相信文艺与工农兵结合的方向是完全正确的与完全可能的。会议最后一日彭康同志讲话，他特别着重提出文艺工作者的立场问题，认为这是先决条件。此外，对于文艺与政治的关系、为工农兵服务及利用旧形式等问题，也有详细说明。他指出：除利用和改造旧形式外，还须根据现有群众水准逐步提高，创造群众喜爱的新形式，新文艺运动才有发展前途。区党委张劲夫同志最后做结论，他指出路东文艺工作者的思想已有转变，已经认识到群众性文艺运动的可能与必要，这些都是开展工作的第一步。座谈会结束后，普及运动即告开始，大众剧团赴来安六合地区，组织地方群众戏剧工作，前锋剧团则以地方武装为对象，报社通讯部工作人员也已分赴各县、区、乡协助组织通讯网。

(《晋察冀日报》1944年1月28日)

本报启事

毛泽东同志一九四二年五月《在延安文艺座谈会上的讲话》，是在去年反"扫荡"期间（十月）收到的，因为当时报纸篇幅的关系，没有能及时披露。本拟印单行本，亦因故未能印出。兹为适应各地整风参考与讨论文艺政策起见，特于本日本报将全文登载，不另印小册子，希读者原谅。

(《晋察冀日报》1944年1月30日)

拥军运动中的阜平城厢剧团

安若

城厢剧团的工作情绪，一向就高涨。这次反"扫荡"，剧团的全部财产都损失了，团员生活也很艰难，但他们依然坚持了经常的工作制度。春节前西战团四个同志来帮助工作，更增加了他们的信心，欢欣鼓舞地参加了这次拥军爱民运动的热潮。

每人全抱了决心，要在边区拥军爱民大会上争取村剧团的模范，他们不但全体团员全在动，而且发动了村里青抗先自卫队的参与，造成全村的活跃空气。只要你一走进城厢小学（他们的集合地），就会听到各种交响着的声音：小调、秧歌、活报、快板、四不闲、老调、话剧、霸王鞭、锣鼓、口琴……你会为这热烈紧张的气氛所吸引，更会惊服于这群乡村艺人的智慧。

为要照顾家里生活，他们常是晚上集合，排演到夜深。更为了要突击本村过年的游艺节目，他们牺牲了个人的除夕天伦团聚，直排练到三星将落，初一清早又排，精神毫不懈怠。在他们的天才和西战团同志的不断勉励下，竟能于一夜半天的短时间，完成了初一下午的五个节目的演出，而且博得好评。

在西战团同志的帮助下，他们整理了社务，建立、健全了各种制度组织，改选了干部，检讨了一年的工作、生活，改变着残余的流氓作风，更正规化地工作起来。因此，当昨夜他们又收到几份抗敌剧社寄来的剧本时，大家都惊喜地叫起来："喝！人家怎么都这么瞧得起咱呵?!"

（《晋察冀日报》1944年2月9日）

平津伪报多停刊

【新华社太行五日电】平津来讯，平津各伪报近奉敌报导部命令，自一日起停刊。刻天津仅存《庸报》与《新天津》两报，北平为《新民报》与《实报》。惟均缩减篇幅，《庸报》《新民》二报缩减为四开，《实报》与《新天津》则改为八开。敌寇此种行动，显为物资缺乏的证明。

（《晋察冀日报》1944年2月9日）

新四军淮南纵队举行文娱竞赛大会

各连队演出节目均受观众赞扬

【新华社淮南十日电】为响应中央新文艺运动号召，我新四军淮南纵队广泛展开大众文娱活动。首先由各连俱乐部健全文娱组，逐渐推动全连创造大众娱乐，互相竞赛，由上级给奖鼓励。日前该纵队在驻地举行文娱竞赛大会，广场四周悬灯结彩，周围十里路外的农民也来参加，节目由各连演出，博得彩声不少。某连高跷戏颇受观众赞扬，某中队生产舞以及某连庆祝舞均采用秧歌舞的步伐，生产舞中大萝卜、大白菜、大辣椒、大茄子等均在场上歌舞，内容颇为新鲜。某连演《保卫边区》一□，是该连一个班长编的，主角也由该班长自己担任，演出效果很好。还有几个连队的花船、花车、花担等均采用民众喜闻乐见的形式，在演出时各单位均有锣鼓乐队配奏，十分热闹。经过此次竞赛大会，部队中的戏剧大众化运动更加深入。

（《晋察冀日报》1944年2月16日）

延安南区秧歌队深入农村收效极大

【新华社延安十八日电】春节期间，西北局、边区抗联、边区文协三机关组成的南区秧歌队，极受群众欢迎。他们深入农村，先后在延县南区厂儿河、七里铺、三十里铺、红寺、二十里铺、十里铺等地演出。每场观众多至六七百人，最少的也在三百人以上。在三十里铺演出时，□家沟的十几个妇女赶了十五里路前来观看，离三十里铺五里远的婆媳沟全村，二十几口人除了一个跛子、一个老太婆二人走不动，留在村里看门外，□□全部男女老幼都赶来观看，老百姓□□秧歌队为高司令（即高岗同志）□秧歌队。二十里铺一个七十岁的老汉□□法说："高司令派了秧歌队来给咱们拜年，咱们也没去给高司令拜年，还□□好招待秧歌队一下。"该队演出的节目中有《变工好》，主角陈二是一个□□子（即好劳动），他想着像我这样□□劳动，参加变工队才吃亏呢。只是□当他独自一个人吆着牛耕地忙不过来时，开始感到到底是人手少哩，以及在他亲眼看到参加变工队的人所得到的利益才参加了变工队。而扮演主角陈二的演员吆牛耕地时所表现的那种慌张的忙乱的逼真神情，更使得观众不断发笑，他们说："看起来一个人的事难干""一个人忙不过来""一个人顾得了耕地，顾不了撒籽、上粪，顾得了抓籽、抓粪，又顾不了牛""不变工不行啊"。一个姓徐的六十五岁的老汉和一个年轻人则在争论着，老汉说："咱们村上也能变工，但是人心不齐。"年轻人说："不是人心不齐，是没有好好组织在一搭。"另一个节目《一朵红花》，演出时三十里铺一个妇女说是绝顶的好，一个青年的姑娘也说："这是给女人提意见的，谁也不要当懒婆娘。"而那扮老太太和胡二嫂的演员的逼真动作，更使大家连声称赞"像那回事""演的好式样""一满是

（即完全是）咱老百姓的婆娘"。另讯，西北局宣传部已向各秧歌队发出通知收集经验，以供今后参考。

（《晋察冀日报》1944年2月22日）

平山八区文化娱乐竞赛
线外群众来根据地演戏

洛灏

【平山讯】正月十五日，本县八区进行文化娱乐竞赛。各村霸王鞭、跳竹马、秧歌队、村剧团集合在一起。二三十里外的老乡有带了铺盖来参观的。节目内容都以开展拥军运动为主，评判结果以李家沟口、南文都、柏岭三村最好。晚上由村剧团表演话剧，南庄村剧团自己编导的《生产》快板剧，得到不少人的称赞。新年里，平山沟线外之某村剧团来我根据地表演，他们利用旧形式自己改成抗日的内容，晚上在很秘密的地方点着油灯排演。此次来根据地时，各村群众热情招待，临走，村干部一直送得很远还不舍。

（《晋察冀日报》1944年2月29日）

群众剧社在易县开办文艺训练班

克辛

【易县讯】边区抗联群众剧社，配合着过新年和拥政爱民拥军运动，到易县开办短期的乡村少年儿童文艺训练班，教"霸王鞭"、秧歌舞以及各种歌曲。前后在八区、九区、六区、五区、七区、四区巡

回训练，学会的儿童近二百人。这二百人在很短时期内，回到村里又传授了更多的儿童，因之易县的乡村文化娱乐就大大开展了，过新年和拥政爱民拥军运动也就更加活跃起来。群众剧社的同志们朴素、认真、艰苦的工作作风，值得大家的钦佩和学习。

(《晋察冀日报》1944年3月2日)

文学工作近讯

李冬实

【文协讯】边区文学工作者下乡后，到今天已有一些成绩，无论在作者的思想认识上，在作品上，都开始有一些进步。下到冀中的一个文学工作者近来信，他做了一个区干部，学会了许多实际工作的能力，为村民解决了不少问题，很是高兴地说："我不是来搜集什么材料，我是来获得泥土，我要从半空中降落到泥土里，重新从冀中的土壤生长出来。"另一位下到大清河畔，也来信说：文艺工作者要不放下自高自大的架子，下乡以后，一定"痛苦"，一定感到人家"轻视"了他。又说：文艺工作者假如没有对文艺工作的十足热情，只为新鲜好玩下乡，那他就不如干脆改行，免得两无成就。这都是下乡后的经验谈。

事实上，下乡后在作品的内容上及形式上都有了很大变化，田间同志近来连续发表在日报的简短生动的通讯，便都是孟平人民生活斗争的一部分感情、意志的素描。坚持在冀中平原岗位上的王林同志，完成了一部二十五万字的小说《腹地》，还写了《十八匹战马》等十几个短篇，并且指导了冀中新生的文艺青年的写作。梁斌同志写了《农村和土地》等五篇小说，已带来边区。远千里同志写来的《可爱的妻子》《战斗班长》等篇，证明作者下乡深入实际斗争中后，他们作品所表现的事件、感情和语言，有了一些可喜的进步，而为人民所需要。和过去他写的那些诗篇一比较，真使人兴奋，羡慕下乡对作者的好处。

在冀中，六分区曾举办了"伟大的一年间"文艺创作运动，选稿已寄到文协，都是实际工作者的作品，反映五一大"扫荡"后冀中各种血肉斗争场面的，实足动人。其中《日寇清剿河栏井》等篇，多年从事写作者亦叹不如。七分区今年也要举办一次创作运动。

(《晋察冀日报》1944 年 3 月 4 日)

贯彻整风，开展群众文艺运动

文联决定今年奋斗目标

最近将召开边区文艺座谈会

【文联讯】本会于二月十五日举行第三次会议，出席者沙可夫(主席)、冯宿海、张春桥、周巍峙、王纪新、丁里、崔嵬等同志。会议内容除由主席报告自上届会议以来的工作外，并决定文联今后工作如下：

一、为了使边区文艺运动更进一步与群众运动相结合，根据去年九月十六日边区抗联执委会的决定，文联不单独设专门工作机关与干部，文联工作与抗联宣传相结合，因此文联机关现已正式结束。

二、文联一九四四年工作方针与任务为：

方针。(一) 宣传并贯彻毛泽东同志思想；(二) 继续贯彻与完成整风，彻底克服艺术至上主义思想倾向；(三) 开展群众文艺普及运动，使文艺更进一步为政治服务，与群众（工农兵）相结合。

任务。（一）在猛烈开展对敌政治攻势中，更大地发挥文艺的战斗作用。（二）在开展大生产运动中不仅要以文艺作品鼓动群众生产情绪，反映群众生产活动，并要发动全体文艺工作者，亲自参加到生产劳动中去，加强生产知识的学习，改变劳动观念，改造思想意识。（三）进一步开展文艺界整风运动，根据毛泽东《在延安文艺座谈会上的讲话》及中共中央宣传部关于文艺政策的决定，深入有效地检查文艺工作者的思想和工作，进一步克服艺术至上主义的思想偏向。（四）开展群众文艺运动，重点是群众的戏剧与新闻通讯，有计划地帮助和培养连队乡村剧团与工农通讯员。（五）加强对文艺工作者的政治时事教育，主要是反法西斯反封建的教育，与政策法令的学习，并使每一个文艺工作者都能通过文艺运动担起宣传鼓动群众的任务。

三、当前几项具体工作：（一）召开边区文艺座谈会，目的在根据毛泽东同志《在延安文艺座谈会上的讲话》及中共中央宣传部关于文艺政策的决定，检查边区文艺工作者的思想和工作，更进一步开展边区文艺界整风运动。（二）各剧团，主要是西战团、抗敌、火线、群众剧社，迅速总结去年及今年拥政爱民与拥军运动中的下乡和艺术活动的经验。（三）组织文艺工作者写边区劳动英雄、战斗英雄传记、战斗与生产经验。（四）各剧团制定政治时事教育计划，并保证完全按计划进行。（五）各剧团应把政治攻势当作经常工作，有计划有组织地来进行，并应以每年一半以上时间分散下乡或到连队中去接近实际开展群众文艺活动，各剧团应请示主管机关马上把这两种工作订出计划来。

四、从文联组织形式与工作要求上讲，文联今后对边区文艺文化运动的领导重点是思想领导，思想领导的重点是整风。另外对边区各文艺文化团体来讲，文联领导的重点是西战团、抗敌与冀中火线三个团体，与文音美剧四协会，并应突破一点吸取经验，以便指导全边区文化文艺运动。

五、关于编辑出版工作：决定沙可夫、冯宿海、张春桥为编辑委员会委员，负责编辑文艺定期刊（指导性）一种，通俗文艺丛刊一种（今年争取出版十册）。另《乡村文化》复刊问题待商，《文化界》决定停刊。

（《晋察冀日报》1944年3月4日）

雁北宣传队深入群众中

支克

【雁北讯】雁北在新年后，为了进行反"扫荡"胜利后的宣传解释工作、善后工作，及深入时事宣传，由党、政、军、民共同组织了十五人左右的宣传队，内分宣传、医疗、调查、慰问等四个组，于一月六日到十五日在灵丘四、五两区的十三个行政村里进行了很多工作。计召开了大小群众会十七次，村干部会十七次，大多数会上都有快板、大鼓等娱乐项目。每村都写五—十条标语，传单遍贴街头巷尾。得到我们医药的伤病老乡，在二百人左右。而对一些灾户、难户、贫户以及一些租佃问题、治安问题，亦都获得适当解决与安置，更普遍地征求了人民对部队的意见。于是中共中央的《告敌后军民信》，及军区政治部《告边区同胞书》，达到了每一个村庄，而医疗与一些实际困难的得到解决，更使广大人民深刻地感到自己的军队，与自己政府的亲切关怀。

（《晋察冀日报》1944年3月8日）

灵寿文艺小组开会讨论为工农兵服务问题

朗

【灵寿讯】本县文艺小组,在旧历年初二召开了一次会议,会上讨论了为工农兵服务的问题,并朗诵组员们的作品。大家讨论研究,最后决定今后工作:(一)普遍写生产战斗故事;(二)出版文艺墙报;(三)阅读和研究好的作品;(四)具体帮助区村干部及农村通讯员阅读和写作。会后并举行一个小娱乐联欢会,大家尽欢而散。

(《晋察冀日报》1944年3月9日)

贯彻"全党办报"精神
三分区地委表扬三篇好通讯

硬

【本报特讯】中共晋察冀分局为加强党报工作,贯彻"全党办报"的精神,曾于今年二月三日发出《关于党报工作的指示》及《关于目前采访要点的指示》,号召全体党员,尤其是负责干部,切实为党报服务,并亲自动手,组织稿件,供给党报。这一指示已得到各地党委及党员的热烈响应。三分区地委,接到分局指示后,曾经详细地讨论并具体地布置这一工作,已有了一些显著的收获,单在为日报写稿方面,最近发现三篇较好的能够"反映全面,抓住典型,内容充实,带有指导性"的新闻通讯。其一为《唐县下庄村合作社》,这是经过深入调查与分析的典型而完整的通讯,它抓住了"合作社性质就是为群众服务"的特性,加以生动具体的报导,并指出"该社今后的发展方向应还深入与加强对社员的组织工作,将大部分资金转向大生产的准备与组织方面去"。其二为《完县大生产运动扩干会》之新闻报导,是一全县性质的,反映全县生产动态的动员场面,不但是具体计划和数目字的报导,而且掌握了"建设劳动观念"的精神,这篇新闻是经过县长审阅盖章后发出的。其三为云彪县委宣传部长组织材料交李蕤同志写的关于贯彻土地政策法令问题的通讯,分析与综合了几个不同村庄发现的事实,写成一个系统性的完整材料,说明了在忠实执行党的土地政策下,基本群众怎样取得了胜利。这些稿件的成功,显然是由于他们研究并执行了分局和地委的指示,经过认真踏实的努力而得来的。三分区地委特于二月二十四日把这三篇稿件广为介绍,予以表扬,号召县委宣传部长、团政委亲自下手,搜集材料,组织写稿,不落人后。(按这三篇稿件,其二已志昨日本报,一、三两篇均在本期本报发表)

(《晋察冀日报》1944 年 3 月 11 日)

曲阳抗联成立文艺通讯小组

小谷

【曲阳讯】本县抗联会文艺通讯小组正式成立,有几位工农出身的同志也参加。全组共六人。二月十九日讨论了小组的制度、工作、学习,决定一月开一次小组会,检讨工作学习,并有重点地讨论一些同志的通讯写作。最近学习中心是研究毛主席《在延安文艺座谈会上的讲话》,并组织一次讨论。同时决定过去写过稿件的同志,每月写三篇;初学写作的工农同志,每月写两篇;响应文联征文号召,创作小型文艺作品。

(《晋察冀日报》1944 年 3 月 11 日)

六专区抗联号召开展通讯竞赛

右举

【本报讯】六专区抗联为进一步开展通讯写作工作，特号召全体抗联干部开展通讯竞赛，时期为二个月（二月十五—四月十五）。县的竞赛条件为：新闻——涞水一四〇件，昌宛房一四〇件，房涞涿八十件，蔚县五十件，昌宛怀三十件。长篇通讯——涞水八件，昌宛房八件，房涞涿四件，蔚县四件，昌宛怀三件。这些件数的确定是根据各县通讯工作基础和干部文化程度高低而定的，各县争取干部和地区的普遍。干部方面，县区宣传部门干部要成为推动通讯工作的核心。知识分子要耐心地帮助工农写作（每人写六篇，文化程度低的妇女干部每人四篇），通讯着重内容充实，且保持经常写作，教联会员的竞赛还有更具体的规定。优胜者将予表扬。

（《晋察冀日报》1944 年 3 月 11 日）

投稿同志注意

为充实新闻通讯内容，保证报导的正确性、真实性，提高写作技巧，所有给本报稿件，务希于写好后交本单位负责人审阅后再寄发。今后凡未经负责人审阅稿件，本报一律退还。敬希鉴谅。写作前能提出讨论，集体写作更好。

本报编委会谨启
三月二十日

（《晋察冀日报》1944 年 3 月 21 日）

西下关的读报小组

丁仲

【阜平讯】在上级"加强群众时事教育"的号召下,八区西下关的读报小组重新整理了。参加小组的有本村知识分子五名和本村小学教员,选出栗长法为小组长。并在第一次小组会上决议了以下几点:(一)保证每个组员熟读报纸,不间断一期。(二)要传阅报纸,发现问题时共同讨论。(三)每个组员要做一个传话筒,随时随地把重要消息传播给群众。(四)组员轮流写国内外大事于街头黑壁上。(五)组员要组织报纸材料,定期在民校作有系统的宣传。这些现在不但是决议了,而且已在实行着。每个组员都有足够信心,使这个小组成为阜平八区读报小组中的模范。

(《晋察冀日报》1944年3月22日)

李殿冰家乡演出《李殿冰》

【三分区讯】三分区冲锋剧社已将专区战斗英雄、神枪手李殿冰在反"扫荡"里英勇斗争事迹搬上舞台,并在李殿冰家乡——曲阳尖地角演出,此实为晋察冀文艺工作者为工农兵服务之一个例子。当日虽刮暴风,但演员与群众仍坚持至最后一幕,李殿冰本人更成为观众中最被感动的一个。剧中内容逼真朴素,适合群众口味,又恰逢元宵佳节之后,处在大生产运动前夕的男女观众又亲切地重温了去年反"扫荡"的斗争生活,生产战斗情绪格外高涨。大家都说:"咱们的事上了戏,人家全知道,可真要好好地干呀!"(远方)

该剧为刘肖芜同志编写，冲锋剧社全体演员作首次演出，共七场。编写与排演之前，剧作者与演员都亲身住到李殿冰家里，作十天左右的实地访问，对李殿冰及其游击组员的生活性格，均作进一步的熟悉，写作内容以报导客观事实为主，故称之为"新闻报导剧"。

（《晋察冀日报》1944 年 3 月 26 日）

在西庄庙会上群众剧社演街头戏

正

边区抗联会群众剧社于三月十三日全体出发到阜平县西庄庙会去，时值中午，远近群众集中正多，一支化了装、手持各种农具的队伍从市场中心穿过，管弦合奏，锣鼓喧天，不一时即集合了两三千观众，共表演两小时。节目有拉洋片、唱歌和街头歌舞，均以生产为内容，临终观众们都舍不得离去，纷纷要求再演。

（《晋察冀日报》1944 年 4 月 6 日）

活跃在冀热边的文化军

《救国报》风行于冀东和伪"满"境内

【本报讯】在祖国最前线，敌人深远后方的冀热边，随着共产党八路军在那里的英勇战斗，建立起巩固的抗日根据地和游击根据地，建立了抗日政权，团结了广大人民，进行了各种建设，在文化事业上也有了许多创造。那里出版的《救国报》成为冀热边广大人民的喉舌，风行在冀东和伪"满洲国"境内，教育和指引着处于敌伪长期黑暗统治下的祖国同胞，进行对敌的斗争，争取民族的解放。冀热边的老百姓把《救国报》称作"胜利报"，把它当作抗日游击战争胜利的标志。无耻的敌伪特务机关曾经伪造《救国报》来进行其欺骗宣传，更说明了《救国报》给予敌人的打击是何等地深重！去年八月间，当《救国报》出版到一百二十期的时候，决定改变出版的方式，由集中出版的形式改变成各地区分别出版的形式。因为冀热边游击战争的开展与地区的扩大，旧的形式已经不能适应新的要求。改版后各地区的《救国报》更加大众化、地方化了。与这些地区的《救国报》并行的又有一个新的全冀热边的指导性的《救国时报》出版，它是用杂志的形式登载时事论文及工作研究文字的月刊。由于出版条件的限制，《救国时报》是油印的，但印刷非常精美。新地区的《救国报》与全区的《救国时报》都在去年九月一日开始出版，并提出共同的三点努力目标：（一）正确具体解释政策，迅速明确报导时局动态；（二）切实反映与指导工作，成为党政军民共同的言论□□；（三）揭破敌伪的黑暗与暴行，反映大众的呼声。他们在各地方、各县都设立了派报社，区村有派员，各个村庄普遍成立了群众读报小组，并且有读报员，使报纸深入到广大群众中去。

此外，在去年六月间，冀热边的"新长城社"成立了，发出《告冀热区文化界同胞书》，并出版《新长城》月刊一种。在《告文化界同胞书》中，他们向冀热边文化界同胞和青年同学们要求"大家在思想上、精神上、行动上取得紧密的联系"，并以"《新长城》月刊来记录这种深深的心底的共鸣"，他们要反映那"古老的旧长城的废墟上，用人民大众的血肉筑成新的长城"的伟大民族斗争并指导这一斗争。《新长城》是一个综合的杂志，"新长城社"是统一战线的、群众性的新民主主义的文化团体。这是他们在纲领草案中指明的。"新长城社"的基础组织是社员小组，并由全体社员大会产生

"执行理事"十三人至二十七人,由执行理事再产生"常务理事"五人至十三人,下设由总务、组织、编辑各部。尚有"名誉理事"若干人,冀热区司令员李运昌同志、政委李楚离同志及□其文副主任等均为该社"名誉理事"。冀热区文化界知名人士及文化工作者多为该社"执行理事"及"常务理事"。该社除出版《新长城》月刊外,并出版各种文化丛书,已出版者有毛泽东同志的《新民主主义论》和陈伯达等《评中国之命运》,及小丛书《晋察冀的生活光景》和《冲上张鼓峰去》等多种,销数甚多,而且销行地区甚广。在冀热边以那样精美的油印,出版这许多优良的杂志与丛书,在群众中的影响是非常新奇和深刻的。

【又讯】最近冀东文艺工作者来信说:冀东分区剧社现有四十余人,他们可以在一个地方住两个星期,并且时常住在大镇店和离敌据点一里地的村庄。他们随时都有演出的任务,人民和部队见到剧社,真是"兴奋得雀跃三丈"。戏剧上,他们演出了《眼光放远点》《英雄儿女》《春之歌》……音乐上,他们演唱了《中华民族》《咱们永远在一起》《拥护中国共产党》……信中最后一段说:"在冀东战斗真是极平常的事,不上三月,我们已经参加过三四次战斗了。"虽然战斗频繁,但他们仍然坚持着祖国最前线的文化阵地,《尖兵画报》已出十期。

(《晋察冀日报》1944年4月12日)

鲁艺工作团下乡演戏配合党政工作成绩很好

【新华社绥德七日电】延大鲁艺工作团,在三个多月的时间内,走了绥德、米脂、葭县、吴堡、子长五个县,廿四个区,演出了七十三次,有十二万多老百姓看到了"鲁艺家"的秧歌。他们把绥德分区的文艺活动引上了毛主席"为工农兵服务"的道路,他们配合各地党政工作,真正成为党的宣传队,在各种工作(如绥德的减租运动、子长劳动英雄大会、米脂新年活动、葭县移民运动、吴堡生产运动)中起了很大作用。其他改造二流子、妇女纺织、拥军、优抗、自卫、防奸等工作,也在鲁艺工作团的宣传鼓动下得到更大的开展。比如在演《减租会》时,有的老乡说:"可闹美了,真是穷人齐心力量大。"在葭县黑水坑的移民动员大会上,演了《下南路》,穷汉高长厚□报了名,并说:"过去想下南路,总没下决心,现在了解了,下南路去翻身呀。"会上报名的共有二十四名,并且在锣鼓喧天的热烈鼓动下,欢送移民的慰劳金共募到三万八千元。鲁艺工作团为工农兵服务,到处受到欢迎,米脂杨家沟老百姓替他们打扫了高高山上的雪路,迎接上去。义合老百姓和自卫军集队欢迎,还挑了慰劳品,放了三声铳。边区劳动英雄冯光琪、阎开增、王宏宇、鲍良声等,给工作团讲故事、作报告,供给他们材料编秧歌,帮助导演。各地党政机关和群众,还送了他们很多面锦旗,一致赞扬他们为工农兵服务的精神。工作团的同志得到老百姓的拥护,也向老百姓学习到了许多东西,三百多首民间秧歌小调、十四个剧,有一百五十多个剪纸。他们一路演剧,又搜集材料,还在各地写标语、画墙画、出墙报,给劳动英雄画像。在新年里,他们给革命烈士家属、抗属、劳动英雄家拜年,他们又给各地学生、自卫军教歌子,给学校秧歌队编剧本,帮助培养文艺工作干部，绥师、米中百十多位同学，现在演剧的本事大大地提高了。老百姓把鲁艺工作团认作自己的剧团。老百姓爱看新秧歌，因此说："旧戏是演的古朝代事，溜沟子戏，迩刻（现在）鲁艺家的秧歌，都是演的老百姓戏，看了都能了解。"

（《晋察冀日报》1944年4月13日）

安塞县委领导通讯工作的经验

新华社

自从"全党办报"的方针提出以后，安塞县委首先在思想上执行了这个方针，而在实践过程中收到了很大的成绩。这个成绩表现在：一方面是培养了大批的工农通讯员，抓住了运动的中心，有计划地适时地报导，稿件的质量也在逐渐提高，而且注意了搜集典型，报导新鲜的生动的事物；在另一方面，由于重视了党报的通讯工作，给工农同志在学习与提高文化上开辟了一个新的园地，同时因为通讯工作和各方面的工作呼吸一致，因此对于推动工作、激励自己，也给予了不少的助力。

他们用了怎样的办法呢？和每一件工作的成绩来源一样，他们采取了"首长负责具体领导"的办法。

去年九月，县委常委会决定要把党报的通讯工作提到应有的高度，重新整顿通讯组织，不久，又召集了县区干部开了一次会。在这个会上，县委书记李望淮同志把"要办好党报，一定要依靠全党的力量"这个意义，着重地讲了一次。当时就吸收了一批工农通讯员，确定了通讯员的人数，计《解放日报》十六人（内十三人是工农同志），李望淮同志为组长；《群众报》十人，白云亭同志为组长；并规定每人每月最少写稿一篇，月底检查，如没有完成，也作为一般工作任务没有完成,要实行批评。

由于进行了一个时期的整风学习,大部分同志已经打破了过去"写稿是负担"等的不正确的观念;同时也由于报纸上提倡工农同志实际工作的干部写稿,所以大家的写作情绪都很高。但困难还是有的,首先产生的是:"怎样写呢?"这时县委就提出知识分子同志与工农同志合作的办法,并强调知识分子有责任帮助工农干部写作。于是就举行了几次座谈会,由知识分子出身的午人同志,把怎样搜集材料、怎样选取典型等写作上的问题讲了一下,并提出如一时做不到,就把一件事情、一个工作的过程写出来就行。

在这个比较低的要求下,大家都动笔了,但有些工农同志还存在着怀疑心理:"自己写的稿子报纸上到底登不登呢?"当时县委看了这情形,就"以身作则"起来,李望淮、王怀义及县上其他负责同志都"自己动手",并且说:"不管登不登,咱们写就对,当作文化学习也好。"大家看见负责同志都这样热心,也就大胆地把写的稿子寄到报社来。

在提倡工农同志写作的方针下,报纸对于他们的作品当然非常欢迎,因此绝大部分均被采用了。在这样的情形下,就加强了他们的写作信心,加上报社对他们的鼓励,所以来稿就普遍和经常了。

在这个过程中间,县委对通讯员进行了具体帮助。比如白云亭同志寄来一篇稿子,县委给他提意见,修改了一次,感觉到还不完全,又给他提意见,再修改一次,一篇稿子写了三次才寄到报社。比如高桥区委书记冯孟和同志写的《向模范村前进的五沟庄》,第一次把稿子寄到县委,李望淮同志感到材料还不够充实,当他到县上来开会时,又和他谈,让他再写一次,并指定知识分子同志专门帮助他写。比如郭存道同志,开始写不出来,由他把材料讲出来,由知识分子同志代他写,《张庆丰运盐起家》就是这样写成的。以后,他自己又慢慢地学着写,现在已经能经常地给《解放日报》写稿了。

同志们写作的情绪和信心都已提高，就需要进一步地加强它。就是说，要做到有计划的适时的报导、典型的报导。李望淮同志看到了这一点。他采用了两个办法：一个办法是当每一个大的运动或者中心工作来临的时候，事先布置，指定专人负责。比如这次安塞开劳动英雄代表大会，事前李望淮同志就把参加工作的通讯员同志召集来，谈一谈大会的情况和怎样报导，当时就决定大会总的消息宋午人同志负责，其次每个具体问题都分配由专人写（如变札工、二流子转变、妇女生产等）。事后，并要汇报。如这次四区三乡（即劳动英雄陈德发的模范乡）进行生产动员，这是个典型的地区，李望淮同志及二十余位干部都参加工作。因此，出发以前，李望淮同志就告诉大家："这次下乡，每人要写一篇稿子。"在二行政村工作的时候，就分配一个人写移难民，一个人写拥军，一个人写新年时群众的丰衣足食。还有一个办法，就是典型地区和典型事物，也指定熟悉这个地区和事物的人负责。比如，小樵湾和杨朝臣就由午人报导；魏家塔大变工队就由孙力报导；樊彦旺的模范合作社就由叶修青负责。

采用了这两个办法，就不致使报导无计划、零碎或者遗漏，同时使报导有连续性。像刘玉同志报导了二流子杨树枝转变，报导了他当上劳动英雄，接着又报导了他回去以后创造模范村的计划。另外，因为经常报导一个典型地区和事物，就容易发现一些新的东西，如樊彦旺创造的通过妇纺包交公粮的新办法，叶修青同志就能适时地生动地将它写出来。

由于把党报的通讯工作看作是整个工作的一部分，因此，不少的同志都感到对于一切工作均有帮助。如工农出身的阎太和同志，因为写《井沟庄》这篇稿子，在县委的帮助下，曾数次至该庄搜集材料，这就逐渐加强了他调查研究及总结经验的能力。这样的例子很多，如知识分子出身的午人同志、叶修青同志，因为经常到陈德发的模范乡、樊彦旺的模范合作社采访，就使他们有更多的机会接触实际，了解情况，丰富了自己的知识，增加了工作上的便利。至于工农同志因为重视通讯工作，对提高自己的文化热情，增高信心，增高得非常多，白云亭同志就是一个例子。

虽然如此，但安塞县委并不满足于这个成绩。他们首先感到的是报导的一般化，有些平铺直叙，不够生动，缺乏新鲜内容。在实际工作中材料很多，但对于总结这些材料及从中抽出典型的新鲜的事物来报导，有些同志还感到有困难。当然，去掉这些缺点，对于我们刚刚开始写作不久的工农同志来说，也不是短时间能办到的，因此他们准备从有些写作经验的同志先注意起来，作个示范，逐渐提高稿件的质量。同时，为了更普遍建立通讯工作，他们也准备提倡劳动英雄及乡干部写稿，而在这里，对于具体领导及加强知识分子同志与工农同志的结合，就会要求得更有计划些，更高些。

由于李望淮同志的亲自负责，重视党报的通讯工作为整个党的工作之一环，而且在实际中，切实帮助，解决具体困难，因此，他们获得了成绩，取得了一些经验，充实了党报的内容。这个精神，这些办法，是值得学习的。

（新华社延安九日电：按，本文系根据安塞县委书记李望淮同志谈话及该县平时通讯工作材料写成。）

（《晋察冀日报》1944年4月15日）

杨朝臣的秧歌队

新华社

从这篇通讯里可以看出艺术与实际结合以后的力量，也可以看出老百姓的艺术眼光。

安塞的群众把"安塞宣传队"叫做"杨朝臣的秧歌队"，这起因是当他们在小樵湾演出刚宣布散场,就有十几个人把该队的负责人包围起来,争着说:"闹得美,欢迎你们明天到咱村上闹两场。"该队负责人见人这么多,不能一一具体答复,只好说"我们都去"。后沟和新庄的代表恐怕不去,放心不下,就去找杨朝臣说:"公家的社火(秧歌)是来给你拜年,是来抬举你咧,请你给说一下,到咱村上去闹两场。"该队听了杨朝臣的话,第二天先到新庄去演,群众就纷纷传说:"还是劳动英雄吃得开,说来就来。"急得五乡的老陈说:"四乡出了个劳动英雄,闹得热火朝天,什么也看上咧,咱五乡今年一定要创造个劳动英雄争一争气。"从此,安塞一区的群众就把这个秧歌队叫做"杨朝臣的秧歌队"了。

这个队所以得到这个称呼的另一个原因,是因为在他们的六个节目中,有一个最精彩、最受群众欢迎的节目名叫《新状元杨朝臣》,这是表现杨朝臣的勤劳生产和二流子陆喜娃的好吃懒做,在这一鲜明对照中,收到了很好的效果。自从这个剧在新城演出后,所到的地方,如后沟、新庄、枣湾的群众,都要求先演这个剧,后沟的村代表说:"请先唱杨朝臣,叫咱们村里的二流子看看,动一动心。"

在小樵湾演出时,陆喜娃本人也来看,当他看到剧中的他刚一出场,就羞得低下了头,泪流满面地跑了。第二天该队负责同志去访问他,他的婆姨说:"昨天他看了回来,痛痛地哭了半夜。"他自己对该队负责人说:"咱今年决心学好,定要把光景闹美。"该队负责人安慰和勉励了他一番,还答应派人帮助他锄草,并建议乡长给他镢头,帮助他家里解决纺车、棉花及生活困难问题。乡长很高兴地答应了。

在新庄演出时,喜娃的丈人抱着外孙来看他,对该队说:"你们编的戏都好,就是有一个缺点,没有把喜娃的两个娃娃编上。"问他:"为什么?"他说:"编上去娃娃饿得叫唤,叫二流子看看着急不着急!"

★★★★★★

从杨朝臣秧歌队的出演中,有两点值得提出的:

第一，宣传队不只是对群众演秧歌，他们第二天还去访问陆喜娃，安慰他、勉励他，给他解决各种困难，这就实际帮助了陆喜娃的改造，使艺术工作与实际工作联系起来。当我们所宣传的东西在一定对象上发生了影响的时候，就马上进一步帮助他，使这影响转变为他的实际行动，这种做法是值得学习的。

第二，对于"杨朝臣的秧歌队"陆喜娃丈人的批评是很中肯的。二流子有一些差不多是共通的特点，比如串门子、耍赌博、好吃懒做等等，表现了这些，当然也可以相当地刻画出一个二流子的面目，但如果都是这样，就会使人感到千篇一律了。陆喜娃的两个孩子饿得叫唤，这正是在陆喜娃这个具体人物的家庭生活中重要的事实，把这一点编到戏里，一定可以使那个戏更加逼真动人，这证明群众不但能够接受新的艺术，而且他们的意见往往就是最好的批评，因为他们熟悉自己的生活，他们知道什么是重要的，什么是并不重要的，他们知道必须抓住哪一点，才能强有力地表现一定的事物，一定的生活，这就是老百姓的艺术眼光。□□□□□□艺术工作者要虚心向群众学习。

(《晋察冀日报》1944年4月16日)

关中文艺工作与工农兵结合后

教育鼓动组织了群众

演出秦腔《关中四杰》影响极大

【新华社关中十日电】关中分区文艺工作与工农兵结合后，已收到教育鼓动组织群众的显著效果。据张副专员谈：关中"八一"剧团、民众剧团在各地演出秦腔剧——《关中四杰》，其影响极大。系以表扬关中四位边区特等劳动英雄——冯云鹏、张清益、石明德、田荣贵等人事迹为内容。当该剧首次在马栏区出演时，一乡阴坡村居民胡占奎大受感动，他看剧后，向邻人表示，他希望自己的名字以后也能在剧中出现。他过去生产不积极，自看此剧后，他已积极生产，亲自领导一个唐将班子，并被群众推选为农会主任，最近且与李长青创立阴坡、陈家窑两村放羊合作社。该剧在淳耀庙泽区出演时，石明德、田荣贵两英雄亦在座，剧中之石、田两角色，其化装、言语、举止与"两杰"一模一样，故给予观众印象极深。他们的劳动事迹给予群众的鼓励亦因而更大。该剧有一场描写妇女劳动英雄李银花逃难至边区，一年开荒三十余亩的故事。剧中角色就穿着李银花本人的衣服化装上演，她的外形特征，均表现得十分逼真，熟悉李银花的观众都笑着说又像又好。一般观众对该剧评论是："戏都是事实，人也装得真真儿的，没一点假。"其中最动人的一节为演至石明德改造某二流子，该二流子觉悟后，立即劝说自己的二流子老婆赶快转变，努力生产。适剧中转变过来的某二流子正在当场看戏，当他看见剧中的自己已变成好劳动者，并且开始规劝老婆务正时，既感动，又兴奋，又惭愧。他马上跑去找剧团的同志，将自己原来时开荒八亩的计划改成十八亩，并要和石生英订立竞赛，并且非常激动地说："我要是不完成计划，不光对不起政府的关心，连戏也对不起了。"这件事情，立刻在群众中传开，因此远近各村无不争先一睹此剧为快。张副专员最后称：关中文艺工作者利用关中群众喜爱的秦腔形式，吸取工农兵所熟悉的生活为题材，演出的效果自然宏大，而关中群众文娱活动，除秦腔外，尚有类似陕北秧歌的"社火"形式，若能加以充实发展，一定也能收到很大的效果。

（《晋察冀日报》1944年4月18日）

中共中央晋察冀分局宣传部召开通讯工作会议

大会最主要的收获是打开思想的大门

【本报特讯】中共中央晋察冀分局宣传部召开的通讯工作会议，从四月一日开始，到四月五日胜利结束。参加会议的有北岳区各地委、县委及各分区团队通讯干事，本报、《子弟兵报》及《群众报》编辑及分局宣传部全体工作人员，共七十人。像这样大规模的通讯工作会议在边区还是第一次。到会同志都非常愉快，为了把党报通讯工作搞得更好，把党报办得更好，虽然走了几天路（有的是经过封锁线来的），仍不顾疲倦地争取时间开座谈会，交换意见，准备报告。

各地通讯工作报告

一日，由军区政治部潘副主任主持开会，继由各分区地委通讯干事及各分区政治部通讯干事分别报告各地通讯工作情形。一分区地委通讯干事在报告过去的缺点及党员干部对党报的不正确认识后，讲到一地委在接到分局加强党报工作指示（见三版）后，"决定：（一）在全党进行关心党报的教育，各级党委应根据分局指示检查过去工作，地委常委会已进行了检查，并准备编教材，将分局指示传达到全党全军。（二）从三月十日起进行整理通讯组织的半月突击。（三）加强通讯员的组织教育。（四）各级党委今后要把通讯工作列入议事日程。"并介绍了负责同志写稿及关心党报的情形。二地委通讯干事发言中特别讲到游击区及游击根据地报导的重要性。三地委通讯干事特别介绍了他们推动写作及使通讯工作与各种斗争结合的经验。晚上各小组分别开会讨论以上发言。次日，四地委通讯干事的发言中对通讯工作与编辑工作的结合问题提了许多意见。平西地委通讯干事的发言详细介绍了他们培养工农通讯员的经验。第三天，一、三分区政治部通讯干事以整风精神揭发了自己及其他同志的非群众观点及艺术至上主义倾向，《子弟兵报》编辑同志的发言中也揭发了过去在办报思想上对军事宣传认识不足的严重缺点，大家对三同志的发言都表示满意。邓拓同志在发言中详细地解释了党报通讯工作的群众观点、群众路线问题，提出"群众内容、群众形式、群众写作"的问题，并提出以典型的、有重点的、有发展过程的、批判的报导方法改造现有的报导方法，给到会同志许多启示。第四日，又专门进行一天的座谈会，交换采访写作的方法，使大家又互相学习到不少东西。最后一天，由胡锡奎同志作结论（见二版）。

共同的信念

"我们的党报一定能办得更好"！

在五天的会议中，大家以整风精神进行了批评与自我批评，较深刻地认识了党报通讯工作的重要性，总结了通讯工作的经验，对《日报》《子弟兵报》提出许多批评与建议，为贯彻全党办报方针打开了思想的大门。又听到了胡锡奎同志在分局直属机关干部会上的反法西斯与坦白运动的报告，在听完结论之后，更有了明确的努力方向。大家都相信，"我们的党报，一定能办得更好"。

（《晋察冀日报》1944年4月22日）

中共中央晋察冀分局关于党报工作的指示

（各级党委应下达此指示之精神于全党全军。一九四四年二月三日）

一、一九四四年分局宣传工作的方针与任务也就是党报的方针与任务,应在党报工作人员及通讯员中进行深入的教育,求得贯通了解,在党报工作中贯彻执行。

二、党给予党报的任务是艰巨的,绝不是少数报社工作人员及通讯员所能完成,也不应只是交给他们去完成。必须实行列宁、斯大林和毛泽东同志一再教导我们的"全党办报"的方针,把党报办好是全党的业务。全党在执行每一工作任务时,都必须把党报当作一个不可缺少的武器,充分利用党报指导工作,总结和交流经验,反映与指导群众斗争。而帮助党报克服困难,为党报写文章,写通讯,扩大发行网,组织读报,向党报提出改进意见,更是每个党员的光荣义务。全党对此应有统一的正确认识,坚决克服地下党的狭隘作风与对党报不负责任背后乱批评的自由主义现象。

三、为了使通讯工作与全党办报的方针相适应,应在现有基础上整理通讯组织,加强与改善对通迅员的思想领导与组织领导以及写作技术的提高,有重点地耐心培养工农通讯员,并使知识分子通讯员工农化;以提高通讯质量,加强党报对实际工作的指导作用。除责成分局宣传部在三月底召集通讯会议解决这些问题与进一步加强对通讯工作的领导(如恢复对通讯员的复信制度,在日报上发表系统性的指导文字等)外,分局决定:

(一)北岳区各县、各分区由党政军民负责同志(如县长、抗联主任等)组织一中心小组,小组长由党委书记或常委担任,每月至少向日报作系统报导一次。属于全县全分区综合性的或某种工作的总结性的报导,必须经民主讨论集体创作。中心小组应起核心作用,经过通讯干事及行政系统帮助推动其他通讯员。

(二)边区级各系统对日报的报导由军区司令部、政治部、边府及抗联党团负责。各机关、学校工作生活的报导,由各该总支组织通讯小组负责。

（三）冀中、冀热边、平北，以分区为单位建立中心小组，办法同北岳区。虽因交通困难暂时不能规定报导时间，但绝不应放松此项工作。冀中尤应责成来边区报告工作人员注意抽时间给党报写作。冀东长时期未作向党报报导的工作是一大缺点，应努力克服，必要时应以电报报导。

（四）为了保证党报刊出稿件的正确性与真实性，未经分局宣传部审查的重要稿件报社不登（包括报社直接派出的记者和各方面直接寄往报社之重要稿件在内）。各级党委党团应认真负责审查通讯稿件，凡未经党委或行政负责人（如县长、抗联主任）签字盖章的稿件，分局宣传部将一律退回。审查重点各级虽有不同，但都应注意其正确性（如是否违反党的政策？是否暴露秘密？是否确实值得在党报表扬？）及真实性（如是否夸大？民兵战果是否多报？这一点县级应负主要责任）。

（五）子弟兵战报按军区规定发表（军区一科内设通讯股），民兵战报由边区人民武装部规定发表办法，一般通讯员只写个别战例，而且战果特别是缴获数字必须真实。

（六）北岳区各级党委宣传部应将通讯工作作一总结，于三月十五号以前送分局宣传部。

（七）为鼓励写稿，将稿费提高：新闻每条五角至三元，文章通讯千字三元。

四、关于《日报》《子弟兵》《群众报》的性质与任务，分局宣传部在一九四四年宣传工作方针与任务的指示中已经确定。这里只指出《日报》是分局的机关报，虽规定其读者对象主要是区级以上干部，但它是向全边区人民讲话的，除应在各重要集市及大道上建立阅报栏，抗联应加强对读报小组的领导外，全体干部必须负责将其内容传达给全体人民。

除加强以上三种报纸外，因鉴于边区目前缺乏通俗读物，而干部又迫切需要时事、政治、经济、生产、文化的知识及发表各种论战文字的刊物，又鉴于过去各种刊物的力量分散，不能坚持出版，决定集中力量出版一周刊，其性质是政治、经济、文化、文艺的综合刊物，对象主要是区级以上干部，其内容应力求通俗充实，切合读者需要，与边区实际斗争密切结合。

五、为了统一出版，加强印刷能力，使之更加合理化，分局决定最近召开一次出版会议，解决目前出版中的各种问题。

六、为加强对党报的领导，分局除加强党报委员会的工作外，将给日报负责同志及工作人员更多接近各种实际斗争的机会（如参加一定的党内外的会议，阅读一定的党内文件，参加某些考察团等），并号召党报工作者贯彻整风精神，力求接近边区的各种实际斗争，改造思想，改造文风，力求编辑及印刷技术的改善，以求得党报内容充实，文风正派，发挥更大的作用，完成党给予的光荣任务。

（《晋察冀日报》1944年4月22日）

实行全党办报的方针

——摘自一月三十日分局宣传部关于一九四四年
宣传工作方针与任务的指示

党报要真正成为集体的宣传者与组织者，必须纠正几种错误观点：一、把党报看成单纯的新闻报导，不是把党的主张深入到群众中去，不是把群众的意见集中起来，坚持下去，成为广大群众的运动。二、不善于把党报变作工作指导的武器，把为党报写稿看作只是通讯干事或只是知识分子的事，对党报漠不关心，不认识一个党员对党报应负的责任。

要实行这一方针，必须做到：一、把《日报》《子弟兵》《群众报》统一起来，各有重点互相联系，《日报》应成为真正能起全面指导作用的报纸（读者对象主要是区级以上干部），《子弟兵》供连排级及区级干部阅读，《群众报》应加以改造，使之更适合广大群众的要求。分局党报委员会，今后应将以上三种报纸的工作列入议事日程。二、各地区除平西、冀中、冀东外，不再出版地方党报，这种地方报纸应有浓厚的地方性，使一般形势与工作指导相结合。三、在现有基础上健全通讯工作，党政军民各系统各部门都应建立对党报的通讯工作，巩固已有基础，有重点地发展与培养工农通讯员，提高通讯员质量，党委党团应加强领导，使通讯成为指导工作的有力武器。为加强通讯工作，分局准备最近召集专门的通讯工作会议，各地应及时总结经验，以做准备。四、在全党进行教育，使全党都关心党报，精读党报是每个能读报的党员必须做到的，县级以上干部应把给党报写通讯作文章当作义务。

（《晋察冀日报》1944年4月22日）

中共晋察冀四分区地委关于加强党报通讯工作、贯彻"全党办报"方针的指示

（一九四四年三月六日）

党报通讯工作，为实现"全党办报"方针的重要组成部分，最近地委根据分局指示，对各地通讯工作做了初步的检查：认为我们的通讯工作是在逐渐进步着，但是缺点还是很多。为使这一工作做得更好，完成党所给予它的任务，故从检讨及纠正缺点着手，指出今后努

力方向。各县接此指示，应和分局关于党报工作指示的精神及本县具体情形下达全党，以求贯彻"全党办报"的方针。

甲、关于通讯工作的思想认识：

一、不认识党报通讯工作是党的经常重要工作之一，不了解对党报工作不布置、不检查、不关心、不负责的错误和对其他工作的错误一样。有不少的领导同志对列宁、斯大林、毛泽东同志教导我们的"全党办报"方针认识不足，他们对党所指示和决定的通讯工作总放在一切工作的最后，他们有的竟狭隘地认为这只是通讯干事或所谓有些写作能力的事。

二、党委及行政负责同志很少积极设法帮助通讯工作的开展，把对"用党报工作变作工作指导的武器"这个指示表现不应有的忽视，想起来谈几句，想不起来不问不理。对于通讯工作的领导只看作是宣传部门的事，而宣传部门的负责同志也未曾将领导这一工作列为自己主要的工作任务之一。

三、通讯员把通讯工作看作是"额外负担"，看作是"累赘"和"支应差事"，对于党再三提出的"义务"看作是"苦恼"，不能常想到自己对于通讯员的工作尽责了没有，就是想起也是马马虎虎，不当是一件严肃的工作。通讯干事催稿看作"要债"，而"还债"也是潦草到极点。不要说自己不主动积极地采访，就是本身工作中所有的材料也不反映。借口常常是很多的，"时间少""不会写"，在思想上严重存在轻视通讯工作，这显然是十分错误的。

四、把通讯工作看作是个人名利的狭隘观点。不认识寄去的稿子虽不发表，但也为党供给了材料和尽了党给予的任务；不认识稿件的不发表不简单是写作技术问题，还有其他客观原因（如是否尖锐及时？是否暴露秘密？是否典型？）；不认识写作的技术并不难，难的是自己能否刻苦钻研和下决心。有不少的通讯员开始写还有些兴趣，但稿件不能发表的时候,写作情绪则一落千丈,不能提高。应该认识这不单是写作上顽强性的问题,而且有个人名利观念在作祟。

乙、通讯组织和领导上的弱点:

一、通讯组织在战时表现得涣散无力,这完全是平时工作薄弱的最好考验。通讯工作之不能更加活跃,除了思想上所存在的障碍之外,组织领导上的单薄也是重要原因。如专区不能将各县工作经验很好交流,县里不能将经验及时归纳到原则,区与县之间缺少紧密的联系和及时的指导;专区的、县的通讯小组发挥中心作用不够,通讯小组组长和骨干通讯员也没有完全尽职,而领导上也缺乏有力的掌握。

二、对于积极的、好的通讯员不能更加有重点地培养和提高,对于不尽职的通讯员缺少党内适当的批评,对一般通讯员没有从有计划的学习上给予他们必要的写作知识,对于别人费了苦心用尽力量写出来的稿子不重视、不答复,甚至看得也非常潦草。通讯工作上的这种官僚主义,使我们的通讯组织不能更好地扩大,使通讯员参加通讯小组后,觉得没有什么好处。

三、采访陷于自流。通讯员的采访活动没有组织、没有计划,因此,妨害材料的真实和深刻,反映上缺乏系统和抓不住中心。同时交通缓慢,和审阅上的不及时,也给通讯工作极大影响。

四、不少干部对这工作存在严重的忽视。不少行政负责同志不知道本单位谁是通讯员,个别县委连地委关于通讯工作的指示也不传达给通讯干事,个别县的通讯干事甚至连最近分局发下的党报工作指示也看不到,这都是很不应该的现象。

丙、今后改进方针:

一、彻底从思想上转变,贯彻"全党办报"方针。党委及行政负责同志应该了解"在全党办报的方针下,供给党报新闻通讯是极端重要的工作,是非常严肃的对党负责的绝对义务"(分局关于党报工作的指示），迅速实行分局指示，成立中心通讯小组（行唐在这工作上已有成绩），党政军民负责同志必须亲身参加，组长由党委书记或其他常委担任（详情请参阅分局指示）。今后重要稿件如没有县长或抗联主任（县长或抗联主任不在时，可由其他科长或常委亦可）签字盖章，则一律退回，以求真实负责。一切通讯新闻均须逐级迅速寄送，审查也要力求及时（以后写稿人及审查人必须写上寄稿日期，寄专区稿件须编写号码，以求了解交通的输送时间）。

二、加强对通讯小组组长和专区、县的通讯小组领导，特别加强联系和帮助骨干通讯员，作为吸取、培养、提高通讯员的经验。经常出版学习材料，指导和帮助通讯员写作。对退回的稿件认真提出意见，对投稿二次以上的县委通讯干事必须复信；投稿四次以上的地委通讯干事必须提出意见，并提倡改稿和互相交换意见的风气。密切通讯工作者和通讯员的联系是加强通讯员组织观念不可缺少的条件，具体帮助通讯员提高写作水平是提高通讯员写作情绪的最有效办法。

三、党委和行政负责同志必须帮助通讯员的采访活动（特别是主要负责同志），应该供给材料，一定的会议和活动尽可能让通讯员参加，随时关心并给予通讯员采访和写作上的方便。通讯员自己则更应接近实际斗争，分局关于号召"知识分子的通讯员工农化"的口号应引起我们严重的注意。要深入到实际斗争中去，获取实际斗争的知识，更加接近工农兵，改造自己的思想感情（在这一点，特别是过去从事文艺工作的同志格外重要）！

四、为使党报通讯工作成为群众运动，除党的宣传工作者为党报的当然通讯员外，组织工作应与文艺小组、教联相结合，更重要的是必须做到组织与培养更多的工农分子参加通讯工作（每区按现有人数至少吸收一个至两个）。今后各县通干应以很大精力放在这一组织工作上，打破工农干部不敢写作与写了怕不登的心理。这里介绍陕甘宁延属地委对党报通讯工作的指示，关于工农干部也能写文章的情形，我们也可应用："工农干部写作的办法：第一，会写自己写，写好后找人在字句上修改一下；第二，不会写的用口叙述，找人执笔，但写下的内容和意思都应得自己同意；第三，几个人商量集体写；第四，有些会议开过后认为有些问题要在报上发表的，可以指定一人负责来写。这些工作都要县委指定专人负责去具体组织、个别解决，否则就会变成空谈。"

五、加强通讯组织领导机构。在职通讯干事必须安心努力工作，正定、建屏必须找适当干部兼任。为慎重建立通讯组织，区级通讯员必须经县委郑重批准聘请，县级通讯员由地委审查批准聘请（八月通讯工作会议已实行此手续者可不再举行），同时为保持各县对党报供给一定数量稿件，兹明确决定：从四月份起，平山每月交稿五十篇，行唐、灵寿各三十篇，平定、井陉各二十篇，正定、建屏各十五篇（反对滥竽充数）。

要使今后通讯工作更好地开展，各县应根据分局关于党报工作指示，和此文件联系，实际在常委会上作深刻检查，确定今后具体改进办法和计划。

(《晋察冀日报》1944年4月22日)

目前陕甘宁的文化建设工作

西北局宣传部座谈会上作了决定

【新华社延安二十五日电】西北局宣传部为具体实现毛泽东同志关于开展边区文化建设的指示，特于本月十五日召集各地地委书记及延安各有关机关的负责同志开座谈会，讨论目前边区文化建设的许多工作。高岗同志亦亲临指导，会议上经过各方面意见和经验的交换后，对每个提出的问题均有具体决定。特分述于次：

一、关于报纸方面决定：

（一）由各分区选送两个有工作经验的干部分别参加解放日报社及群众报社的工作，并限于本年五月底以前到达报馆，各分区的通讯工作应指定专人负责。

（二）根据陇东、绥德各地经验，黑板报很受群众欢迎，在各县的城镇及集市广为提倡。

（三）今年各分区均应选择一个有适当条件的县，创办油印报，以取得经验，将来做到每个县都有自己的报纸。

（四）由绥德、延属、陇东、关中等分区共调五十人进延大学习新闻事业，培养各地新闻通讯工作干部。

（五）认真组织各县的读报工作，每个县应经常保存《解放日报》一份，每个区保存《群众报》一份，以便参考。

二、关于学校教育方面决定：

（一）各县均应研究民办小学经验，尚未实施民办方针的县，应即试办一处或两处，以便取得经验。

（二）各县均应于本年十月底以前，至少完成一个小学校的典型调查，并写成书面材料，以便提供今冬国民教育会议讨论。

三、关于卫生工作方面决定：

（一）各分区均应立即筹办一个助产训练班（延属分区的可商请中央医院及边区卫生处负责训练），从各分区所属各县选调妇女三人至五人学习助产、接生及照护小儿的医药常识，毕业后，即分配到各区乡服务（各地负责同志应首先动员自己的家属到这个训练班去）。首先做到每个区上都有一个接生的医生，逐渐做到每个乡都有。

（二）各地医院各地机关、部队、学校的卫生所，均应替附近群众医病，除特殊情形外，并可酌量收取医药费。

（三）各分区各县均应在所属地区内进行关于医药、疾病、死亡的各种调查。

四、关于艺术方面决定：

（一）由留守兵团宣传部、边区文协、延大平剧院、民众剧团等，准备组织规模较大的宣传队，于本年十月底到达各分区及部队驻地，组织并进行本年年关及明年春节的文化活动。各宣传队负责人，应从现在起，即与将要到达的地区及部队取得密切联系，以便做各种准备工作。

（二）由鲁艺抽调一些有艺术素养的干部，分配到各分区剧团工作。

（三）各分区均应注意调查并训练当地民间旧艺人员，吸收他们参加当地的文艺工作。

（四）边区文协在最近召集座谈会，总结今年秧歌队下乡经验，并奖励其中最有成绩者。

一九四四年三月六日

（《晋察冀日报》1944年4月27日）

新闻报导剧《李殿冰》是"前方文艺运动的新范例"

艾思奇

【新华社延安二十八日电】关于民兵英雄神枪手李殿冰被戏剧工作者表现在舞台上，获得当地老百姓大大赞赏事，艾思奇同志在《解放日报》上发表短评，题为《前方文艺运动的新范例》，内称：

艺术要为工农兵服务，首先就要能表现工农兵，把他们放在作品的主人翁地位。在陕甘宁边区，自从文艺座谈会以来，我们的艺术工作者依着毛主席所指示的方向，用秧歌剧以及其他形式，表现了工农兵们以生产运动为中心的英雄事业，由于方向正确，在今年的春节秧歌运动中，文艺工作有了群众性的广大的开展。在前方，对敌斗争是直接的中心任务，因此，在文艺中也必须表现工农兵们在战斗中以及战斗与生产结合中的英雄事业。晋察冀的新闻报导剧《李殿冰》是前方文艺工作者在创作中的一个很好的新范例，是毛主席所指示的文艺方向在前方实现的一个重要表现，因此，它就得到成功（看戏的人数之多，打破了过去任何一次晚会的纪录）。

善于向群众学习，也是《李殿冰》成功的一个重要原因。不论作者、演者，都到实地去搜集材料，征求被扮演者及其周围人们的意见，在临扮演的时候，还直接向被扮演者学习了他们的外貌动作和语言，群众在事实上参加了导演。这种方法，在延安的秧歌运动中也大都应用了的，特别《钟万财起家》是最好的例子，而且延安经验也证明，这样做是很成功的。

希望前方的文艺工作者学习晋察冀的经验，使新的文艺运动在前方各地大大开展起来。

（按：钟万财系一二流子，后经过政府的教育，以及生产运动对他的影响，使他转变为一个积极生产、过着丰衣足食的好公民。钟万财本人参加了该剧的编写，并是该剧实际上的导演人。）

（《晋察冀日报》1944年5月4日）

阜平城的"乡艺小组"

安若

阜平城厢是阜平县文化、商业等方面较发达的地方，居民以中小商人占绝大多数，还有一部分农民。这里有不少过去的知识分子，更有一群新的知识分子，他们具有一颗对新事物强烈的追求心。

根据毛泽东同志的报告，几个年轻的知识分子，以本村高小教员为核心，于二月中旬成立了一个带文艺性的学习组织，大家定名为"乡艺小组"。组员有五人，都是高小程度，每十天上三次课，开一次检讨会，写一次通讯，加强自我学习。

通过这个小组，村子的文艺工作进一步活跃了。每个组员都成了村中的宣传员，配合中心工作，出墙报，集日则在黑壁上写时事简报。

此外，他们又组织起来参加生产，城厢的人们一般地习惯晚睡晚起，不大愿干活。我们要改变这种坏的传统，每天清早拾粪，准备种菜，白天卷烟，□参加合作社组织生产小组，再通过生产进行学习，比如卷烟时可开讨论会、问答等。

由于他们很年轻，缺乏持久性和纪律性，因此在领导上必须抓紧。加强组织领导，一定要有计划，而更重要的则是布置计划分工必须具体，否则很容易流于空谈。此外，鼓励和个别谈话也是非常必要的。现在他们正顺着这样一条正确的道路向前发展。

（《晋察冀日报》1944 年 5 月 4 日）

美术工作者给劳动英雄和战士作画

用

抗敌剧社□羽同志于边区群英会后曾去胡顺义家，辛莽同志曾去韩凤龄家作画，四分区火线剧社楼霜同志曾去戎冠秀家作画。现正整理已得材料。

一分区战线剧社美术组去年曾两次去连队作画。最近曹振峰同志来信说:"当我问到一些同志时：你对过去的画有什么意见？"他说："我抗战几年了，就没什么见到过画，见到过□□回，也不懂，看着也没意思，叫我怎样提意见呢？□过我喜欢王大虎之类的东西。"连长副□长也这么说："王大虎不错，给战士生活相符合，也合战士的口味。"我们从这里可以看到：越是与他们生活相接近的东西，他们越欢迎。×团政委对我说："我见到××光画些风景写生，好像那是他们专门工作似的！可是对我们抗战有什么用呢？我们现在需要一些连环画，真实反映我们战斗的，这对我们战士有很大鼓励。"曹振峰同志在去年反"扫荡"中曾跟着团队，于每一战斗结束后，迅速地把该战斗画成一幅连环画，发到连队中去，战士们常常争着要看，并说："这是我们□打的仗，应该多□我们两份！"

（《晋察冀日报》1944年5月4日）

唐县文化娱乐开展

活跃了大生产运动　配合了反特务斗争

席水林

【唐县讯】开春以来，我县各地文化娱乐开展，积极地活跃了大生产运动和配合了反特务斗争，各村的秧歌队、村剧团到处演出，使得群众情绪日益高涨。在各村的小学校里，差不多都有秧歌舞和霸王鞭，每逢一个新的节气来临时便表演起来。有几个村的秧歌舞，增加了新的劳动动作，一个中心故事，在观众看起来也很有兴趣。在下庄、北齐家佐等村的秧歌队是不错的，唱的歌、表演的事和目前任务紧密结合着。□杨家庵、稻园、迷城、下庄的村剧团，今年自己编写的剧本占大多数，效果很好。如杨家庵村剧团的《反"扫荡"》《大生产》《特务赵子息》等大秧歌剧本都是出于群众之手。在迷城村剧团有名的一个剧本，叫《大斗》，演到过去穷人受苦的情境时，台下落泪的非常多。这里村剧团很受欢迎，主要原因是他们演的是群众最熟习的生活，每句话、每件事都和群众紧密关联。四月里，在下苇子、齐家佐的数千人的庙会上都有村剧团演剧、唱歌、扭秧歌、演集市剧。在下苇子庙会上杨家庵唱了一个，观众还拍手欢迎再唱一个。除各村的村剧团活跃外，冲锋剧社三月底到本县下乡，开展文运活跃生产运动。该社先后在二、三、四区开办短期乡艺训练班，主要课程是识谱，学员都在二十人以上，三区的第一期已毕业，现正实习。为增强劳动情绪，该社除编写了剧本、歌子外，并帮助村剧团、教歌组在劳动里活跃起来，在农暇时排戏，准备开各村的或各区的小型晚会。在唐县，由于文娱活动的开展，大生产和反特务斗争更深入到群众中去了。

(《晋察冀日报》1944年5月7日)

我的文化学习

周志飞

编者按：这篇稿子，是一位经过二万五千里长征的老干部所写。原文很长，对他学习文化经过，讲得很详细，因篇幅有限，只能摘录刊登，但已能从上面看出在八路军这座革命大学里面，每个同志得到如何大的教育，而工农出身的同志，学习文化绝非如何困难的事情。

五岁上我跟父亲在外面做工。十几岁时我向我父亲提出，我能去念书吧？当时没有答复我的要求，最后答应了。真高兴极了呵！于是到书铺买了几本书、笔、纸张、墨等。走进了学堂门！在誊写字体的时候，得到先生的表扬，惊动了贵家子弟们对我另眼看待。在春夏交接的时候，饮食供应不上了，欠了债，暑假里我帮人家做工，挣了一笔钱，还了这批债，我就又念下去。后来，家里再没有力量来继续供我念书，我只得跟父亲到外边去做工，过了一年，念过的书也忘记差不多了。

一九二九年，我参加红军以后，受环境的限制，仅在行军或防空隐蔽的休息时，利用文书写的几条标语来进行识字，即使这也是很少的机会。东征胜利后，部队进行整训，一天晚会后，文书说："明天中午各班作墙报，到我这里来抄题。"题目极多，我挑了一个："怎样做个坚强的战士？"提笔道："我为革命走天下，为了革命不回家，敌人百万我不怕，动枪动刀打走他！"得到八十多分，这是我第一次作文。

一次出差，同团政委到司令部开会，政委说："这次学的什么歌咏，你把歌名写我看一下。"我写对了，他又说："唱一唱我听？"我唱得音不对调，挨了责备，政委说："青年人不会唱歌不应该。"又一次政委对我说："我今天测验你几个字。"我没有答对，他叫我以后要努力。

不久，我被送进了红军大学第一期。出我意料之外——有这样为素来不能享受教育的贫苦大众而建立的学习地方，只有红军才会创造吧！我就在这里除军事政治之外，还学到一些科学常识。这次学习的收获不大，只能看简单的信件，有时通知、命令还有个别的字不认识的。

两个月后，我由政指升任营的"中心政指"，团政委看了文书替我写的书面工作报告，就在一个政工会上要我作记录。我害羞得很，推托了，这以后更引起对文字的注意和学习。在艰巨的二万五千里的长征中，调我回总政治部当宣传分队长，每日要写三十多条标语，我写字技术进了步，自以为得意，就不求更多的进步了。抗战开始，在山西，奉命单独工作的时候，接触友党友军；在群众大会上，有话而不能通顺地讲出来，心中难过得很，于是再三请求进学，终于进入了抗大总校。在这时期，我的文化学习很努力，但学习方法太不懂要领了，一个字一个字学，不知词句联系起来学。有一回抄了作文题，经几个钟点的思考，无从开笔，找了《解放报》抄下一段，算是我的作文。后来知道了词句应该联系起来学习，"多看多念"，文章便会进步。于是在写作上，普通的信件写通了，心里非常愉快。

我又学习不久，被调当军事教员，有时阅读文件或写一些材料，上课准备提纲时，一动笔，遇到某种意思不能表达时，便发脾气打脑子，却不愿同别人研究。"不耐心，便不成"，我悟到了。

我曾一次用了一个自修的时间，硬学了二十个生字，继续几天之后，因没有常练习，"贪多嚼不烂"，枉费精神，还是不认识。

"工农干部要知识分子化"，中央这个号召，更使我注意文化学习。我这次进入二分校，学校着重文化学习，这是对症下药。不从文化上提高自己，社会科学常识、科学知识一点也学不到，将来的工作上还会受到新的障碍，尤其国文，它是我们在生活中传达意思必须的工具。

我在学习上更虚了心，脑子顿时宽敞了，能接收很多的问题。初次测验时，看见同学们交卷，心中着急，愈急愈写不对。几个礼拜后，再测验，不相同了——国文、算术、地理等等课程测验过去，我平均起来得到七十分以上。再不求人给我写信，一般的分数也能一五一十地分开了。

（《晋察冀日报》1944年5月7日）

《真理报》《消息报》：纪念"五五"新闻节

【（本报特译）莫斯科六日塔斯电】今天苏联全国都在纪念布尔塞维克的新闻节。各报都有社论来纪念这个伟大的日子。

《真理报》的社论称："一九一七年五月五日，《真理报》的第一期，在布尔塞维克的创造者——列宁和斯大林——的努力下出版了。这一天便成了布尔塞维克的新闻节。在两年来的战争时光中，苏维埃的新闻军只认识了一项工作，那就是——用印下的布尔塞维克语句所具有的全部力量，来帮助在与希特勒匪徒斗争着的我们的人民，英勇地去宣传，去使斯大林的胜利计划逐步实现。在目前的需要苏维埃人民用全部力量和法西斯侵略者来决一死战的爱国战争中，布尔塞维克的印下的语句所具有的重要性，是特殊地高涨着。工人群众对于苏维埃新闻具有无上的信心，这是非常自然的，因为苏维埃新闻是劳动人民的利益的旗帜，通过它表现了人民全体的天才的事业。在战争中，我们报纸的篇幅，反映了人民对于他们自己的英勇的红军的热爱，苏联全国各民族间的亲切的友谊，工人阶级、集体农民与苏维埃知识分子间的紧密的合作，和他们一切为着战胜可恨的敌人所使用了的无匹的建设的力量。目前，全苏新闻界的主要工作，是在动员起我们人民的全部力量，来完成斯大林'五一'命令所给予的任务。"

《消息报》社论称："在三年来的战争过程里，我们的新闻纸是执掌了全民族的斗争的大旗——列宁和斯大林的大旗。在战争期间，我们的新闻纸是进行了真理的、勇敢地把布尔塞维克语句深入到前线的红军群众中，到后方劳动人民中，去打击了可恨的敌人，和在前线与后方号召苏维埃全民参加了英勇的斗争以达到最后战胜我们的德意志侵略者的伟大的工作。我们新闻纸的篇幅，记载了伟大爱国战争的进程、苏联各民族每一件英勇斗争的和成千百万苏维埃爱国者的自我牺牲的劳动事迹以及苏维埃军队的历史性的胜利。苏维埃新闻的语句在未来我们的无匹的斗争中，是应该更进一步地发挥它的组织力量的；这些语句是代表着工人群众的愤怒、爱国的热情和他们对于斗争所具有的不可拔的信心。苏维埃新闻纸一定要为实现我们的领袖和最高统帅斯大林所给予我们的最后胜利的任务而努力到底。"

《红星报》的社论，主要强调了军事报纸应该在军事生活中所应起的作用。

(《晋察冀日报》1944年5月7日)

分局加强党报工作　胡锡奎同志任本报社长

【本报讯】中共中央晋察冀分局为加强党报工作，特决定由分局宣传部长胡锡奎同志兼任本报社长，邓拓同志任副社长，在邓拓同志未回社前暂由张致祥同志代理。行政机构亦有所变动，从前的秘书及管理科下面的股一级裁撤，管理科改为总务科。经此改组整顿，各项工作日渐活跃。

(《晋察冀日报》1944年5月13日)

读报能够推动大生产　阜平读报小组做得好

王湘

【阜平讯】朱家营的"读报小组"是从整理"文救小组"而健全起来的。他们首先把光有"知识"不起作用的"知识分子"清洗了出去，然后另举出孙乐山先生（边区参议员，阜平县议员）、胡根喜同志（胡顺义的二儿子）及刘清海同志（今年新选的村长）三个人组织成现在的"读报小组"。老乡们最喜欢听他们读关于各地的生产模范例子,并且讨论他们是怎样搞好的。胡根喜还经常地单独给他父亲读报,老胡最爱听报,读到别人向他挑战的条件和别人完成计划的情形时,父子二人就说:"我们也有这一条。该赶快做了。"于是马上就集中全家力量,突击完成了打柴计划。读到他自己的计划时,就说:"我入合作社股的计划才完成了一半,那一半也该入了。"又才把那还未入的二百五十元入了进去。

九区上庄的"读报小组"是很自然地形成的,起初什么制度也没有,只是由该村的小学教员在没事的时候给几个人读一读,听的人由两三个慢慢增加,一直增加到三十几个。这样大家才觉得须要有个组织,找出三个人组成了现在的"读报小组",规定了在中午吃饭休息的时间打钟集合读报,及在他们读了《上庄的人民组织起来了》的那篇通讯后,更引起对报纸注意了,大家都说:"我们的事也登在报上了,这一下全边区都知道了,更得好好干才行!"后来读了《范家庄的合作社》,都说:"我们的合作社也该像人家那样才行。"

马兰的"读报小组"很健全,是由于小组长(区抗联委员)积极负责的缘故。人多时固然读,一个人时他也读,在背粮回来很累时,也读。他说:"把报上的模范事儿给大家读读,能转变一个人,就转变一个人。"读了他们村的事《马兰老乡的饭碗会议》之后,大家更感兴趣了,都说:"登了我们的《饭碗会议》,再登个《读报歇晌》就好了。"因为他们也是在晌午时间读报。

这几个读报组都有一个同样的特点,就是读各地的典型、模范事实多,尤其读他们本村的事更为群众所欢迎;但读时事政治问题较少些。

(《晋察冀日报》1944年5月18日)

文艺为大生产服务　广安村剧团搞得好

郑浩

【阜平讯】旧年以来，广安村剧团一直能坚持工作，在年节、"三八""四四"不断演出。现在他们响应上级号召，抓紧庙会集市进行大生产宣传，准备了半月，在四月二十五日的庙上，演出了十不弦（《群英会》）、霸王鞭（《儿童生产》《五不运动》）、马鞭小唱（《反迷信》《生产》）、拉洋片、河南坠子（《胡顺义生产计划》）、街头剧二（《送信》《春耕剧》），晚上演出话剧《活是英雄死好汉》《不念这一课》，并唱出了《吴满有》《陕甘宁怎么样》，共约五小时，观众有千人以上。

(《晋察冀日报》1944年5月19日)

在改进中的报社工厂

奋若

报社的印刷工厂，创立到现在，已快六年了。它战胜了敌寇频繁"扫荡"所给的损害，和农村物质条件与技术条件的种种困难，生产了大量文化战线上的武器。由于党的辛苦经营，工人同志的积极性和创造性，工厂是一年年在战斗中壮大，开始只是粗具规模，现在则已机构完整，生产的数量和质量不断提高和改进，并且有着若干技术上的发明（如轻便机等）。特别是去年规定了新工资制度与展开赵占魁运动以后，曾刺激了工人同志的生产积极性，可能把生产水准更推进一步。但在去年反"扫荡"后，赵占魁运动又陷于停顿。今年四月，分局为了加强党报工作，将报社组织机构加以改组，胡锡奎同志来任社长，即指出出版事业中的中心工作，应从整顿工厂做起，当以一厂为重点，以便吸取经验。经过几次召集厂长、行政小组长及工人同志谈话，亲自调查研究，认为今天的工厂中还存在着许多障碍大踏步前进的问题。这些问题是：一、粮价物价比去年高了，去年的工资已嫌过低，个别工人的不安心工作，工资问题也是原因之一。二、过去工资中存在着平均主义的倾向，熟练技术工人与半技术工人、助手之间存在着隔阂，技术的进步大大受到障碍。三、职工会对于工人所提的农业生产要求，妨碍了本业生产量的提高。四、职工会不够健全，没有把握住加强工人的共产主义教育，启发工人建设革命家务的积极性，保证生产要求的完成与超过的工作方针。五、工厂管理上不够民主，一个时期的生产计划，还不能真正变成工人自己的计划，对工人生活照顾也较差。由于这些原因，工人还没有高度地发挥积极性和创造性，并且存在着两种主要的思想偏向：一种是单纯追求工资的经济主义倾向，觉得工资比较低，工作不安心；一种是轻视劳动的观点，觉得当了几年工人，"政治上进步慢，还没有当个干部"。

找出了这些病源，于是报社的行政方面，就订出了整顿工厂计划和步骤，首先商定新的工资制度，并宣布取消对工人农业生产的要求。新的工资制度，有以下几个特点：一、工资分固定工资与超额计件工资两种（在报社改组前即已在试行，但平均主义并未纠正）。固定工资的评定标准，主要根据技术（技术的熟练、复杂程度、劳动强度等）计分，每分的报酬按技术等级（分三等）而有差别。超额计件工资，是对每个工人每天提出不同的生产数量要求（保证一定的质量），超过这一定额的生产成品，给以相当于固定工资每件应得额十倍的工资。这一新工资制，正交付职工会小组讨论中。根据初步计算，熟练技术工人固定工资每月最高可得一百四十元，超额可得百元左右，共得二百四十元，助手最高工资亦可得百元左右。二、评定工资后，按目前粮价折成粮食，今后工资即随粮价高低涨落。三、实行节约及减少作废的提成分红办法。

随着新工资方案的发下讨论,在"五一"纪念节工厂工人大会上,胡锡奎同志亲自去给工人讲话,说明工人阶级力量的强大和今天工人阶级在反法西斯革命战争的伟大贡献,前途是充满了光明。谈到进一步展开赵占魁运动,胡锡奎同志指出,赵占魁同志之所以成为工人的好榜样,主要是由于他有高度的阶级觉悟和为革命自我牺牲的精神,因此他能发挥生产积极性和创造性,提高了产量和质量,改进了技术,减低了成本,这值得每个工人同志学习。今天在我们工厂中也有这样具体的榜样,那就是牛步峰同志,他从没有技术,学成有技术,从有技术而进一步地发明技术,制造了轻便机,用铁锅化铜等等。在任何困难与战斗情况中耐心地坚持工作,他虽然与赵占魁还有某些距离,但他那种自我牺牲的精神,和以劳动为光荣、孜孜钻研、提高技术的劳动观点与态度,是须要本厂的工人同志学习的。胡锡奎同志接着指出,技术在生产中的决定意义,这在过去,一般同志忽视了对这方面的进步追求,是一个非常严重的错误观点,半技术的还没有很虚心向熟练技术的学习,熟练技术的也看不起半技术的,没有尽大的努力帮助他们进步,而自己的政治进步也还注意得不够。在新的工资克服了平均主义以后,应加强熟练技术与半技术的结合,并加强政治与技术的结合。最后,提出工人参加管理工厂的问题,由厂长、职工会代表、工人大会直接选举的代表,共同组织工厂管理委员会,进行行政工作。

这个讲话和新工资方案的提出,在工人中间起了很大的反应,对赵占魁运动和自己的劳动态度有了进一步的认识,对新工资方案的原则认识满意(细微节目当在讨论中),具体表现在:一般生产情绪提高了;教技术与学习技术的风气已经开始,质量检查较前严格多了,工人间的关系开始亲密起来;职工会加强了对工人的教育,职工学校正式上课。

五月十四又开了一个工人大会，讨论新工资方案，由厂长根据初步评定结果报告新工资方案的详细节目，并由社方再一次说明这个新方案的意义。并指出在实行新工资以后，可能发生的经济主义倾向，这就需要加强工人的阶级教育，并发扬互助，帮助个别工人同志解决家庭困难；无家庭之累的工人，应防止浪费现象，把增多的收入，加入工人合作社，改善生活，并使劳动保护得到物质的保障。而在最近一个时期中，应在工厂展开坦白运动，反省自己的劳动观点和劳动态度，把赵占魁运动进一步开展起来。

一厂的工厂管理委员会，也在这个会上产生出来，委员五人，厂长、报社出版主任为当然委员，职工会主任参加，另由大会用不记名投票选出两人。在十七日开了成立会，决定了管理委员会的职权范围、工厂制度、劳动保护条例，并根据几天讨论的结果，最后审定了新工资方案。工人选出的委员在会上反映，新工资方案宣布、讨论，赵占魁运动展开和工人能够参加工厂管理后，生产情绪已较过去有显著的不同，特别在技术方面，预料一两月内，各项技术均将有大进步。工厂管理委员会的权限问题，因缺乏参考材料，在会上只作了初步的决定：大家的意见，管委会主要的任务，是集中工人的意见，讨论工厂行政管理方案、兴革事项，一个时期的生产计划等问题，由管委会决定后交厂长执行。日常工作仍由厂长处理，各委员只执行委员会所委托的任务。厂长一方面是管委会的主任委员，另外一方面还是报社在工厂的行政代表，不能因有管委会，放松了对工厂的领导。管委会所决定的事项，交报社社长批准后，再付诸执行，社里如不同意，应向管委会解释说明理由。这个决定，准备在试行中吸取经验，随时加以修正。

十八日，又召集了党的支干与职工会执委的联席会，确定了职工会中心工作。一、号召全厂工人进行反省运动，反省自己过去的劳动观点和态度。出工厂小报，登载反省文章和反映各组动态，展开批评，互相帮助进步，并发扬对领导上的批评。二、加强反"扫荡"的思想准备和各种具体工作。三、把合作社、伙食搞好，并利用早操时间，帮助修建工作，解决住的问题。

反省运动，从下星期开始，经过这样的思想反省运动，将使进一步开展赵占魁运动，打下更牢固的基础，是可以预料的。

(《晋察冀日报》1944年5月19日)

米脂印斗区群众成立生产业余剧团

【新华社延安十七日电】米脂县印斗区群众，近成立一生产业余剧团，准备在生产休息时进行娱乐节目。由老百姓自己编、自己演、自己看。剧的内容要完全和群众的实际生活密切相关，现已有二十多个自卫军报名参加，配合桥岔完小男女同学，共同组织，互相帮助。他们每天晚饭后均抽空时间召集在一个适合的地方练习。在业余剧团成立的会议上，大家都推选陈琪同志（区委宣传科长）任团长，下设四股：（一）编写，（二）生产，（三）音乐，（四）戏剧。现各村都成立了戏剧小组，每组三人至五人。生产股已开始工作，群众已集股十四万四千余元，还有三垧土地。以后准备成立合作社，以红利的百分之十作剧团的经费。现全体演员正积极练习，决定于陆云山庙会时试演。按群众生产业余剧团，在边区还是新的创造，它说明了要满足农村中日益增长的文化需要，光靠机关学校的剧团，已经不够了。下乡工作的机关学校剧团，应该给老百姓剧团以具体帮助。

(《晋察冀日报》1944年5月20日)

西北局文委召开总结延安去冬今春
文艺宣传工作会议

李卓然同志对各重要问题都做了正确的估计和指示

【新华社延安十七日电】西北局文委于上月二十八日及本月二日，召开总结去年延安下乡剧团秧歌队及今年延市春季宣传队工作会议。到会的除延大、鲁艺、文协、平剧院、民众剧团等下乡宣传队负责人外，延安各文化领导机关均派有代表列席。会上对创作与演出平剧，及其他旧形式的利用与改造，剧团人员的学习与工作方式，加强□统一全边区戏剧工作的指导诸问题，展开热烈讨论。最后，由李卓然同志讲话。

他首先就去年各下乡宣传队工作及本市春节秧歌、戏剧的活动作一估计，略谓，这两方面的工作，均是向着"我们的文艺第一是为着工农兵"这方向的具体改进，因而对于边区的生产、自卫、防奸等运动，均发生了很好的影响，不仅起了宣传教育作用，而且也起了组织作用，有不少的秧歌、戏剧不仅在内容上反映了党的政策与广大群众运动相结合的现实，而且在艺术上也比以前提高了一步；但无论在哪一方面，均还存在着缺点，这主要是由于我们许多同志对于毛泽东同志两年前《在延安文艺座谈会上的讲话》这个具有巨大历史意义的指示尚缺乏深刻的研究与实际的体验。对于边区人民大众的思想、情绪尚有或多或少的隔膜，对于他们的语言以及各种生动的生活形式与斗争形式，尚极不熟悉；因而就出现在创作内容上的某些偏窄（如反映士兵及工人的东西太少以及在表演艺术上的公式化偏向）。

其次，关于集体创作与个人才干问题，卓然同志认为集体创作必须大大提倡，但集体创作并不取消个人的才干与积极性，而正是以这种才干和积极性作基础的。有修养的文艺作家，在集体创作中正好大显身手，发挥自己的长处；反之，离开集体主义精神，离开群众的"个人突出"一定产生不出真正代表人民大众的艺术作品来的。

再次，关于旧剧问题，他说，过去我们反对旧剧，只是反对旧剧的反动内容，并不是反对利用旧形式来表达新内容——根据新民主主义精神来教育群众的内容。所以我们一方面反对一切宣传封建秩序的旧剧，另方面又利用各种旧形式（秦腔、平剧、秧歌等）来作为我们的宣传武器。这里的所谓"利用"，是包含着"改造"二字的意思的，如今天我们所利用的秧歌，比之旧时代的秧歌，在形式上也已经起了许多变化。实际经验证明，群众对于这种变化，不但不反对，而且满口称赞这种新的秧歌——斗争秧歌。关于广场剧好还是舞台剧好的问题，他觉得这要看具体条件来运用，在人口集中的地方，舞台剧的作用或许较大，但在今天分散的农村环境及戏剧应以普及为主的方针下，发展群众性的广场剧，应该放在第一位。

关于加强对剧运的领导问题，卓然同志指出了下列几点意见：（一）各剧团应补充熟悉群众生活的地方干部。（二）各剧团应经常与指定的分区或县取得密切联系，研究地方情况；在下乡前，派得力干部先去搜集材料，取作适应当地情况的剧本。（三）今后各剧团人员，均应以学习和参加地方实际工作为其主要业务之一，如帮助群众订生产计划，组织读报、写通讯、办冬学、夜校，介绍医药，帮助学校的文化娱乐工作，帮助各地方剧团导演，在春节中帮助群众写对联、画像及年画等工作。每个戏剧工作者，均应学会并及时总结自己的经验。（四）西北局文委委托周扬、赵伯平、柯仲平三同志负责组织研究边区剧运情况，审查剧本，指导边区的戏剧工作。最后，关于批评与奖励问题，卓然同志认为今年文艺方面的批评还是太少了。批评的空气还不够，应当提倡大胆的、实事求是的批评精神。关于奖励问题，他说明这次下乡各剧团与本市各宣传队中，均产生了不少的优良剧作。西北局文委及边区文协，为奖励这些剧作起见，特决定分别予以奖励。奖励的标准，第一，注意秧歌剧本内容与当前政策任务结合的程度，这就是它的政治标准；其次，注意秧歌剧本的艺术标准——它是怎样表现现实及表现的程度；第三，秧歌剧本在群众中所发生的效果。这次奖励，采用集体奖金的办法，即同时奖励剧作者、导演员及对于该剧的创作与演出有特别帮助的同志。至于奖金的具体分配的办法，则由各剧团与宣传队自己规定。同时，未得集体奖金的某些秧歌戏剧，其中若有个别应当奖励的同志（如特别受群众赞扬的演员）则由各剧团□宣传队的主管机关自行给奖。

李卓然同志讲话毕，文协主任赵伯平同志即根据上述标准，提出受奖的秧歌戏剧共三十一个。会后，闻西北局文委和边区文协对于各宣传队的工作报告和讨论中的意见，正在进行研究和整理，并拟于最近召集本市各机关、学校、秧歌队负责人及延安各下乡剧团全体同志开会，传达这次会议的总结，并将正式宣布受奖的秧歌戏剧各单位。

(《晋察冀日报》1944年5月20日)

完县传达了通讯工作并布置拥护本报运动

G P

【完县讯】分局通讯工作会议后，本县即趁反法西斯学习的机会向县级全体干部传达了今后日报通讯工作的方针，并成立了县级的中心通讯小组。五月七日，又趁小学教师开会机会，传达了一天。到会除小学教员百来人外，还有各区通讯小组长及抗联宣传部、县级通讯员、政治处全体同志、区队黄政委，共一百三四十人。会上还把三分区决定五月十五至六月十五日的"拥护日报运动突击月"作了具体布置，主要工作有：每个日报通讯员在突击月中至少写通讯两篇；广泛开展读报运动。会上号召小学教师知识分子给日报写稿、提意见，检查日报发行工作，□上分组检查过去对日报、对通讯工作的认识，并讨论今后的做法，大家发言非常热烈，并提出挑战。

（《晋察冀日报》1944年5月23日）

陇东曲子民教馆真能为群众服务

【新华社延安廿三日电】一个真正为群众教育馆在陇东曲子县城发现了。它虽没有华丽的设备，但通过黑板报、读报组、代笔处、社火团等新颖而朴素的活动方式，却成了曲子群众文化生活的核心。首先说黑板报，当人们从它面前走过时，识字的放声读，不识字的悄悄听，非常惹人注意。黑板报内容每天改换一次，它把边区各地生产及前方战争的重要消息，告诉读者，这样做已将近一年了。据常看黑板报的商人王老汉语记者："黑板报字数不多，用处可真不小。"它的内容很实际，边区的消息多于其他；同时它不仅单纯地报导情况，还能适时地提出问题，组织与指导实际工作。如五月六日，它针对曲子街道上的卫生情况这样写着："我们商人和农民，每天如果把街道打扫干净，一则货物不落尘土，看起来干净好卖；二则空气新鲜，使人脑子清醒……"这一号召公布出来后，当天下午商人就自动集合到民众教育馆开会，商定打扫街道的办法。民众教育馆通过商人读报的积极分子领导着两个读报组，在一个黄昏，记者站在一家菜店门口，亲身参观了南街读报组长林老先生领导读报的情景。他连读带讲地说："敌人在山西省太原拔壮丁，运到太平洋去替它打仗，你看这不是叫咱老百姓送死去？……"老先生是山西人，今年六十五岁，他读到这段消息时，激动得声音有些抖颤；然而一会儿读到边区生产建设的消息，又使他们换上了一副笑脸。老先生读到关中冯云鹏组织放羊合作社时，周围的群众说："好办法，我们也能办得到。"读报一次，前后约半点钟,听的人仍是恋恋不舍,没有散去。他们都说:"过去咱们都以为报纸是糊糊墙、包包东西,谁想到它就是给咱们讲话的,教咱们知道不少事情。"代笔处设在民教馆内一间简陋的小房屋内,然而它却做着最复杂的工作,招引着远近的群众,答复着他们的问题。据统计,今年三、四两月内,共为群众代写信件、契约等达一百三十二件之多。本月五日,曲子区五乡吉家河村袁家两弟兄因分配房产发生纠纷,他们都来到民教馆代笔处请求评判,代笔处根据具体情形予以劝说,使双方和解。影响所及,远至百里外的环县,近在城郊的人们,均有许多事情去请求它。代笔处对这些四面八方的来人分文不取,耐心、精细地一件件为他们解决问题。起初,群众对于民教馆这种工作精神是不相信的,他们不敢进来,即进来也一定要给酬金;然而民教馆严正地谢绝了酬劳,并抓紧机会向群众解释,终为群众所了解。民教馆又通过完小学生组织了群众"社火团",曾于今年春节时上演新秧歌。他们在民教馆的组织下,化起装来,在《拥护八路军》《刘二起家》等剧中出现了。现在曲子街道上,商人、农民大多数都哼着秧歌小调,他们是从民教馆学来的。此外,民教馆尚有许多不拘形式的、与群众联系的方法,如商店学徒算盘打不熟练,可到民教馆来补习。某一个商店门口街道不清洁,他们相互监督打扫,并向民众教育馆报告。因此,民教馆内时常熙熙攘攘,农民、商人、脚户、小学生等川流不息。

(《晋察冀日报》1944年5月26日)

平北《挺进报》改为石印后在敌占区起了极大影响

羊

【本报讯】《挺进报》在平北改为石印后,内容和形式,都有了很大的进步,在敌占区更起了极大的影响。由于地区的恢复与开辟,报纸的发行面也在不断扩大,该报最近接到北平读者沿村转送的来稿,并附了一封信,信里说:他看到《挺进报》非常高兴,使他对抗战胜利更有了信心,今后愿意经常供给北平市内敌伪统治下的情形的稿件。在张家口附近,一个伪甲长,一向忠于敌寇,但自从看到石印的《挺进报》,他改变了态度。有一天我们的工作人员到他家里,看到他正和几个知识分子在灯下读报。在龙延怀,有些伪组织人员向老百姓要《挺进报》看,他们说:"那上面都说的是真话。"龙崇宣一个士绅看了报说:"离反攻不会太远了,你看这报!"该报在辽远的敌后,逐渐成为对敌文化战线上一个有力的武器。但这是支付了代价的,自移到平北后,在残酷频繁的斗争中,工人同志已牺牲了三个,李官达同志在龙关越狱未果,被敌杀害,任显志、索广才两同志在同敌人的搏斗中流尽了最后一滴血。这是该报培养了多年的石印工人,差不多是该报在平西创办伊始,就到了报社的。但这些同志的壮烈牺牲,并没有使报纸停止,相反,在他们英勇故事的激励下,该报的同志更顽强地坚持了自己的阵地,不断增强着战斗力,在察哈尔南部和北平近郊,展开了对敌的尖锐斗争。

(《晋察冀日报》1944年5月31日)

阜平龙泉关的读报经验

阜平抗联宣传部

(一)龙泉关开展读报工作的动力,就是本村小学教员杜亚同志。他在前年春天去了以后,首先成立了一个六人的读报小组(包括本村文化程度较高的贾子华和抗联宣传部长王之廉、发行员张树藩），但是，因为发行员不识字，几位同志很久有病，终没有起什么作用，实际上只有杜亚同志一个人。

（二）起始，杜亚同志无意识地在元和店门口大槐树底下，经常在吃饭时和集聚的一二十个人闲谈，随便谈起国内外新闻事件，而引起了周围群众的兴趣，以后自己的兴趣也就高了，他便有计划地利用这个自然形式读报了。

他每当新报来到，便事先选择几件最重要的事情记一下。到中午时，群众都端着碗聚在大槐树底下了，他便趁过去，先拉一阵家常或村里的闲事，然后再逐渐引到报上，先前人不太多，后来别处的人也凑来听，每次不下二十人。

（三）他善于抓住群众心理，掌握群众情绪，提高了读报技术。

1. 在读报时候没有地图，群众对外国人名、地名很难记住，于是他便发挥自己的创造性，把外国地名用中国著名的地方来比（如天津、北平），把外国人名用中国人名来比（如毛泽东、朱德）。

2. 他知道群众在深切地期望着把希特勒军队快点赶出苏联国境，所以，他就把红军收复每个大城市还距离苏联边境多远，约略告诉群众。

3. 群众很喜欢听红军胜利的消息，他就很及时、扼要地告诉群众，而且把"吨"合成"斤"，把"公里"或"哩"，合成"华里"说给老百姓，把盟机对柏林的毁灭性的轰炸，拿敌机仅仅两个炸弹就炸了本村半个城墙的事实相对照，这样不但不会增加群众对敌机的恐怖，相反地，让群众更兴奋了，激发了群众斗争情绪和抗战胜利的信心。

4. 群众越听越入门之后，他为使群众便于了解与容易记住，画过三次地图（一次北非，一次西西里，一次是中央军开到云南的地图），墨索里尼下台那次，他用纸画了一个墨索里尼的像，配合讲报。

很久以后，人们还说："哈哈，墨索里尼就是那个狗样子?"留给群众以深刻的印象。

（四）他的读报是收到了很大的效果的。

他差不多天天讲报，一次从本区劳动英雄胡顺义说到吴满有，一次转讲孔二小姐结婚的事情。群众听他讲报是听上瘾来了，一天报不来，群众就到学校去问，尤其在去年国民党反动派军队包围了陕甘宁的时候，群众很焦急地问："老杜，怎么样啦？"

杜亚同志到县上开会走了六七天，老乡便不断地念叨："啊呀！把个读报的先生走了，就听不上了！"有一次，三个六七十岁的老头儿一齐找到校里了。

（五）新的创造。

1. 团结"基本听众"，在这里基本听众是十来个，大部是周围附近的老年人。基本听众的作用有三：吸引和号召别人也来听报；每次都到，为团结听众的核心；是报纸的宣传鼓动者，尤其中队长更是一个模范的听报者，有几次报没有按时送来，他便亲自跑到几里地以外的交通站去拿报，而且他还常常号召别人来听报，并把听到的消息到处进行宣传。

2. 利用童子军小学生开展读报工作。A. 他通过小学生的"回家报告制"由教员扼要地布置几个消息，使其回家报告，第二天由学救会的小组长检查。比如围攻陕甘宁的内战危机消息披露的第一天，就是利用这样方式告诉群众的，收获极大（要注意检查，内容简单明确）。B. 利用童子军按其分队去分头进行挨门宣传，这样进行过两次：一次是北非胜利时，一次是县选中。

（六）本村读报工作，虽有以上显著成绩，但还存在着两个问题，急待解决：一是组织领导问题；一是再培养一二个模范读报员，成为杜亚同志的助手和工作继承者的问题，因而曾整理了本村读小组。

1. 经过事先的调查，吸收四个人参加了读报小组，两个是过去当小学教员的，一个是民校教员，再就是中队长。虽然他是个"老粗"，但因他很关心报纸，并且在群众中有很高的威信，所以叫他参加进来，作用是很大的。

2. 在抗联宣传部的主持下，开了一次读报小组会，这个会上除选杜亚同志仍为组长外（中队长为副组长），又具体地决定，本村五处群众的自然场合，分工负责读报，并决定五天小组会一次，检讨计划工作和研究读报的方式方法。这个会最重要的收获，还在于转变了村抗联宣传部对领导读报工作专门依赖小学教员的观点。

3. 确定刘俊英为读报员的中心对象，由杜亚同志经常关心帮助他，并号召他们向杜亚同志学习。

（《晋察冀日报》1944年6月1日）

陕甘宁党政民决定召开边区文教会议

【新华社延安二十九日电】西北局宣传厅、边府教育厅、边区文协等三机关，于五月十七日发布召开全边区文化教育会议的决定。指出：

（一）由于边区政治、经济建设的巨大发展，广大群众对于文化上的需要亦已大为提高。为了具体实现毛泽东同志关于开展边区文化建设的指示，特决定于本年十月在延安召开全边区文化教育会议，检查与总结边区小学教育、社会教育、区村级干部文化学习、艺术活动（秧歌、戏剧及其他）、群众卫生工作、大众报纸等方面的经验，发扬典型范例，奖励模范文教工作者，讨论目前边区文化建设的具体方针及确定今冬大规模地展开全边区文化运动的计划。

（二）参加会议的人员与资格。

1. 确定各地委、县委宣传部长（或副部长），专署与县府一科长（或副科长），各中学师范校长及教导主任、分区卫生机关负责人、文工团或剧团团长、报纸主编、小学校长或教导主任（每县一人）等，均为会议当然参加人。

2. 由各分区从所属区级宣教干部、各学校教员、学生、剧团干部、民办小学、读报组、识字组、秧歌队、冬学、夜校、大众黑板墙报等的负责人中，及医药卫生人员（包括中医与兽医）中推选若干模范的文化工作者出席会议。

（《晋察冀日报》1944年6月3日）

冀中九分区文艺工作近况

林危扬

冀中文艺工作者自下乡以后，即分别参加各地实际工作。为加强通讯工作效率，九分区成立了记者团，并开始组织部队、农村的通讯工作。部队通讯工作有新开展，出版《前哨报》《团结报》《团结月刊》等报纸、刊物，现正准备进行训练农村、部队通讯员。九分区文艺工作者处于敌人反复"清剿""扫荡""剔抉"的激烈斗争中，参加到各个战线上进行斗争。他们并未放弃整风学习，正以毛主席的报告进行整风，闻最近拟成立文艺工作者研究团体，俾以交换经验进行学习。

（《晋察冀日报》1944年6月4日）

唐县杨家庵村剧团生产中坚持演出

今年已出演十六次　生产任务也完成了

田工

【唐县讯】唐县杨家庵村剧团，自过年以后到五月下旬，在配合大生产运动中，他们写出《反"扫荡"》《大生产》《反对虐待儿童》等四个大秧歌戏。先后演出于下苇子、齐家佐、神南、大悲一带，共演出十六次，每次一天到两天，有时夜间巡演，差不多全县各处的老百姓都看到了他们的戏，还到曲阳一区邓家店庙会上演了两天。因为他们净是描写老百姓的斗争，所以到处受老百姓的欢迎。虽然他们不断地演戏，但是他们还保证了生产任务的完成。他们想法把剧团工作与大生产任务结合起来：剧团编戏的赵玉山，一面种地，一面心里还想着编剧本，歇着的时候，就拿笔记下来，打草也想，驮粪也想，三天就写成了一个新剧；剧团的青年和儿童，一块打草，一块练唱；壮年演员，一块拨工，也一块练唱，一休息就练动作。抗联宣传部长朱祥，也参加了剧团，不但热心剧团工作，而且生产也挺积极。有一次从北大悲演戏回来，已经后半夜了，第二天一样地起早，为了照计划完成生产任务，把家里男女老少都组织起来下地生产，他自己套着小驴耠地，婆媳两个播种，大儿子踩地，二儿子添粪，小女孩打草喂驴。不到三天，就把十二三亩地种完了。女演员朱银华不但演剧进步最快，并且成为生产模范，她才十六岁，掏粪、锄地、拉耧子、撒种、打柴什么都能干。女演员齐亭尔，她丈夫叫朱国远，是剧团副团长，两口子在剧团里工作积极，回到家里生产起劲。齐亭尔拉耧子、耪地，赛过男人，两口子早起晚睡少歇着，地也都种完了。在他们影响下，全体团员都积极动员起来，一面演戏，一面生产，保证按计划完成了生产任务。他们现在正准备把演员组变成拨工组,好把剧团工作与大生产更密切地结合起来,就是在农忙的时候,也能坚持剧团工作。

(《晋察冀日报》1944年6月11日)

城南庄出版《老乡报》

俞林

【阜平讯】城南庄文救小组和完小共同编的《老乡报》已经出版了,贴在十字路口上,许多人都围拢着看,因为都是些本村的事,人们都喜欢念。报的编排分时事、生产报导、文化活动等栏,有十几篇稿子。他们决定半月出版一期,第二期又快出来了,并且计划"七七"出一期专号。他们要求这个报纸真正成为指导全村工作与斗争的武器,内容要完全适合群众的要求。区宣教会也极力帮助他们。

(《晋察冀日报》1944年6月16日)

三分区发动爱报运动

干部群众普遍阅读报纸　通讯发行工作很大进步

深

【三分区讯】三分区地委自五月十六日起在全分区范围内组织一爱护党报突击运动,现此运动在各地正猛烈开展着。此运动的主要内容包括:(一)广泛开展干部和群众间的读报运动,要求干部根据报纸的内容到处向群众宣传,养成读报和向群众宣传的习惯;在群众中要有重点地建立读报小组，形成读报的热潮。（二）在通讯工作上，要克服对通讯工作认识不正确的思想，形成真正群众性的通讯写作运动。（三）在发行工作上，检讨过去优缺点，以健全、改进发行组织及其工作，保证送报迅速。（四）发动群众向党报提问题，提出改进意见，发动群众关心党报。各地接此指示后，即深入广泛动员。分区政治部于五月十六日召集各部队宣教干部布置这一工作，地委宣传部于五月初旬召集专区党员通讯员进行传达，五月十八日地委书记王平同志特召集分区全直属队号召爱护党报，地委于六月七日复派人到区以上干部的整训班去传达开展爱报运动的意见。各县在五月初即分别召开通讯工作会议和通讯小组会议，曲、唐、云、完等县均在全县干部会上作了专门性质的布置和讨论，曲、云、完三县并在全县小学教员的座谈会上进行了深入的动员。由于爱报运动的展开，使很多干部在对党报的认识上有了转变，都反省了自己对党报认识上的偏差，加强了对党报工作的重视。曲、完县委书记已开始写稿，完县县委宣传部长不仅把通讯工作列入自己工作日程中去，他的写作总是经过"群众鉴定"再三修改后才寄出的，定唐县委宣传部长能经常改写稿件，云彪县委宣传部长每天花两小时以上时间在改稿复信、组织稿件等工作上，他来信说："过去我又认识不足，光说把通讯工作放到领导上，但总不肯自己费力气下手亲自改稿，现在非从这一点下手不可。"在读报工作上，在有些地区已成为干部和群众生活上不可缺少的政治食粮，如唐县三区不仅在干部中做到每篇必读，在群众中已与村里黑板报结合，开始造成读报风气，并因此而改造了二十多个懒汉。在通讯工作上，已开始突破狭小圈子向广大群众性的通讯写作运动迈进，各县在写稿人数和稿件上均大有增加。如唐县三区一个月中写稿三十五篇，如完县现有通讯员百余人，五月份写稿一百二十五件（从前每月只三四十篇）。各地在通讯工作上均发现和培养了不少的新的积极分子和工农通讯员,如完县五区工农通讯员滕广同志除了在区里积极组织别人写作,自己在十天里就写了稿件五篇,他写稿很困难,但是写得具体而切实。各地向日报提意见和表示爱戴的信,已纷纷寄往报社,发行工作上也有所改进,爱护党报的观念已经开始在干部群众中建立起来了。三分区爱报运动正炽热进行,有的县将在六月中旬结束,曲、唐、云等县因布置较迟,为更好完成任务要在六月底终止总结,而要把党报工作搞得更好,仍需各地的继续努力。

(《晋察冀日报》1944年6月17日)

二分区供给处在赵占魁运动总结中是怎样组织通讯工作的?

一个领导工作和通讯工作结合的例子

齐建三 吴群

四月底二分区供给处各工厂要总结一年来的赵占魁运动,在这时,正巧他们在《日报》和《子弟兵报》上都看到了关于执行全党办报方针、开展通讯工作的各个重要指示结论和文章。他们下决心要把各工厂的通讯工作活跃起来,特别是当他们见了《子弟兵报》上的《通讯工作的组织性——领导工作与通讯工作结合》一文后,他们更下决心要根据该文所指出的实践起来。

在布置赵占魁运动的总结的政工会上,旷教导员和宣教干事便注意布置了通讯工作,根据事前分区给他们的指示,他们提出:(一)写典型工人,被总结为劳动英雄、模范或有功人员的典型工人。(二)分工来写,防止好几个人写一个相同的人,又有该被写的人,而没有人写。(三)多采用集体创作方式,不会写的工人和会写的工人组织在一起,工人和干部组织在一起,大家讨论,一人执笔。(四)写好尽可能要在工人大会或活动分子会上读给大家听,征求大家意见……

在各工厂的初步总结中,宣教干事被派到修械所去帮助工作,因此他们在这一方面做得更好。起初,当他和梁主任研究,想根据小组鉴定材料布置大家写稿时,一看不行,鉴定上尽是"工作积极,吃苦耐劳,学习努力"那一套空洞名词,于是他便先召集了工人中的活动分子(其中多半是他们的工农通讯员培养对象)上了一课,告诉他们收集所写个人材料的办法,不要写空洞名词,而要写他的一点一滴的实际行动,写周围同志对他的感觉和反映,写他本人在各种环境下的心理、言论等。在礼拜日,他们把初步总结出的一个英雄、四个模范、四个有功人员,都分工组织大家来写。到晚上写齐了,果然收到很大成绩,比如总结中写模范崔建华,只说他工作最卖力气等,可是一个工人的稿子上却写得生动而具体,他写:"崔建华拉风箱很有劲,他一上去,风箱的声音变响了,速度变快了,从后边你看不见他的脖子。"总结上英雄李登云的材料只有"吃苦耐劳……",但稿子上,一个工人写:"李登云在反'扫荡'中坚壁机器比谁也努力,一天一夜没休息,上山下山闹得腰疼腿酸,别人往下一坐就合了眼,他却认真埋藏到第二天吃饭才回来。"但这些通讯还有缺点,这就是因为个人来写,一般都不够全面,不少材料没写上去。后来改用集体讨论、一人执笔的办法来写,经三天和两个半夜的努力,大篇集体创作写成了,写作中,大家都没有把他作为"额外负担"。写完后,梁主任见组织写通讯工作这一做,总结的每个人的材料无形中更具体、更深刻了,很喜欢地说:"这些办法早告诉我们,也不至于浪费许多时间,而工作又全搞不好。"五月一号,梁主任把写成的稿子全在工人大会上朗读给大家听,工人们因见材料充实而具体,都非常满意。一个老工人听完了读稿子,对人说:"那些事都是真的,不知为什么,听了那样喜欢人。"

当教导员听说修械所因领导工作和通讯工作结合得好,而收到很好成绩,他便更抓紧了鞋工厂和被服厂。起初,还有个别干部说:"总结工作就总结工作,为什么要写稿子呢?"教导员听了,亲自找他来谈话,及时克服了这一偏向。在写作中,不少工人因才学写稿写不好,但宣教干事他们能耐心地帮助他,如皮工刘二和他写模范张春生,第一次只写他"工作积极,上工在前,下工在后,学习好,团结友爱好"。宣教干事听了,便帮助他改写,先问他:"张春生怎样工作积极,上工在前,下工在后呢?"刘二和说:"上工哨没响他就拿烧红的烙铁烙衣服,下工哨响了,除开打饭,他总比别人还多干一会。每次出差,不派他,他总抢着去,到×部背粮、背原料等。"又问:"学习怎样好?"刘二和说:"他为了学扎机子,往往把吃饭速度加快,甚至吃少一点,利用扎机子同志不用机子时抓紧时间来学。"又问:"团结友爱怎样好呢?"刘二和说:"那回,葛顺兴、张进才等有了病,他老帮他们打饭、送开水。"他说了,宣教干事就都和他填上,问完,刘二和才明白地说:"哦,原来写稿子这些都要写上去呀!"由于他们在组织通讯工作中能时时注意到培养工农通讯员,所以,不少才学写作的工人进步都很快。

当写劳动英雄、模范、有功人员的通讯一共二十多篇都写成后,在"五九"召开总结大会的前夜,他们又具体分工布置许多同志来写大会各方面的通讯。旷教导员他自己也写了一篇《二分区一年来工厂赵占魁运动总结》。他是一举两得的,在总结大会中,那是他的总结报告材料,会后,便变成了一篇通讯,寄到分区来了。

在大会的总结中,由于吸收了不少通讯中的生动具体材料,所以总结大家都极满意,当工人听见的不是尽是"工作积极、吃苦耐劳好"等那一套,而是生动的事实了。赵占魁运动总结完毕第三天,他们组织写的关于这方面的各种通讯一共三十六篇已都写成,迅速地送交分区来,转寄《子弟兵报》去。

这次把领导工作和通讯工作结合起来的做法在供给处是第一次。但这一次就使他们认为这是开展通讯工作的最好办法。

(《晋察冀日报》1944年6月17日)

关于五月份的通讯工作（不另印发）

中共中央晋察冀分局宣传部

一、五月份共收来稿一〇四七件,发表了百分之二十六。来稿质量已较前提高,不少县已执行了关于综合改写稿件的指示,有些通讯小组采取了集体创作的方式,节省了人力,提高了质量。各地报导重点也逐渐明显。灵寿以电报报导要闻非常及时。文化教育的报导较前注意。特别应指出的是:关于"胜利"部战斗与生产报导的连续性、系统性是上月军事报导中最好的。刘达同志关于董春荣领导青羊口生产的报导,是善于选择典型,不以枯燥的数字而用生动具体事实报导的范例。阜平关于沙河滩地的介绍内容很充实,而且有组织。从地区方面看,五月份开始收到平北、冀中的个别来稿。由于地委刘达同志等亲自下手写稿（本月共八篇,值得表扬）,雁北稿件质量有极大提高（发表了百分之四十三）。二分区沟线外生产的报导,如寿榆某村生产及灵东部队生产是极宝贵的材料,证明做了好工作照实写来就是好通讯的道理是千真万确的。一、三、四分区通讯写作的人员有了广泛的发动,三分区爱护日报运动和四分区的通讯竞赛,在这方面有很好的成绩,如三分区来稿占全部稿件百分之三十二。以上就是五月份通讯工作的主要特点，也是它的优点。

二、但来稿的质量仍然赶不上党报的要求。其主要原因是通讯工作与党委对各种工作的领导结合不够，通讯写作大部是自流的。最明显的例子是日报编委几次要各地反映的材料，如寇灾严重村区生产、游击区合作社、克服灾荒经验、部队解决土地问题办法、组织劳动互助合作社的经验等，都没有得到有组织地供给。甚至像张瑞同志的合作社，几次催促都没有来稿，等到《解放日报》的社论来了以后，才收到苏克勤同志从党校寄来的通讯（当地党委稿件是六月八日才收到的），这是极严重的缺点，这是□须克服的。首先盼望各地将日报编委会所要材料迅速编写完毕，经党委审查后交来。我们有些同志还没从思想上彻底搞通全党办报的道理，还不懂得或不完全懂得做领导工作的过程也应是组织通讯的过程，还不了解把工作经验提高到理论上去，对加强本身工作和对其他地区工作指导的严重意义，以致把许多宝贵的新鲜生动的创造沉没在自流的大海里去了。关于"张瑞合作社"的报导就是一个例证。同时，在五月份负责同志写稿的人没有增多，有的且在减少（一分区占来稿百分之六，二分区百分之八，三分区百分之三，四分区百分之六，雁北百分之十四）。应指出：党委和军政民主要负责同志写稿应是经常的，是克服自流现象提高通讯质量的主要关键。要求各地党委认真负责地把这一时期党报工作加以检查，并作具体布置，一、三、四分区写稿人已较广泛发动地区，更应把具体的组织写作的工作迅速地赶上去。

三、过去曾一再指出"模范化"是党报通讯工作的严重缺点之一，而在党报上进行正确的批评与自我批评，又是我党的特色与党报党性的标志之一。正确地表扬英雄模范，对根据地的各种工作有极大的示范与推动作用，是众所周知的，是正确的，也是党所确定要做的。但这仅是一方面。在我们工作中还有不少缺点，甚至错误。不注意或不正确揭发和纠正这些缺点和错误，而陶醉在英雄模范中，我们就会麻痹，就会自满，英雄模范的光荣称号就会成为沉重的包袱或负担，压得我们不能前进。毛主席伟大的整风号召，也就是为解除这种负担，高涅楚克的剧本《前线》和郭沫若著的《甲申三百年祭》，都是重要的历史教训。事实又证明，在党报上进行批评与自我批评是有巨大作用的，像灵寿东寺岭村工作的转变就是一例。我们号召所有同志，特别是党报记者与通讯员同志，高举起批评与自我批评的武器，绝不做高涅楚克《前线》一剧中戈尔洛夫那样骄傲失败的人物或克里空那样的只会恭维人的记者。对此，各级党委应加以切实领导和检查。

四、各地审查稿件，还有不严格的地方，有的仍是完全交通讯干事去做。因此，有的把表扬违反党的政策的"调剂土地"的稿件寄来了，有的把表扬伪大乡长的稿件寄来了，有的先后矛盾或与事实仍有出入，道听途说，随便写来，不加审查，一概"转运"，这是极不好的。各地应认真执行分局宣传部关于四月份通讯工作中的指示，并实行定期的检查。

五、除加强领导，克服自流，加强批评与自我批评，严格审查制度是当前领导通讯工作的中心任务外，并应注意：

（一）军事报导中，因每一战斗军区都有战报发表，各地记者通讯员不需再写战报性质的稿件，但应选择典型，写作战斗通讯。地方通讯员应加强民兵战斗报导，这方面还是很少的。

（二）第二战场开辟给我们造成的更加明显的绝对的政治优势，便于我之更猛烈尖锐地展开政治攻势，打击敌人，各地应有组织地进行报导，并从中转变过去对敌伪动态报导太少且极零碎的现象。

（三）群众生产与教育结合的报导，在比重上仍是较少的，希望引起各地注意，在今后努力克服这缺点，使群众教育问题经常在通讯中有反映，成为工作指导中不可缺乏的部分。

（四）日报增刊第二期发表的关于通讯工作的文章，应当作教材在通讯员中进行教育。各地通讯工作经验应继续反映，在日报及增刊发表。

（五）对党报提意见的工作各地做得很少。最近应作一次系统的反映。

（六）各地通讯员名单不够完全，应迅速报来。每月通讯工作概况最好在每月五日前寄到，以便作每月总结时参考。

六月十日

（《晋察冀日报》1944年6月17日）

三分区爱护日报运动中各县热烈响应情形

完县

在四月以前完县的通讯员，连县区干部，连小学教师，有五十五个人，常写稿的不过二十六七个人。每月供给日报的稿子，不过三数十件。

四月以后，在"全党办报"的号召下，在我们抓紧每个机会，深入宣传与组织通讯写作，得到显著的进步，写稿的人就多起来了，区队黄政委也在百忙中写稿。中心小组长，亲自到东吒口，访问陈学曾的领导生产，到××村访问了游击小组。五区通讯员写稿较普遍，数量较多。特别是工农出身、文化水平相当低的滕庆同志起了很大作用。

而一区、三区通讯较差，提出就予以批评，□□们急起直追。□□五月份中共写稿一百二十五件，打破了空前的记录，发展了通讯员，连旧有的到百人。参加写稿的是县区干部四十人，小学教师二十三人,还有十来个非通讯员参加了这一热潮,开始造成了群众性的通讯写作运动。但还存在着一个大问题——一般化,特点少,写揭发敌人、写生产与战争相结合的稿件少。抗联与县社的通讯工作不如其他部门,一区四区的通讯工作不如其他区。(洪阳)

唐县

唐县六月三日召开通讯座谈会。到会通讯员与县区干部五十多人,会上决定全县县区干部和小学教员每人在六月里给日报写一篇稿子。为克服过去写稿的混乱现象,具体指出各区重点村、重点人物、重点部门,由专人负责作连续报导。当场提出马上要写的材料由专人来写,十日前寄县。肖县长先做了自我检讨并号召全体政府工作人员热烈响应会上的具体要求。三区区长张心慧写了八篇稿子,这些稿子一篇比着一篇写得好,他还组织了区公所其他同志写稿,写稿前后都和其他同志商量怎么写,对于别人写的稿子都提出具体意见。三区教育助理员刘鹏夫近一个多月写稿十篇以上,他为写《唐县模范劳动妇女王改银》在侯各庄深入采访,写出来还念给王改银自己和她父母、全村群众听,根据意见改了三四遍,现在对于他负责的那一小区各种工作更深入了,要篇篇做到在群众中鉴定。县政府教育科员赵伟在近一个月中写稿五篇,并帮助下庄村长邸交德写了一篇稿子。(水林)

阜平

阜平自五月十五日至六月十五日展开了爱护日报运动。主要内容为:整理通讯组织,健全制度,提高通讯质量,并展开写作竞赛;健全发行制度,彻底执行预交报费制;学习延安马家沟的读报小组,各村读报要能推动工作,号召干部经常以报纸检讨自己工作,视读报不但为时事学习且为业务学习;建立机关墙报,总结培养工农通讯员的初步经验等。运动开展以来,各区小组集体写作的稿件增多;各领导部门已有了每完成一件工作即想起到报纸上披露,积极地要到报纸上说话的习惯。(王湘)

又,二区除决定每个通讯员在突击月中最少写两件稿外,还决定整理村发行员和读报组,保证最少五天读报一次,区干部下乡一定给群众读报。(巴克)

曲阳

曲阳保证要把日报编委会征求的稿件全部完成,县抗联主任准备在突击月中写五篇稿子,响应爱护日报这个号召。(黄昏)

读报

五月十九日日报上登载的关于《司法工作有了转变,高等法院派人下乡解决阜平(槐树庄)谷银林离婚案》那一件事后,槐树庄民校即将此讲给群众听,一个妇女说:"政府真关心咱们的问题,要照抗战前到政府没有钱还办不了事呢。"又一个老年人说:"咱村的事也上报了,报上都是登咱边区实在实的事哪,像这报得多读。"(杨克)

完县东安阳村的读报小组,以前是一个有名无实的读报小组,后来换了发行员、读报组长,就开始健全起来,在配合中心工作上起了很大作用。在耕生地时,他们就开会讨论,决定着重讲报纸上登载的领导大生产的经验和在大生产中的模范例子和国际国内形势等等。在大生产告一段落后,他们还在一起检讨优缺点,决定宣传的中心。在播种当中,春学也曾经停止了几天课,读报组员们也因精力的疲劳,有几天没有在街上去讲。许多老乡在晚上和晌午就找到他们家里要求他们讲,或者是到地里去的时候在路上碰见的老乡都说:"怎么这两天子没有讲报哩,听不见讲报挺闷得慌。"后来,他们利用晚上老乡

在街上休息的时候读报，听讲的由七八个人增到三十几个人。在街头的黑板上也写中心工作，因此全村播种早已完成。（长华）

（《晋察冀日报》1944年6月18日）

唐县试办黑板报的经过

席水林

一

五月冲锋剧社"下乡"到唐县，和三区商量试办黑板报，当时确定以张合庄、南洪城、南齐家佐等村为试验村。那时正是播种突击旬开始，因此决定黑板报中心内容是：拥护减征公粮、冀中大捷和本村的实际例子（模范的拨工组、积极生产者——二流子、集旋子），表扬鼓励或批评教育，并把边府的布告也贴在黑板报旁边。刊期不定，有了材料便出。编报的人：村抗联主任（负主责）、宣传、村教育委员、小学教员。这些问题商讨后，我们便分头去进行了。

二

我和区抗联宣传部长马同志，去张合庄，说明为什么要办黑板报。

第一期《张合庄大生产》黑板报出来了，报头是用颜色画的，老远便看见了，挂在戏楼上，天一亮便围满了人，识字的便念给不识字的听，念完了，大家便说："共产党的好主张又提出来了，今年一分顶多不超过八升半。"一个中农说："这样，我又可以多出一个月的吃粮，共产党处处关心咱们。"他们念到积极劳动的妇女吴保三的媳妇的消息，人们说："人家干的就是真傲！谁也比不了，咱们村里没有一个女人像人家能干活的。"群众一听念懒人齐俊立时，都哈哈地笑了。这个消息立时便传到全村每个人的耳朵里，连齐俊立也红了脸，她向别人说："走着看吧！"从那之后，张合庄的懒人们都干起活来了，光怕上了报，那些生产积极的挤到台底下看看有没有自己的名字。现在，在张合庄流行着一句话："要知哪个懒、哪个傲，戏台底下去看黑板报！"这说明了黑板报是能受大家欢迎的。突击旬中共出了四期。有一期出来正赶上是葛公庙会，他们便抬到庙会上去了，葛公和别的村里看了，都不服气地说："张合庄成立了劳动互助社，政府里投资一万元，咱们也好好地干吧，政府也会给咱们投资的！"从那个庙会之后，葛工也出黑板报了。

在南齐家佐集上出了一期黑板报，因为有赶闲集喝酒不干活的人在集上瞎转，这一期便针对这个事写了出来，一早便挂在集上去，起了相当大的作用。有一期写了一个懒婆×××，×××便哭着找编报的人，她说："我以后不懒了！"第二天她下地了，报上也随着擦去了她的名字。

五六天的工夫，已有七个村子出黑板报了。

三

为了发挥黑板报的效力，从工作中我们察觉到，应当和读报组、儿童射击组结合好。

在张合庄我们和小学教员商量好，凡是黑板报上公布的事，儿童射击组便可以啦啦，试验结果成绩很好。如有一期上写着"村东里懒婆关门睡觉……"的消息，儿童们第二天天刚亮便上到小山头上喊起来了。喊了一会，他们便到村东去，看见一家大门还没开，他们重重地拍了几下，便到一边去了，主人一听敲门便出来，一看没人说："我们早起来了，就是没有开门！"小孩们听见便说："你们真起来假起来，谁知道呢？——准是睡懒觉了！"从那天起，全村天亮便能起床吃饭，这说明了和啦啦队配合的效果更大了。

白天黑板报上出了什么，晌午或晚上读报小组（也是黑板报的编辑）便把报上的事讲给村里的人们听。这样，爱听新闻的人们，更有兴趣去看黑板报了。这种读报，便可以从外国到中国，从边区到当地。如讲吴满有，便可讲边区胡顺义，本村的积极劳动的，一方面可以告诉大家新鲜的事儿，一方面又教育了大家要向劳动英雄学习。

四

现在，唐县各地都办起黑板报来了，它真成了生产教育的一个强有力的武器，群众自己来掌握着、教育着自己。

十天中，由于黑板报和宣教工作的深入，三区改造了二十七个懒汉懒婆，使他们逐渐地养成"起早睡晚，劳苦成家"的习惯。

在三区试办黑板报的过程，有个别村庄发生了些偏向。××村写一个懒汉，旁边画上一个乌龟，上头写着那个人的名字，儿童们见了那个人便说："×××，那个就是你呵！"说的那个人连头也不敢抬了。这就刺激得过火。个别干部还不了解"懒汉上报"是为了教他改懒勤干活，要是光用打击的话语甚至漫骂，可能起相反的作用。因此，反映懒人，要找全村公认的典型，头一期只写住址和懒的情形，第二次、第三次再写名字，一旦名字上了报，村干部便要抓紧机会进行教育。他若是改了，有了成绩，便在报上公布，这样收到的效果是实在的。

编报的人要文化水平比较高的人来担任，但在整个工作的领导与推动上，应由全村政治认识最好、威信最高的人来担任，这样便不会或少出岔子。同时区干部到村后，应具体地给他们帮助。每一时期还应由县或区订出宣传重点，以取得步调的一致。

一九四四年六月六日

（《晋察冀日报》1944年6月30日）

贯彻毛泽东思想　本社出版《毛泽东选集》

【本报讯】二十三年来，中国无产阶级与中国人民终于找到自己的天才领袖——毛泽东同志。二十三年来，中国革命运动，凡是在毛泽东同志的思想指导下进行的，其结果总是胜利的、前进的。毛泽东同志的思想就是马列主义的原理原则与中国革命实践相结合的、中国的布尔什维克思想。为了贯彻毛泽东思想于边区全党，本社特出版《毛泽东选集》。全书共分五卷，约五十万言，内容系抗战以来毛泽东同志各种名著、讲演及其他重要言论，并附抗战前几篇重要文献。刻正附印中。

（《晋察冀日报》1944年7月1日）

郭沫若新著《甲申三百年祭》出版

【本报讯】郭沫若氏新著《甲申三百年祭》，已由新华社播出，编入本报增刊第四期，现已出版。内容对明朝为清所亡及明末农民革命的历史教训，有精彩之阐明。又，苏联高涅楚克获斯大林文学奖金之名剧《前线》，新华社亦在广播中，本社已付印，不久即可出版。

（《晋察冀日报》1944年7月1日）

《前线》出版预告

苏联高涅楚克的剧本《前线》,由新华社全文广播,现在收毕,本社正在排印中,不日即可出版,特此预告。

(《晋察冀日报》1944年7月7日)

中共中央晋察冀分局宣传部通知

郭沫若史论《甲申三百年祭》与苏联高涅楚克的剧本《前线》,由《晋察冀日报》编入增刊第四、第六两期,作为当前整风坦白反省学习文件,县级、团级以上干部在见到该两著作后,必须与切身的现实问题联系起来讨论。军区剧社在条件允许下,准备将《前线》上演,把整风与文艺结合起来。

六月十五日

(《晋察冀日报》1944年7月12日)

冲锋剧社配合麦收在平汉路附近演出

六天举行十一次　观众达两万人

五

【三分区讯】为了保卫麦收,冲锋剧社组织了一个宣传小组(共八个人),到沟外活动,自六月六日至十二日,共演出十一次,观众达二万余人,多系在距平汉路四五里地的村庄和×县城附近的村庄,并在今春才从敌人手里收复过来的砖路集上演出。演出节目多系适应当时当地的需要，尤以抢收小调剧效果最好。抢收工作才从区里布置到村，戏即演出，群众情绪更加高涨，很多妇女老幼多于半夜就到地里拔麦。至十二日，他们活动地区的小麦，已经全部抢收完竣。

（《晋察冀日报》1944年7月14日）

火线演《血泪仇》 观众获得极好印象

仓夷

【本报讯】在七月节纪念大会晚会上，公演的游艺节目有火线剧社演的《苏州城》（京戏）、《血泪仇》（梆子腔），群众剧社的《王瑞唐》（话剧）等。表演都很精彩，特别是《血泪仇》一剧，更博得全体观众的夸奖。梆子腔在边区可算是抗战以来首次的演出，群众甚为喜爱，而加以《血泪仇》的剧情现实动人（描写河南人民在国民党军阀官僚灾荒压迫下，家破人亡，妻离子散，最后流落到陕甘宁找到人间乐园过着丰衣足食的生活。在反动派进攻边区中，主角王仁厚有着高度的保卫边区的热忱与勇敢，儿子王东才却被反动派利用，到边区进行破坏工作，放毒暗杀，几乎演成亲手毒死儿子、杀死父亲的大悲剧），使群众激起无限的同情与义愤，真是博得无数的掌声，无数的眼泪。全剧演完后，群众还纷纷要求继续演下去，给群众教育鼓舞意义很大。《血泪仇》这一剧，实在有在边区各地普遍演出的价值。

（《晋察冀日报》1944年7月16日）

墙报和戏剧改造了懒老婆

行唐苏湖村的崔金姐、周强姐、高美秀是三个懒老婆，每天坐在街里不做活儿，嘴里还说点子怪话。今年大生产已半年了，村生产委员会作了总结，出了一张墙报，末了把她们登了出来，一面写着她们的事实，一面画了几个懒老婆。又在下面写了一个童谣：懒老婆不干活，吃了饭街里坐，这样还不算，还要骂大街。村内的大大小小围着看了好几天，把这三个懒老婆，弄得很难看，从此再也不在街上坐着了。她们说："这可了不得，我可不偷懒了，怎么别人看得这么准呢！"（李世萱）

灵寿东寺岭小学生，组织了个"呐喊队"，每天早晨，儿童们呐喊。有几个懒老婆，还是睡懒觉，学生们就检查，对两个懒老婆进行说服。可是看她们总是不爱听，次日又来了个不起床。于是即进行批评警告，第三次还不起床，即抽掉被子，在她门上写了"懒老婆不干活，东家去，西家坐，秋天吃不饱饭，冬天穿不暖，这样挨饿受冻可怨谁？"可是仍未起了大的作用。一天正午，"呐喊队"化了装，出演了个街头话剧，剧的内容是懒婆懒汉没吃没穿吵闲嘴，劳动英雄光荣得了奖，最后懒汉懒婆醒悟了，努力生产。演到懒婆懒汉吵嘴的当儿，真的懒老婆及懒汉子便低了头，不好意思再看，他们感到羞愧。自演了这个剧后东寺岭的懒人们都觉悟了，"呐喊队"一喊便马上起床去生产，他们真正认识了生产是为了他们自己的利益。（王建）

（《晋察冀日报》1944年7月26日）

完县司仓文救小组推动了民校和墙报

陈克

【完县讯】司仓的文救小组在全区是较好的,文救组员都是民校教员,都担任着课程,上课前先由文救小组讨论,然后再教。民校的形式,也打破了限于课堂的讲解,春多较空,采取集体上课,农忙时则采用广播与闲谈的方式,在全村找一适当地点,有人将时事或中心工作等简单扼要地广播给大家,文救组员并有组织、有计划地利用老百姓晚饭后,在街头取凉时,来进行宣传。他们的黑板报,每天都有新的内容,如春耕中,每天有本村生产成绩的报告、改造懒汉的问题、公约、警语等,经常有图画或连环画。因此不仅适合有文化的,还能供没有文化的人看。此外他们的村剧团和文救小组的集体生活也很活跃。

(《晋察冀日报》1944年7月26日)

平西挺进剧社到收复区去工作

抗敌剧社在沟外演出

【平西讯】紧跟着□山战斗之后,分区挺进剧社挺进到紫坊口、李家堡一带新收复地区工作。从五月中旬至月底十余日间,除一般访问宣传外,共演出晚会五次,观众总数达两千人。由于我们的文艺反映了当时当地的群众斗争,密切配合了当前的政治任务,广大收复区群众都爱看。《羊毛出在羊身上》(揭发敌人配给阴谋的独幕剧)曾屡次获得掌声,小喜剧《糊涂人》使一些对八路军不了解而恐惧的乡亲们认识了八路军。在敌人统治了三年的范家坡演出时,曾用半天时间突击出带有幕丧戏性质的四幕话剧《咱们的光景》，反映了该村群众在敌寇统治下的牛马生活与对敌人的斗争，得到极好的效果。当演到女儿给洋狗咬伤而父亲出伕被敌人痛殴后被邻人抬回来的那一场时，许多观众流了眼泪，最后演到抗日政府来为人民解除困难，观众们都现出了兴奋的脸色，一个老农民笑着，他的泪珠还没有干。几年来他们在敌人统治下，不敢大声说一句话，今天抗日政府来了，给他们贷款，有了民主，并给了他们文化食粮。一个耳背眼花的老太太从十里地以外赶来看戏，他们都说"一个好！""就是演的咱们的事！""好把式！""还是咱们的政府好！"（胡可）

【又讯】到平西去工作的抗敌剧社曾屡次到沟线外去演出，群众淋着大雨也愿看他们的戏，反对敌人抢粮的《十六万八千石》演出时，许多老乡都哭了。在抗日政府的领导下反对敌人在紫荆关修磨电场的《拒马河的水》演出时，老乡们都感动地说："八路军真关心咱们，演的都是咱们的事，说的都是咱们心里的事！""把咱们的事调查的算清楚。""真是神八路呵！"《八路好》的歌子在他们演过的村庄里都会唱了。（赵英）

（《晋察冀日报》1944年7月30日）

阜平云彪村剧团取材本地事情很受群众欢迎

王湘　俞林　钱毅清

【本报集讯】阜平城厢剧团，从今年正月以来，因为外面供应剧本不够用、不及时，或不切合当地情况，就决定自己创作、自己演出。半年来创作了的剧本有话剧、秧歌剧、小放牛、打花鼓、四不闲、大鼓、拉洋片、集体舞蹈、活报等十种形式，十八项节目，其中除曾在边区拥军大会上演出的《生产活报》以外，在这次七月节大会上演出的本地秧歌形式的生产秧歌剧《懒汉回头》很得大家赞赏。至于街头剧、旧调小放牛、打花鼓形式的利用，还有化装德军俘虏向群众讲话（宣传德国因第二战场开辟的狼狈情形）的形式都是别出心裁，非常吸引观众的。现在他们已拥有基金七千元，作为生产成本，每月利息即作为演出的开支。十区七月节大会上，区干部的参军话剧《三朵光荣花》和城南庄前进剧社的歌剧《觉悟》，最受人欢迎。易家庄的四幕快板剧也表演得十分逼真。城南庄和区干部合演的三幕话剧《李家沟》是综合了十区半年来工作中的一切动态，包括减租斗争、大生产……这样的"大剧"，村剧团突击排演，实在不容易，因为创作内容上和本地实际密切联系，和当前斗争紧紧地配合着，一切都带着"本地风光"，所以深为群众所喜欢。

云彪在七月节政治攻势中，二线某村剧团到五高昌进行化装流动宣传，其中以妇女出演的《坚壁清野》，内容是取材于本村一个顽固老年妇女没有坚壁被儿媳妇藏了没有受损失的省悟。还有一个落后的青年妇女因不听区里的话没有让她母亲坚壁而受到了损失和母亲的抱怨的反悔，材料生动具体，教育意义很大，深受一般群众的佳评。又因为都是妇女演出的，所以对妇女参加文娱工作上，影响也颇大。

（《晋察冀日报》1944年8月2日）

复活了的农村剧团

赵忠信

（一）

开军民联欢晚会的消息，通知了徘徊村抗联会后，村抗联主任，就在街里串游起来，借锣鼓，借胡琴、琵琶、箫、弦子，跑得满头是汗。

下午，锣鼓的声音把全村的男女老幼都唤出来了，队伍肩扛着枪飞奔而来。常年不见八路军的徘徊村的老乡，又看见八路军到来，无论男女老幼，妇女儿童，人人眼睛闪烁着热爱的光辉，他们都像得到什么安慰似的，那么兴奋快活，简直要跳起来。会场是在村南边一块刚割了麦的空地，地间有几棵大柳树，叶很茂盛，做了自然的荫凉。麦田北面是一个高土坡，上面搭起了几张席，几领用秫秸织成的把子，这就是联欢晚会的大舞台。

各位首长讲过话后，天即拉下了暗淡的夜幕，这时游艺节目开始了。第一个节目是文艺小组的歌咏、奏乐。第二个就是村剧团演出的《三人行》，是配合乐器的一个小调剧，剧情是表现三个青年在三条不同的路上徘徊不定，但经村中妇救会、青救会的动员都一齐参加了子弟兵。演了一点钟才结束了，观众都为这次演出而惊奇，都问："村剧团什么时候又排剧来啊？"他们回答说："自从五一'扫荡'后，我们演戏的心都没有散了，春冬两闲的时候，我们几个人就偷着找个僻静的小屋，小声地唱歌练习。我们都这么想：别看眼下环境残酷，咱们排出戏来总有一天会用上来的，我们早就想演出，叫老乡亲们也热闹一下，换换这沉闷的空气，但崔岭据点离这村只有三里地，怕暴露突出受损失。现在崔岭敌人被逼走了，地面又宽广了，子弟兵同志们到这里开会，俺们还不施展施展、发泄发泄这二年的闷气吗！"

（二）

东内堡、西固罗两个村的村剧团，自五一"扫荡"到现在，没有一天晚上间断过排戏。他们自己出钱打灯油，大家集体创造剧本，现在环境好了，他们又把坚壁着的汽灯、布幕拿出来了。五月二十九日，庆祝攻克白庄祝捷大会上，他们还演出了两个话剧、一个小调戏，还有学生们跳舞，内容都是反映五一"扫荡"后敌我残酷斗争情形。观众看后都受了感动，因为这是写他们自己的生活和斗争的。附近各村的群众回去时都说："回去和咱村干部们讨论一下，也成立剧团吧！不然军队打了胜仗，上咱村开祝捷大会时，连个剧也不会演，死气沉沉的多丢人哪！"

(《晋察冀日报》1944年8月2日)

"伟大的两年间"写作运动冀中七分区热烈展开

【本报讯】自冀中七分区各部门首长提出开展"伟大的两年间"写作运动以后，各级干部和广大群众，热烈响应，都觉得两年来敌寇给我们的苦难和我们对敌寇尖锐复杂的斗争，可歌可泣的事情太多了，一提出写作运动，大家都神情勃发，跃跃欲试。地委机关写作情绪很高，每人见面都互相询问："你写得怎样了？"王乐天同志已写好一篇，他们部门交到编委会的已有六篇，有的正在写第二篇。有的同志并且确定对象，帮助工农同志写作。安平××小学教员李克明同志，接到号召后，在写作热情的鼓舞下，抽了星期日一天的时间，就写了一篇（他来信说知道这样草率地写作不合适，不过被热情鼓舞着实在按捺不住了），当作试作，他还要继续再写几篇。定南×××财粮主任赵士欣，白天做了一天活，每天晚上还要抽时间写稿子，现已完成两篇。晋深极号召全县人民写作，除征文条例外，并详列写作内容，布置得更具体。××小学教员王庆文同志，开始号召时就写了一篇，现已写了不下一万字。

(《晋察冀日报》1944年8月4日)

前线文化娱乐活跃　群众对我军极亲热

【新华社山东滨北六日电】冒炎热天气远征作战的滨北前线战士们，在战斗紧张中也过着愉快的文化娱乐生活，战斗空隙和行军休息时，他们都一队一队地看书、写字、打扑克，显得极其愉快。攻击攒牛场的左翼纵队战士们，在攻击开始前几分钟时，只离敌人一百五十米，还列队高唱《勇敢队》和《八路军歌》，附近村庄的群众，都围在两旁赞扬他们。前线记者团出版的《前线小报》，是战士们爱读的报纸，它将希特勒被刺、德国内战、红军打进波兰和逼近东普鲁士等胜利消息，很快地传到各个战斗岗位上去，成为战士们战斗以前最好的鼓动材料。许多战士高兴地说："希特勒快垮台，咱这里的汉奸李永平也快完蛋。"《前线小报》每天又以很多的篇幅，刊载各部队记者的战斗报导，传播我军英雄们的事迹。战士们也自己动手给小报写稿，或口述由记者代写，都发表在显著地位上。这里的群众，对于这样愉快、和善、朝气勃勃的队伍，由最初的诧异转变为亲昵和爱戴，常常有老乡来和我们的战士一处乘凉和拉拉话。他们最初称呼我们为"老总""先生"，现在都改成"同志们"了。丁家柳沟曾有两个青年兄弟，在五年前参加了八路军，几年来他们的家属、亲友、邻居们，在李逆残暴统治下，谁也不敢提起这回事。这次好多人看见八路军的同志来了，他们都向我军打听那两个青年服务的部队，都赞叹地说："看这队伍的样子，俺那个儿子也一定是个好孩子，坏不了。"

（《晋察冀日报》1944年8月8日）

云彪沟外村庄开展文化娱乐工作
群众情绪极为高涨

李志勇

【云彪讯】沟外××村处在唐望公路的南侧,村北就是敌人的堡垒。过去文娱工作是不活跃的,自武装保卫麦收以来,活跃起来了。儿童妇女秧歌队组织起来以后,老乡们都说扭得真好,比唱戏还好、还有趣味,秧歌舞就普遍到全村了。有个老头儿张××,领着他两个闺女去点豆,他在前面掘坑,后面他两个闺女便一面播种,一面扭起秧歌舞来。还有李××夫妻二人锄地困乏了,便也扭起秧歌舞来,并说这真是治疲劳的好办法。最近唱歌扭秧歌,更形成热潮了,一到息晌或夜间,便有组织地自由结队,大声唱起来。堡垒里的伪军也说:"唱得真好!我从来没有听见过。"由于文化娱乐的开展,群众情绪更加高涨了。

(《晋察冀日报》1944年8月11日)

整理改造村剧团和宣传队
灵寿发起创作运动

登林

【灵寿讯】本县文救会于八月初向各村文救小组文救会员发出号召,并发起乡艺创作运动,其中指出在过去乡艺活动上的缺点:一、文化娱乐形式"各村一样",几乎都是霸王鞭秧歌舞,而且动作是老一套,没有新的发展,因此群众看多了便讨厌了。二、在内容上缺乏生动的故事性,尽是僵硬的抽象口号,群众不易接受。三、过去的演出活动多是"临时抱佛脚",事前没有充分准备,突击时便沿用旧的形式只换些口号式的词句,因此乡艺水平很少提高,不能满足群众需要。针对以上缺点,县文救指出各村文救小组目前马上应当:一、整理村剧团或村文化娱乐宣传队,或改造旧剧班秧歌班子,加强团员或队员的训练和学习。二、组织能创作的会员大量创作,注意以往创作上的缺点,更说明霸王鞭试向歌舞剧方面发展,秧歌舞试向街头剧方面发展。关于这两个工作的进行,指定由小学教员(文救会员)为中心组织进行,县区抗联宣传部予以具体帮助,并确定帮助的重点,积极进行准备冬季文化娱乐大检阅。又,县文救已将芝麻沟村的旧秧歌班子改造为村剧团,现正积极进行创作剧本,并拟于最近排演具有反法西斯教育意义的《血泪仇》。

(《晋察冀日报》1944 年 8 月 20 日)

曲阳郎家庄文救工作开展全村焕然一新

王君英

【曲阳讯】郎家庄村文救小组自大生产运动以来,工作渐趋活跃,不但民校教员全由文救组员担任,其他宣教工作也由他们搞起来了。他们分别担任读报、办墙报和参加村剧团排演工作。最近两个月来,他们经常在民校和街头向群众进行读报,并办了数次黑板报,尤其是自第二战场开辟后,全村都写上新的标语。村剧团也经常练习排演,不但在本村演出,而且在下高堡、武家湾、邓家店演出了数次。过去他们多演唱旧戏,最近他们自己创作了几个新的剧本,如《胡顺义改造懒汉》(新内容的京戏)、《跳出泥坑》(新内容的大秧歌)、《妻子送郎上前线》(新内容的梆子腔)、《新小放羊》等。《胡顺义改造懒汉》已经演出，效果相当好，有的正在排演中，并准备排演《兄妹开荒》。民校工作亦有新的改进，教员决定实行传习制，一方面使课程更加统一和充实，一方面也加强了教员的学习。另外他们还成立了一个青年高级队，每天上课更求深造。由于文教工作的开展，不但活跃了群众情绪，而且使郎家庄焕然一新。

(《晋察冀日报》1944年8月20日)

早作准备

青

几年来没有什么文化艺术活动的灵丘群众，把文艺生活搞得挺热闹。它说明一个道理：经济生活水平提高，群众文化生活的需要也跟着提高。

要把群众文化活动搞好，首先就要领导干部打通思想，认真依靠群众，发展群众艺术家和群众文艺运动。群众英雄主义的发扬，是攻无不克的。估计到今冬群众文化生活的需要，将比往年更加迫切，我们就应早作准备，研究总结这个时期群众文艺活动的经验，发现积极分子，培养和提高他们的能力，熟悉和选择创作材料，进行各种样式的文艺创作。不然，到时候就没法满足群众的需要。

事情看起来离今天还远，其实，已经迫近了。

这是各个专业剧团应注意的问题，更是大家都要注意，都要下手做的事情。

(《抗敌报》1944年8月22日)

灵丘大生产运动中群众文化生活一瞥

凌亢

灵丘在大生产运动开始,因为认识的不一致,组织领导群众经济生活与组织领导群众文化生活,曾有较长时期的脱节。一些同志认为:"搞生产还来不及呢,还搞文化教育?"大部分抱消极态度:"等生产运动搞起来再说吧!"因此,大生产浪潮一来,大部分的民校被淹没了,紧捞只捞住三座;乡村宣传小组也一律袖手旁观。开首的这种情况自然是不好的,但其中个别村子下决心作了试验,尝试将拨工单位与劳动单位(开荒团、修滩合作社等在内)成为学习单位,宣传小组负责在各单位(比较完善的)内设置宣传员,培养"小先生",创造"一个问题一个字"的教学方法(不贪多),想出多种适合实际需要的教学内容(主要是读报、识字、传播生产知识)。然后,就近的拨工小组联合进行学习讨论,又成为民校形式,干部认为这个方式恰当,群众也认为这个办法可行,于是这个经验(经过自上而下的提倡)便在生产第一阶段末尾,在各村次第推行了。由于生产第一阶段末尾,生产运动已粗具规模,人们经济生活已初步见之实利,拨工组织已相当巩固及生活环境相对安定,群众文化生活欲求普遍昂涨。经过锄草阶段的组织工作,截至目前,灵丘群众教育的面目,已为之焕然一新,在组织领导上,更确定地出现了新形式。这种新的组织领导形式,其一般特点如下:民校和宣传小组成为群众文化生活的主要组织方式,两者是相辅相成的,民校主要仍由行政负责,宣传小组则直属抗联领导。他们的具体结合过程如下:宣传小组应"组织起来"的新形势而产生,为"组织起来"服务,在各拨工组内设宣传员(可为副组长),三天到五天一次会议,全体宣传员及民校教员参加，供给宣传及学习材料，普通如读报、识字、学打珠算、学开路条、记账、写契约、传药方等，以进行各拨工小组的分散教育。宣传小组会议上同时讨论确定下次民校的讲课内容，再定期集中各拨工小组进行集中教育（就是民校形式），宣传员负责督促自己组员上民校；上后又负责组织自己组内的讨论复习，因此宣传员又等于民校的小先生，宣传小组须负责培养这批群众小先生。

这就是大生产运动中，出现在灵丘群众文化生活中的主要东西。目前，这些东西已由普通号召开展走向重点领导巩固，通过七、八月份的群众时事教育及反法西斯教育运动来加以初步完成，模范例子逐次涌现。哑巴识字、老头学歌、民校举行二百余人的集中的彻夜大测验（王家宅），扫除文盲创造一月认字三百余的新纪录（站上村某妇女）。虽然居处分散，但百人以上制度经常健全的大型民校，全县已达十余座。这些地方，老乡们在不是民校日，每当中午"也要带着锄来坐一坐"，互相探讯一些消息或谈论一些问题。宣传小组宣传开荒修滩竞赛，就在本村组织起修滩合作社，宣传清洁卫生，就在本村发动扫街、扫院子。有的村庄举行"乡村晚会"（集体劳动以后，大家齐集街头乐一乐）好像成了瘾，吃过晚饭青年男女们就带着乐器和自己的特长汇集到街头去，领导者就是那些白天在地里起领导积极作用的分子、庄稼汉，有时聘请小学教员帮助。村剧团演戏，龙玉池村剧团当参加县二次生产代表大会回去，一晚上出演节目曾达七个之多，演了一个又是一个，观众们恋恋不肯散去。

群众戏剧和群众通讯，倒不是自上而下成立的乡村文艺站起了什么大作用（主导作用是有一点的），而几乎是群众的自发性行动，他们那样的要求演戏和喜欢看戏。本来，自一九三九年大水灾接着又闹白变及敌占下关以后，长长的岁月中，除了驻军平型关剧社当着节日唱些戏，群众自己是不演戏也看不到戏的（甚至连秧歌舞也不闹）。

可是在今年，出乎人们的意料之外，作为庆祝生产运动第一阶段的胜利，迎接第二阶段到来的群众的主要精神表现是群众的戏剧创作。二次生产大会上，三个剧、三场舞、一场霸王鞭、一场双簧，活跃了群众文化娱乐，使群众戏剧运动蓬勃生长。他们没有现成的剧本，把自己的实际经济生活搬上台，雁翅村的《姬记海拨工组》，红石塝村的《修滩》，串岭村的《家庭会》《妯娌俩》，龙玉池村的《改造懒汉》等，已成为目前群众戏剧的著名脚本。乡村宣传小组除领导村剧团外，还组织秧歌队、霸王鞭队、歌舞团等，进行日常练习与活动。至于群众自己写稿子、出墙报、表扬自己村中生产的模范，批评落后，发动竞赛，已成为组织群众文化生活的又一重要形式。三个村子已在很有成效地进行着，在一些集市（如上寨）的旁边，几个村联合举行的集市宣传活动，已经开始了。

这些活动的组织领导者是群众自己，辅导力量是小学教员。虽然形式和内容都不免粗糙些，但只要能加强领导，对群众教育（特别群众生产教育）更加以注意，在组织群众经济生活中同时组织群众文化生活，两者毫不偏废（当然有轻重之别），成绩是会看出来的。雁北乡村，应该到了一改旧观的时候了。

（《晋察冀日报》1944年8月22日）

给读报组的同志们

青

你们把读报工作和各种工作结合起来，把报上的新闻和工作经验告诉群众，帮助了村里各种工作的改进，这个功劳真不小。没有你们，我们的报纸就算办好了，也不能发挥更大的作用。所以，你们要坚持下去，没有读报工作的地方，统统应当学习你们的办法，开展读报工作。

但是，光是读报，你们的工作还不能算完全了，还应当把你们村里的新闻，把你们战斗中、生产中、教育工作中遇到的问题，特别是对我们报纸的意见，写给我们（我们一定负责解答）。这样，我们就能根据群众的意见办报，更能具体地帮助各种工作的开展。

你们看，这样办好不好？

（《晋察冀日报》1944年8月24日）

下卸甲河村剧团活跃

每天

【平山讯】下卸甲河村剧团在团长康永富领导下紧紧地掌握着时间与团员情绪，自"七一"到"八一"一个月功夫，不妨碍生产地、接二连三地排出了《拥护中国共产党》（秧歌舞）、《反法西斯》（街头剧）、《生产》（对口快板）、《纪念八一》（打花鼓），唱出了三个新歌子。在小觉集上，康庄、上卸甲河、郐家庄等村演出。现在正积极准备着"九一八"和中秋节的宣传工作。

（《晋察冀日报》1944年8月27日）

文化零讯

【阜平讯】平房村剧团，在七月节演出了他们自己创作的《反特务》和《动员丈夫上前线》的秧歌剧，得到观众的欢迎。他们的团员积极工作，村干部也热心领导帮助，重视剧团工作，村长赵国朋，

就是最积极的推动者。(平房村文救小组)

【唐县讯】古道口村剧团在七月节大会上演出一次后,团员已扩大到三十一个人了。现在正积极添设一切用具和布幕。(文双)

(《晋察冀日报》1944年8月27日)

学习《李殿冰》创作方法 鲁中演出《过关》话剧

【新华社鲁中二十七日电】今年在鲁中纪念"七七"的晚会上,省文协实验剧团演出了一个三幕五场的话剧《过关》,剧情是写在轰轰烈烈的参军运动中老婆扯淡的事情,反映参军运动中所遇到的困难。这剧本在创作过程中,学习了晋察冀《李殿冰》的创作方法,创作者首先到剧中事件发生的庄子,去访问了几个主要人物,同时通过各种关系,使剧本从各个侧面得到补充。他们搜集了真实的群众语汇、动作,甚至个别的心理表情,都充实到剧本中去。他们将剧本集体创作后,将初稿拿到剧中人的面前去试读,剧中人也非常热烈地对剧本提供了许多珍贵的意见。在演出前,他们全体演员与舞台技术工作同志,也都住到该庄去,想尽一切办法,模仿着剧中人物的声音、笑貌、言语、动作等,甚至在服装、化装、舞台装置方面,也获得了许多不可缺少的材料。

由于他们这种新的尝试,使剧本从创作到演出的过程中,都和群众真正结合起来。这对于实现党的文艺政策,以及开展农村戏剧活动,给了很大的努力和很多新的启示。所以在《过关》的第一次演出后,便获得了各方面的好评。为了使这个剧本更加完善,为了今后更好地实现党的文艺政策,省文协又召集了一个座谈会,吸收各方面的意见,共同研究了这个剧本,以便推动今后的戏剧运动,朝着一个新的方向往前发展。

(《晋察冀日报》1944年8月30日)

边区青记学会筹备纪念记者节

秋

【本报讯】晋察冀青记学会，为纪念"九一"记者节，已预订于三日举行盛大集会。届时除《子弟兵报》《群众报》《晋察冀画报》等新闻从业员及附近各分区特派记者出席外，本报编辑部同人亦将全体参加。会中，对一年来在各个地区英勇牺牲的新闻界战友胡畏、赵烈、顾宁等同志，将举行沉痛的哀悼，并就新华社对边区新闻报导意见，进行座谈，以期交换各种意见，使今后在实际工作中有所改进与转变。

(《晋察冀日报》1944年9月1日)

安平召开通讯工作会议
决议普遍建立村级通讯组织

【冀中讯】安平县为了加强通讯报导工作，于六月底召开了县区主要宣教负责干部会议。除研讨了组织县区在职干部的通讯小组外，并决定了在村里亦普遍建立通讯组织，由住村小学教师及有写作能力的青年知识分子等组成，并在教师中选一对写作有兴趣、品质优良者，任通讯小组长，来负责领导研讨、督促通讯工作与负责培养工农通讯员。在领导上，由教师联席会、中心校长负责督促检查与传达上级的通讯工作布置。在有完小的村，亦要启发领导高小学生自动组织之，区干部找出重点村亲自下手领导。每个干部都以无限兴奋与竞赛心情，发起向黎明社每月报导通讯稿件数量的挑战，最多者是四区，保证每月五十篇，其次是三、二区，每月保证四十篇。

（《晋察冀日报》1944 年 9 月 2 日）

回答敌寇大屠杀

东岗南村剧团益活跃

和生产结合推动全区文娱工作

刘鸿才

【平山讯】东岗南村剧团，是在血火深仇的东西岗南大惨案后生长起来的，他们的宣传完全是为当前政治服务，一切材料都是自己创造，经区看过修改演出的。在大生产中，出演了《不当二流子》。影响了全村的人们，见了不愿干营生的就叫他"二流子"，宣传组出《老乡报》，表扬生产模范和宣传不作营生的"二流子"，结果全村老乡们都涌入生产运动中，连很小的孩子们也都去打柴闹草了。在全区召开七月节大会，和烈士塔（是为东西岗南被难者修的）筑成典礼会上，东岗南剧团演出了《观塔》，台下的被难者家属都含着眼泪，有的竟哭起来。其中有一个十二岁的女孩子，含着眼泪，老哭，区干部问她："你又想你二哥啦！"她立时大哭了。场上除哭声外，一点也没有说话的声音。台上的每一句话都打动了每一颗复仇的心。他们排剧练歌，都是在中午、晚上和在地里休息时，生产休息或割草、拨工、包工时，几个人在一块，一面生产，一面念自己的剧词，生产一点也不少做，剧词也念会了。女演员们在做针线时，几个人到一块一面做活，一面念剧词，演员们剧词完全是在白天生产时间内念会的。

中午、晚上排剧，因为他们计划得好，在短短的时间内，排出了很长的三幕剧《大后方人民生活》（四场）、《大山寺惨案》《新四军到了杨家洼》和街头剧《法西斯的末日》，在"八一""八一三"大会上表演。他们村子东北十二里山上的堡垒（中石殿堡垒）已被子弟兵打下后，他们还到中石殿去演剧宣传。在东岗南村剧团影响下，全区的文娱工作活跃起来了，韩庄、李家庄成立了剧团，互相挑战，《老乡报》普遍地建立起来，街头剧、霸王鞭各村都热烈搞起来了。

(《晋察冀日报》1944年9月2日)

云彪村剧团怎样和对敌斗争结合的

李蕤

从锄三遍一直到最近青纱帐时期，在根据地的边缘和游击区，整个云彪的文化娱乐工作，以空前普遍活跃的姿态出现了！我们在领导上提出"丰富群众的经济生活和文化生活"的口号。在纪念"八一"的大会上，集中了附近十二个村剧团，在四千观众的晚会上进行演出，曾博得群众不断热烈欢呼喝彩，群众情绪的高涨、兴奋为历年来所未有。特别是××村剧团所演出的二幕话剧《比一比》，主题是在敌伪"清剿"抢粮下两个村政权的对比，布景简单朴素：第一幕是描述一个贪污腐化整天盼望"脚内"的来抢粮要款，好乘机浑水摸鱼地捞洋财。为了达到他们这样的愿望，竟不惜与敌勾结，给敌人出主意，领着敌人挨门去串着要。在这种情况下，一场动人和逼真的悲剧便发生在一个老两口过日子的贫农家庭里——粮食被抢走，老头子也被带到城里去，可怜的老婆子在小屋里拉着乡村妇女痛哭之后，便又用衣角擦干眼泪，站起来说："他们（指伪村公所的伪干部）领着敌人把人抓走了，还得在他们（日前）面前说好话去，找个钱儿还得求他们去说合！"显然这个村政权是地痞流氓和鱼肉乡民的分子所把持，它们的后台和撑腰者还不是乡村的封建势力?！这几句话真真打动了人心，吐出了那些没有被我们所改造为基本群众所掌握的"三三"制政权下人民无冤可诉的实情。第二幕，作者是采取了巧妙的简略手法，首先便是村游击小队展开了一场追击战，把那个老头子救出来。下边紧接着便是另外一个村公所，他们念念不忘地提及区长的历次指示如何进行反抢粮斗争。正在这个时候，村游击小队便来报告说发现敌人向村里来了，说话间敌人到了村子，他们便和游击小队想法赶跑了敌人，并且活捉了两个汉奸。

剧中的角色动作逼真，言语朴素，熟练的技艺是会使人吃惊的。剧中的保长就是过去环境变化、村里修上堡垒后敲锣支应敌人（派夫、敛大款的）的人，扮演伪军和鬼子的两个人都是给敌人当伪警备队一年多、去年才拖枪反正回家的，那个被抢家的老婆婆则是老妇救会主任，游击小队便是他村经常展开村落战打击"清剿"抢粮敌人的游击小队，刚刚他们还背着枪在台下看戏，一会便成了演员了。他们的演出，无疑正是他们几年来的斗争生活在台上重复。这个剧排演的过程，就是他们删改原剧本的过程，不少的词句和动作演出后，和原先剧本上写的不相同了，这是群众集体的创作。它便真正得到了群众的称赞和叫好。

第二个应指出的是×村村剧团，因为这个剧团吸收了"吹打班"和"玩意会"的人来参加，这次他们出演了旧形式新内容的梆子腔《四劝》，主题是反映他本村群众参军中发生的一个故事，不仅剧情动人，而词句也很通俗，群众最易听懂，教育意义很大，表现了游击区人民的参军热潮，且唱工、做工也很好，每每唱完了一个长句，台下掌声欢呼不止。

第三个是×村的村剧团，他们以《黎明之前》为标题，演出了反抢粮斗争中一个支应敌人的村子吃了亏，一个是完全以武装斗争为主的反抢粮斗争做得好的村庄的胜利。他们曾度过封锁沟，进到距完县城几里的村庄出演，那天正是敌人刚刚抢了麦子从这村走，夜晚宿在五里外的一个村庄,他们在这样紧张的情况下出演了这个为人民所深深体验过的、用血肉换来斗争胜利的三幕话剧,正正打中了这个村庄在反抢粮斗争中一部群众的单纯合法观点,教育了群众去坚持斗争。一千五百余观众,一直看到夜十二点才散,在开展这个村的工作、坚持对敌斗争上,起了很大的作用。

(《晋察冀日报》1944年9月2日)

美术工作与群众的进一步结合

艾思奇

【新华社延安一日电】陈叔亮等同志在美术宣传方式上的新创造,大家极为重视,艾思奇同志在《解放日报》发表短文一则,题为《美术工作与群众的进一步结合》,内称:群众是喜欢综合艺术的,秧歌剧之易于为群众接受,在形式方面的第一个原因,就由于它是把歌、舞、音乐、戏剧融为一体的综合艺术。美术是依靠静止的有限画面来表现生活,虽然比起文学来,在群众前面,它少一点识字的阻碍,在这一点上,它是较容易为群众接受的。但是单单依靠它的画面来表现复杂多变的生活,是不容易的,这是美术形式本身的限制。要克服这困难,使群众在美术创作前面能看见更多的生活内容,需要其他文艺形式和宣传形式的帮助,使美术工作也成为综合性的文艺工作,这样才适合群众的情绪和要求。三边工作同志,就在这一点上有了新创造,并获得了很大成功。

(《晋察冀日报》1944年9月8日)

三边分区陈叔亮等创造美术宣传新方法

"斗争洋片"和"画画大鼓"获很大成功

【新华社延安一日电】今年"七七"纪念时三边分区美术工作同志陈叔亮等，在美术宣传方式上创造了许多值得发扬推广的新方法，从而使美术工作更密切地和群众结合起来。方法中之一，是把色彩鲜明连环图放到拉洋片（即西洋镜）的镜箱里去唱，以及把连环图和唱大鼓配合进行。连环图通过了洋片和大鼓，便不但有色，而且有音（大鼓上的三弦、样片上的锣鼓）；洋片和大鼓，得到了连环图的配合，便不但有音，而且有色。唱词和形象互相补充，获得了相得益彰的效果。具体办法是这样的：美术工作同志根据所拟定的故事内容，绘成若干幅连环图，然后送交拉洋片和唱大鼓的同志去配词，即练习演唱。等到演唱成熟，即把张贴于木板上的画片搬到洋片箱里，再按着故事的顺序，配合唱词的内容，一幅跟一幅，从洋片箱的小玻璃窗上出现在观众的眼前。人力的配备，除了化装成"江湖"模样的正、副演员各一人外，再加上一个在幕后打锣鼓而兼交换片子的人即成。唱大鼓书与拉洋片更简单，只要两个人——一个打着小鼓和拍板的演员，和一个以三弦伴奏的助手。而配合唱词内容的连环图，则把全套画幅按次序包在一起，悬挂墙上，然后跟着唱句进行，一张一张逐渐往后面翻。大家称这样的洋片为"斗争洋片"，称这样的大鼓为"画画大鼓"。当"斗争洋片"和"画画大鼓"出演时，观众每天都是拥挤不堪，有的重复看过很多次，还觉得恋恋不舍。

（《晋察冀日报》1944年9月8日）

边区记者纪念"九一八"节

纪念胡畏等死难战友并座谈新闻通讯工作

秋

【本报讯】本月三日，边区新闻工作者齐集本报编辑部，举行记者节纪念会。到会人员首为一年来英勇牺牲的胡畏、顾宁、赵烈等新闻界战友致以沉痛的哀悼，旋即就半年多边区新闻报导工作，进行恳挚的座谈。座谈会上，发言普通热烈，一致认为自分局召开通讯工作会议以后，通讯工作虽较前有了显著的进步，但仍远远落后于现实的需要，而这中心问题所在，是在于思想上还没有彻底搞通。对于新闻报导的缺乏指导性，不够全面，一般化，抓不住典型。大家都提供了很多宝贵意见与改进办法，并对战时通讯工作亦有所论列，为了进一步提高新闻通讯质量，指导通讯员写作，今后拟由本报编辑部及青记学会共同出版一指导性刊物，以应各方的迫切需要。因涉及范围颇广，座谈会延至四日中午，始胜利结束。经过此次座谈，全体新闻工作者不仅在认识上已取得了一致，并且对今后新闻报导工作的改进，具有坚强的信心。

(《晋察冀日报》1944年9月8日)

致中国各抗日文化团体暨各学校电

朝鲜反日本法西斯学生代表大会致中国文化界抗敌协会、中国西北青年抗日联合会、延安大学并转中国各抗日文化团体和各学校电：

我们反日本法西斯朝鲜学生代表，在华北朝鲜独立同盟号召下，于八月二十九日在晋察冀抗日民主根据地，召开了代表大会，我们决定为团结朝鲜学生,更勇敢展开反日本法西斯的各种实际工作而斗争。

在这次大会上,我们头一次得到自由,能在自己祖国国旗前面,用自己民族的语言和文字,尽情发表长久被抑压的内心话,这是新民主主义社会给我们的幸福。朝鲜学生就是在日本法西斯宪兵、警察、特务所践踏的活地狱里受尽苦难。在那里,历史的伪造者,"教诲"我们成为忠实的"皇国臣民";在那里,我们为了说朝鲜话,而被罚款,或被开除学籍。我们非常羡慕自由学习和活动的中国抗日民主根据地的学友们,当我们看到你们的成绩、你们的活动情形、你们的生活作风时,就兴奋鼓舞起来。我们向你们致敬,我们以能和你们——最坚强的战友,并肩作战为光荣。

我们要将中国抗日根据地的文化教育事业直接与朝鲜革命事业联系的事实（抗大和延大教育无数的朝鲜革命斗士的事实）,向朝鲜学生广泛宣传。

中国大后方的中国文化界、学友、抗日青年们,你们是在类似日本法西斯对待我们一样的情形下,失去了自由,我们向你们表示无限的同情,因为我们已经受够了那样的冤屈。我们知道在今天,谁压制民主,谁就是抗日力量的破坏者和文化的踩躏者。

敬爱的中国文化界、抗日青年团体的大哥们、中国的学友们！我们决意在打倒日本法西斯的实际斗争中,表示朝鲜学生的团结、勇敢和进步,成为你们的好战友！

朝鲜反日本法西斯学生代表大会

一九四四年八月三十日

(《晋察冀日报》1944 年 9 月 8 日,《朝鲜反日本法西斯学生代表大会》特刊)

灵寿检查宣传工作　宣委会展开自我批评

也平

【灵寿讯】灵寿□□七日县宣委会检讨前一时期宣传工作，指出在领导上有如下缺点：一、抓得不紧，有些自流现象。二、严重的官僚主义作风，工作只布置不检查。三、有些委员和部门责任心差，一个通知交政府去印，压了二十多天，在县的其他委员也无人过问。四、各级宣传机构不健全，有的区和村只有形式，不起作用。于此，决定今后：一、加强领导，经常召开会议，健全各种制度。二、加强各委员的责任心，每次开会时都要报告自己下去检查各区宣传工作的情形，并负责督促、检查本机关的宣传工作。三、区村宣传组织要健全，不起作用的要考查研究其原因，加以改造。四、加强调查研究，今后定期研究总结经验，克服宣传方式方法上的老一套。五、解决经费问题，统一宣传品的印发。

（《晋察冀日报》1944年9月10日）

阜平十区的通讯工作

俞林

阜平十区过去许多人不写稿，因为在思想上存在着许多糊涂观念：（一）以为写通讯是出风头，工作踏实的人不必写通讯；（二）是宣传部或知识分子的事，工农干部不用过问；（三）通讯工作是额外负担，不是正经工作，可作可不作；（四）反映工作不必要，大家通作了，谁不知道，又没有什么"新奇"的材料。自从加强通讯工作后，通讯员以整风的精神根据有关文件，从思想上进行了检讨、反省,把思想打通了,负责干部注意了这一工作,还亲自去写,督促大家写,行政上给以写作时间。这样一来,通讯工作开展了,通讯员也增加了,现在几乎占区干部二分之一。

通讯工作活跃起来后,想保持经常报导及时,就要和其他工作结合起来,才不致像去年似的,突击月中一度活跃,突击月过去,随着垮台。首先和文化学习结合,区干部的通讯稿子就等于文化学习的作文,通讯稿不能寄交日报的,即在墙报上发表。其次与检查工作结合,特别对中心工作的检查,随着就组织写通讯。最后与总结工作相结合,在每一工作完成写总结报告中,即把应反映的材料抽出,写成一篇或数篇通讯。由于通讯工作与其他工作密切结合,把过去不交稿、不知道写什么、感到没可反映的等现象克服了。

在写作方法上发扬了集体创造,过去有许多通讯员抢着写一个东西,生怕别人写了,大家不交换意见,常把一件事写成两样,报导不真实了。我们要克服这种偏向,一方面要加强通讯真实性的教育,一方面就是发扬集体创作,凡带全区性的报导,一定要集体创作,由全体通讯员下乡收集的材料集中起来,讨论后由一人写出。这样可以全面、真实,省得有了一点材料就写,生怕别人知道,这是一种保守的歪风,应由集体创作的方法克服它。在集体创作上,并不一定是整个通讯小组的集体、两三人、三五人都可集体创作,问题是要把问题报导得全面、真实、及时。经过集体创作,通讯员对写作的认真,有了转变,一个问题弄不清,会引起争论,再调查,克服了过去以为写通讯不过是反映模范,歪曲点事实也没关系的错误观点。

(《晋察冀日报》1944年9月17日)

军区各剧社联欢　号召展开文艺工作竞赛

【军区讯】军区各剧社及边区抗联群众剧社,于八月二十五日在某地召开了一个盛大的联欢晚会。出席各剧社全体同志及边区文艺工作者二百余人。会上潘副主任首先指出：自从去年党的文艺工作者会议提出，反对文艺至上主义的倾向以来，从最近的演出里已看到我们的文艺工作，有了比过去任何一年都大的进步。我们的文艺工作者在贯彻文艺为工农兵服务方针的努力，也有了一定成绩。但这种成绩还很不够，需要进一步深入整风，改进思想工作。同时在这个总的要求下，提出了今后一年文艺工作竞赛的号召。竞赛项目有三：第一，在思想上要加强群众观点，加强劳动观点，贯彻为工农兵服务的方针，彻底肃清艺术至上主义的残余；要克服自由主义、宗派主义、个人主义、不安心工作等不良倾向；要深入坦白反省，彻底肃清一切非无产阶级思想，特别是小资产阶级思想。第二，在工作上大力开展文艺普及运动，要多多创作群众能演、能唱，易演、易唱的各种形式的作品；要尽力帮助建立群众的文艺组织（特别是村剧团与连队俱乐部）与工作；要经常召开大小不等、时间长短不一的文训班，训练更多的干部；要积极参加政治攻势，把他作为经常的任务之一；要虚心向群众艺术学习，大量发展民族形式、民间形式。第三，在学习上加强时事政策的学习，这是今后学习的最中心一环。最后潘副主任热切地希望明年检阅我们的文艺工作时，能获得更大的成就，希望文艺工作者以最大努力来改造自己，做到文艺工作真正与群众结合。之后即由李副部长主持，推选竞赛评判委员会，当即选出程、刘副政委，胡钱奎、杨耕田、朱主任、潘副主任、李副部长、丁里、汪洋等同志为委员，并以潘副主任为主任委员，至于竞赛中一切具体组织工作，则责成军区政治部宣传部计划进行。

（《晋察冀日报》1944年9月17日）

东岗南村剧团演出《岗南惨案》

激动观众复仇怒火

边城

【平山讯】去秋反"扫荡"中，被日寇屠杀一百多人，造成巨大惨案的东、西岗南，在共产党领导帮助下，顽强前进，抗战情绪日趋高涨。今年夏季丰收后，东岗南首先组成了村剧团（包括平山妇女拨工模范的曹秀花拨工组和许多村干部），几度演出，成绩很好，成为郭苏区优秀村剧团之一。最近他们又在回舍区庆祝七月攻势胜利大会中公演《岗南惨案》，揭露了日本法西斯两脚兽的滔天罪行，激起了全场同胞复仇的满腔义愤。继东岗南之后，西岗南村剧团亦已成立，现正积极排戏，准备演出。

【又讯】平山八区南庄剧团的出色表演，在回舍区祝捷大会中，备受观众欢迎。该剧团成立已历一年，冲破了物质条件的困难，坚持着抗日宣传工作，屡次在平山群众大会中公演，卓著成绩，公认为全县一支最出色的老百姓自己的宣传力量。

(《晋察冀日报》1944年9月17日)

活跃群众文化生活　三分区流动展览照片

观众万余人　收效极大

兰烽

【三分区讯】在大生产运动中，分区政治部为了活跃群众的文化生活，特举行流动的照片展览，由七月初至八月半一个半月的过程中，先后在定、唐、云、阜、曲五个县的巩固区、游击区村庄展览，很受军民欢迎,并展览二十七次,观众一万三千六百余人。参加四次群众大会,七次集市,其余即分散于村庄连队进行,每至一处,锣声一响,街心里就拥满了人群。尤其云彪南北固城,距炮楼很近,也到达五百多人。有的老乡正在地里干活,道上遇到我们拿着照片,也截着看,有些游击组员战士看到后乱嚷:"这和咱们那次打炮楼一样!"有的看到收复任邱城的照片很羡慕地说:"咱们把唐县打下来也照个像!"有的说:"你看水上还有咱们的游击队呢?""咱们也该到炮楼跟前掩护生产呵!"老百姓看到以后,说话的十分多:"当个英雄不坏呀!""你看这个妇女,比男子还干得泼实呢!"人们都热烈地谈论着,再加有人解释,效果很大,很多区干部说:"这比讲半天都顶事!"

(《晋察冀日报》1944 年 9 月 17 日)

边区音乐工作者成立
中国民间音乐研究会晋察冀分会

为着新音乐运动更进一步与工农兵大众结合,为着新音乐的创造更加民族化、地方化,也就是真正实现与工农兵大众结合的方针,边区音乐工作者于八月二十八日成立了中国民间音乐研究会晋察冀分会。该会以组织研究、采录、演奏民间音乐(包括民歌、地方戏曲及宗教音乐、风俗音乐、民间音乐、秧歌、大鼓书等)及创作新人民歌等为中心任务,现已开始整理编印历年搜集之民间音乐材料,并征收有相当音乐修养及有高度热情愿为研究民间音乐而担负一定工作的同志为会员。第一届干事会分工为主席兼演奏部李劫夫,研究部王莘,采录部刘沛,秘书张非。该会并以团结民间音乐艺人为经常任务之一,虚心向他们学习蕴藏丰富的民族音乐遗产,发挥他们的特长,以开展音乐普及运动。预料该会成立后,将对边区音乐运动有实际的而且是重要的作用。

(《晋察冀日报》1944 年 9 月 20 日)

山 头 广 播

曼晴

曲阳横河口的伪军炮楼,被我们逼退了,现在该村举办了一个山头广播,每天当群众吃晚饭的时候,由一个人到村外山头上向全村报告时事及当天敌情。群众一听锣响,便立刻从屋里出来,站在院里或街头,有的竟上到房顶上听讲。广播完了,群众的晚饭也就吃完了。接着便敲锣上民校,现在已形成制度。

(《晋察冀日报》1944 年 9 月 22 日)

罗庄的流动墙报

曼晴

曲阳罗庄,敌人盘踞了一年多,而该村的文救小组,始终坚持着工作。在大生产运动中,他们曾办了三次流动墙报,并进行了滩地读报工作。墙报除用文字反映外,并配以漫画,贴在一大张布上,逢集便挂出去。派专人看守着,如有敌情,即马上收藏起来,敌人走后他们又挂起来。

(《晋察冀日报》1944 年 9 月 24 日)

边区出版史上一件大事

《毛泽东选集》出版

《毛泽东选集》的出版,是边区出版史上的一件大事。这个选集,将毛泽东同志抗战以来各种名著、讲演及其他重要言论都收集进去了,并附有抗战前的几篇重要文献,因此成为系统地宣传毛泽东思想的有力武器。历史证明毛泽东主义,就是中国的马列主义,只有依靠他的思想指导,才能取得中国革命的胜利。与此相反,中国式的法西斯主义,一切反革命思想与假马克思主义,却陷中国于严重危机或使革命遭受严重损失。目前国民党腐败无能,达于极点,这就加重了中国共产党和全国人民挽救民族危亡的责任,因此无论党内党外,有深刻研究毛泽东思想的必要。边区远处敌后,战斗频繁,物质困难,但本报为应广大读者的需要,经几个月的努力终将选集印出,平装五卷,精装本合装一册,以飨读者。初版已售罄,正在再版中。再,《整风文献》亦根据解放版订正本再版,较本报从前所印,增加《关于统一抗日根据地党的领导及调整各组织间关系的决定》《中共中央关于领导方法的决定》等文件,共二十五篇。过去因根据新华社电稿,收译错漏甚多,现在均依据该订正本校正(如《论党内斗争》,即系经原作者刘少奇同志校正修改者),印刷朴素清晰,较前亦有改进。

(《晋察冀日报》1944年9月26日)

宣传英雄模范故事

帆

今天《行唐戎冠秀运动》的消息中,说到遭受水灾的北龙岗,群众情绪低落,但听讲了《戎冠秀的故事》后,人们从悲伤中转变过来,积极参加生产,渡过灾荒。从这个例子我们可以了解:用英雄模范故事来宣传,是能使群众信服的,千言万语、从国际讲到国内边区,都不如用一个实在的事例来宣传,因为它的利害,群众一眼能看明白。

但这并不是说除了宣传英雄模范外,不宣传别的,别的宣传还是很需要、很重要的(特别是和现实联系起来的),不过无论什么宣传,都必须首先了解群众的情绪、心理与需要,而最重要的是从群众利益出发,因为我们一切的宣传,归根结底为了群众。今天边区出现了大批的英雄模范人物,他们的事迹是最生动、最具体的,加强宣传他们,会使我们的宣传工作,收到更大的效果。

(《晋察冀日报》1944 年 9 月 28 日)

云彪秋收中的三种读报新形式

徐零

【云彪讯】一区自九月份秋收以来,创造如下三种读报方式:第一,是变民兵和妇女宿营处为读报处,读报组员集体研究后,每人分头到民兵及妇女宿营处读报。第二,是普遍实行号筒宣传,抓住群众晚上都在场里打场捆干草的机会,读报组员拿着号筒站在高房上四处

广播，全村各个角落都能听到。第三，就是利用拨工组在集体拨工时读报，生产和学习结合起来了，这样即解决了在秋收的期间群众秋收和读报的矛盾。这些办法各村已普遍采用。

(《晋察冀日报》1944年10月7日)

悼邹韬奋先生

《解放日报》社论

【新华社延安七日电】按华中最近消息，为抗日民主及大众文化事业战斗了十几年的革命老战士邹韬奋先生，因脑癌症不治而逝世了。这是一个令人十分哀痛的噩耗！十几年来，韬奋先生的工作，对于中国的抗战和民主斗争是有很大贡献的。而现在当他自己在病床上也还认为是更要奋发有为的时候，却被病魔夺去了生命，这是中国人民的一个重大的损失。

韬奋先生是以进步的文化战士的资格，参加在抗日民主运动的斗争中。和一般进步文化战士一样，他在工作中首先面对着中国民族的危机，热烈地号召全国人民起来共同抵抗民族的敌人。由于中国政治上的不民主，因此要动员全国人民的力量起来战胜敌人，就有一个不能不打破的障碍，那就是国民党一党专政的寡头政治。国民党从一九二七年叛变了第一次大革命时候起，建立了这样的寡头政治制度，它摧残了一直到现在还摧残着人民的革命力量，才使民族敌人敢于把侵略的铁蹄踏到中国的国土上来。这样，十几年来，先生又不断地为着争取民主政治而斗争。他以《生活周刊》为阵地，不断地批评了国民党统治者之腐化无能。"九一八"后，国民党对民族敌人的因循退让的辱国政策，更受到了他的尖锐的指摘。

韬奋先生能够认识到人民的力量，知道要求得中国的民族解放和民主自由斗争的胜利，必须依靠广大的人民。《生活周刊》曾表明过自己的立场说："周刊是以劳动大众的利益为出发点。"先生孜孜不倦地所做的一切，就是为着启发广大民众的民族民主的意识。他所创办的刊物，以及他所手创的生活书店，都和广大的读者群众建立着密切的联系。他是那样正确地掌握了当时广大群众的思想要求和情绪，使得《生活周刊》，以及后来《生活周刊》被封后代之而出的《新生》《永生》《大众生活》《生活星期刊》等刊物，自然而然地成为全国人民的喉舌，成为抗日民主运动中起最大指导作用的、读者最多的刊物。经过这刊物，从思想上和行动上，训练出了无数青年成为革命斗争中的骨干。

韬奋先生不仅在言论上进行了最积极的斗争，而且在行动上也成了抗日救国运动及民主运动的组织者和领导者。九一八事变后，为抗日军队及义勇军的募捐运动，在他的号召之下，所获得的成绩最为迅速和巨大。一九三三年孙夫人宋庆龄先生组织"民权保障同盟"，一九三五年上海组织文化界救国会，一九三六年组织全国救国总会，先生都被选为执委，担任了（缺五字——编者）。抗战以后，他在参政会里的许多斗争，也是为全国爱国人士所知道的。

和一切真正爱国爱民的战士一样，韬奋先生一方面在中国广大人民中取到了敬仰和爱戴，另一方面却不能不遭受仇视民主的独裁主义者的嫉恨。他们在工作上、生活上不断地对先生加以了阻难和压迫，刊物□被查禁，书店横遭封闭，著作禁止发行，本人则几次被通缉或被逮捕，言论自由和人身自由，经常是处在被剥夺的状态之下——这就是国民党统治者对一个忠于国家、民族的革命战士的待遇。这类卑劣行为，在抗战后却更变本加厉起来，甚至于如像企图并吞生活书店、无理强要入党这一类无耻的阴谋手段，也敢于对先生尝试起来；

尤其是到了皖南事变反共高潮的前后,国民党当局对抗战文化界的压迫和摧残,对于努力服务抗战的文化界及热心进步民主的人士,简直成了严重的灾难。爱国团体已普遍遭受封闭,集会结社的自由已被禁止,查封进步书店,摧残文化活动,压迫势力如潮水般卷来,许多爱国爱民的正义人士,在大后方竟不能立足。韬奋先生也就在这时,愤然辞去了参政员之职,与大批正义人士离开了重庆,对国民党的倒行逆施,提出了严重的抗议。

韬奋先生所受的迫害,还有更狠毒的事实。太平洋战争发生,香港失陷,韬奋先生和一般难民逃回广东,这时国民党用来躬接先生的,不是可以容身的中国的土地,却是一道通缉的密令,并且要"就地惩办"。倘若没有共产党在敌后建立了抗日民主根据地,使先生有安身之所,那么这位中国人民所爱戴的战士,就会遭受国民党当局的毒手。

韬奋先生对于国家、人民的热爱,是非常真挚的。十几年来,他不疲倦地以全副力量进行战斗和工作,一直到死的一刹那,他还表示"心怀祖国,惓念同胞",为"全国坚持团结抗战,早日实行真正的民主政治,建设自由幸福的新中国",作最后一次的呼吁。由于他的真诚为国,由于他从广大人民的利益出发的立场,他和中国共产党很早就成为最接近的战友。他不是共产党员,但在争取民族独立和民主自由的战斗中,他始终和共产党结着亲密的联盟。他对中国的前途是乐观的,知道新的中国一定会形成,而在共产党所领导的广大中国解放地区里,他已目睹了人们的伟大斗争,看到了新民主主义中国的光明未来。他相信有共产党的存在,有中国广大人民的存在,也就是有中国民族的不可磨灭的伟大力量的存在。这力量会使抗战必然胜利,使自由幸福新中国必然生长起来。韬奋先生临终遗嘱,要求共产党中央追认他为党员,证明他对共产党的事业的伟大意义是有了深刻的认识。

韬奋先生的认识是正确的，中国有非常光明的未来前途，中国共产党和中国人民的日益壮大的力量，保证这前途必然实现。国民党一党专政的寡头政治，决不可能长久存在下去。国际国内的情势，都要求建立强有力的真正民主的政府，我们相信在全国各党派各阶层的爱国正义人士的努力之下，先生的最后呼吁，是会成为事实的。

（《晋察冀日报》1944年10月12日）

邹韬奋先生事略

【新华社延安八日电】韬奋先生姓邹，名恩润，生于一八九五年，今年五十岁。祖籍江西余江，生长在福州。一九一三年入上海南洋公学习电机工程，后转学圣约翰大学，习文学。家况素寒，求学费用均由课余兼职和卖文取得以自给。

圣约翰毕业后，入上海华洋纱布交易所任英文秘书，一九二五年任中华职业教育社编辑，一九二六年起接编《生活周刊》。

"九一八"后，先生在周刊上一面痛责当局的苟延妥协，不能即时抗敌御侮；一面表明周刊的立场说："周刊是以劳苦大众的利益为出发点。"十一月间，马占山抗日卫国，先生即号召全国捐款输将，一呼而得十二万元，接着发动募款援助东北义勇军。"一·二八"时，又为十九路军捐款及征募军需用品，并设立"生活伤兵医院"。

先生深知周刊寿命不长，早在一九三二年一手抚育了一个"生活书店"，作为服务进步文化事业的中心。果然，一九三三年十二月，周刊遭当局密令封闭。先生是一位勇敢善战、坚强不屈的文化战士，当周刊被封后,再接再厉地发起创办《新生》《大众生活》《永生》《生活星期刊》《抗战》三日刊及《全民抗战》。皖南事变后《大众生活》又在香港复刊,前仆后继,始终没有间断。

"一·二八"那年,先生与戈公振、胡愈之等发起号召读者集资创办《生活日报》,一呼而收集资金十六万元,后亦被迫停刊。一九三六年二月,正式在香港创办《生活日报》,发行了五十四天,又遭停闭。

一九三二年,先生参加蔡元培、宋庆龄诸先生所□发起的"民权保障同盟",当选为执委。同年六月,杨杏佛被刺,先生也名列"黑单",不得已于七月间流亡海外,游历美英和苏联以及欧洲其他七个国家,历时二年多,于一九三五年六月归国,写了《萍踪寄语》和《萍踪忆语》两书。

回国时正值敌人的魔爪深入我华北各省,他立即号召全国,主张开放民众运动,停止内战,组织民族联合战线,实行抗日。十二月十八日,上海各界救国会成立,先生被推为执委。一九三六年五月十一日,全国各界联合救国会成立于上海,又被推为全救执委。七月间,与沈钧儒、陶行知、章乃器先生等联名发表《团结御侮的几个基本条件与最低要求》,主张团结一致对外。十一月二十二日深夜,先生□与其他救国会领袖于上海被捕。十二月四日,转移苏州高等法院,直到一九三七年七月方获自由。在看守所里写了《经历》和《读书偶译》两书。

"八一三"后,先生日夜从事于抗战工作,十月间离沪去汉。

三八年六月间,先生以救国会主要领导人之一的资格,被聘为国民参政员。从这时起到一九四〇年的一年半间,先生中心工作为"加强全国团结"和"争取民主"的斗争,主张:(一)立即结束训政,开始宪政,实行无限制的普选制度;(二)开放民众运动,允许民众团体合法存在；（三）保障言论出版集会结社的自由；（四）承认各抗日党派的合法存在；（五）立即撤销图书、杂志原稿审查办法；（六）立即停止一切特务活动，保障人民身体之自由；（七）立即释放爱国政治犯；（八）在抗战期内，宪政开始之前，各党派先行参政，并囗致全国无党派人士，组织举国一致的国防政府。

一九三九年七月，先生在重庆热烈发动组织全国各界宪政座谈会，作公开演讲，并联合各党派发起组织宪政促进会筹备会。

一九三九年四月起，生活书店西安分店忽被国民党党部查封，同人被捕，到一九四一年二月止，五十六个分支店陆续被封，只留一个重庆分店，被捕同人达四十三人，至今还有二人未释，一人被惨杀。一九三九年八月间，国民党中央派潘公展、刘百闵两氏，要求生活书店与正中书局、独立出版社合并，并要求参加资金、指派总编辑和要求先生加入国民党。这一切都被先生严词拒绝了。

一九四一年一月间，皖南事变发生，二月，先生愤然辞去国民参政员职，出走香港。到港后，一面从事反抗国民党独裁、促进民主的斗争；一面展开海外侨胞间的文化工作，曾写成长篇史料《抗战以来》，连载在《华商报》。又为《保卫中国同盟》英文半月刊按期撰写论文。十月间，与救国会留港代表九人联名发表《我们对于国事的主张》，同时促成"中国民主政团同盟"的成立。

十二月八日，太平洋烽火突起，先生由港在难民丛中远赴东江抗日民主根据地。他这时始踏进了祖国的自由地区。但重庆国民党政府则密令"就地惩办"，发动特务人员严密监视与搜索先生的行踪，先生仍不获自由。在乡间住了八个多月，于一九四二年十月才辗转到达华中敌后抗日民主根据地。

先生患脑癌病，起于一九四二年八九月间，迫于环境不能立即治疗。在一九四三年二月间，病势稍轻时，又写成《患难余生记》，近十万字。这书完稿后，计划接着写《苏北观感录》和《各国民主政治运动史》，可惜赍志而死。

先生原在苏北解放区养病，后因病势日趋严重，到上海就医。六月八日深夜三时，先生忽然晕厥数分钟，当即召集最接近的朋友，预嘱了后事处置，以及对政治时局等的意见。七月二十一日，骤发高热，二十四日上午七时二十分停止呼吸。弥留时，还关怀祖国，惓念同胞，呼吁全国坚持团结抗战，实行民主政治，建设独立、自由、幸福的新中国。

(《晋察冀日报》1944年10月12日)

中国人民巨大损失！

文化界先进战士邹韬奋先生病逝

中共中央接受先生请求　追认为党员

【新华社华中六日电】为全国人民所深切关怀的中国文化界先进战士邹韬奋先生，因患脑癌病不治，于七月二十四日在上海逝世。先生努力于民族解放、民主政治和进步文化事业垂二十余年。近四五年来，邹先生在国民党反动统治压迫之下，颠沛流离，备尝艰苦。四一年二月，自渝出走香港。太平洋战争爆发，由港口赴我东江抗日根据地，复遭重庆国民党当局密令通缉。四二年十月，才辗转到达华中抗日根据地，悉心考察根据地状况；并作了许多有关民主政治的演讲。先生对于华中根据地的观感，是"目睹人民的伟大斗争，使我看到新中国光明的未来"。先生原在根据地养病，后因病势日趋严重，即到上海就医，卒至不起。先生弥留时，仍念念不忘于祖国的解放事业，呼吁"全国坚持团结抗战，早日实行真正的民主政治，建设独立自由幸福的新中国"。邹先生行年五十岁，值奋发有为之时，不幸赍志以死。全国人民莫不同声哀悼，誓为实现先生未竟之志而奋斗。

【新华社延安八日电】邹韬奋先生病逝消息传抵延安后，在延先生生前友好均深表哀念，闻拟于日内集会追悼。

(《晋察冀日报》1944年10月12日)

华中根据地沉痛追悼邹先生

张代军长亲临讲话

【新华社华中六日电】追悼邹韬奋先生的大会，八月十八日在新四军军部所在地隆重举行。到会党政军民各界人士数千人，对着仪容如生的邹先生遗像，倍增哀痛与景仰。开会时首由文工队唱《哀悼韬奋先生歌》甚为悲壮，次由主席报告邹先生一生为民族独立、民主自由的斗争事业，继由张代军长云逸致辞说："邹先生是坚持进步的模范。记得皖南事变发生，邹先生满腔义愤，辞去参议员之职，离开重庆，以表示反对反动逆流的抗议。一九四二年，他辗转来到敌后，对根据地军民的艰苦斗争，寄予无限的同情，对于本军表示最大的关心，这是我们深深感激的；而他这种凛然主持正义的不屈不移的精神，确是民族正气的楷模。"接着由饶代政委致辞，首先对韬奋先生在中国革命文化运动中的伟大贡献，及对中国民族民主解放运动的忠勇奋斗盛加赞扬；继对国民党内反动派所加于邹先生及其他一切革命文化工作者的迫害和摧残表示愤慨和抗议。最后，号召全体同志，效法革命文化运动先锋、民族解放运动英勇战士邹韬奋先生的斗争精神，为中华民族的独立自由民主的最后胜利而斗争。后由邹先生的好友范长江、钱俊瑞、于毅夫、徐云寒等演讲。他们着重提出邹先生的不屈不挠的斗争精神，关怀民族和人民的伟大气魄，以及一丝不苟、贯彻始终的事业精神，值得大家学习。韬奋先生长子家骅代表家属含泪致答辞，末后大声地说，"我一定要继续走我父亲所走的道路，和敌人及一切恶势力战斗到底"。现华中各根据地党政军民都在纷纷筹备追悼这一伟大的文化战士。

（《晋察冀日报》1944年10月12日）

中共中央电唁邹先生家属

【新华社延安七日电】中共中央电唁邹韬奋先生家属全文如下：

邹韬奋先生家属礼鉴：惊闻韬奋先生病逝，使我们十分悲悼，接读先生遗嘱，更增加我们的感奋。韬奋先生二十余年为救国运动，民主政治，为文化事业，奋斗不息，虽坐监流亡，决不屈于强暴，决不改变主张，直至最后一息，犹殷殷以祖国人民为念，其精神将长在人间，其著作将永垂不朽。先生遗嘱，要求追认入党，骨灰移葬延安，我们谨以严肃而沉痛的心情，接受先生临终的请求，并引此为吾党的光荣。韬奋先生长逝了，愿中国人民齐诵先生最后呼吁，为坚持团结抗战，实行真正民主，建设独立、自由、繁荣、和平的新中国而共同奋斗到底，谨此电唁，更望家属诸位节哀承志，遵守先生遗嘱于永久。

中国共产党中央委员会
一九四四年九月二十八日

（《晋察冀日报》1944年10月12日）

邹先生遗嘱：
最后呼吁团结民主　要求中共追认入党

【新华社华中六日电】七月二十四日，邹韬奋先生弥留时，嘱其夫人拿出他的遗嘱，要人读给他听，他口改正几个字后，即亲笔签了自己的名字，字迹挺秀如恒。他的遗嘱说："我自己能力薄弱，贡献微少，二十余年来追随诸先进，努力于民族解放、民主政治和进步文化事业，竭尽愚钝，全力以赴，虽颠沛流离，艰苦危难，甘之如饴。此次在敌后根据地视察研究，目睹人民的伟大斗争，使我更看到新中国光明的未来。我正增加百倍的勇气和信心，奋勉自励，为我伟大祖国与伟大人民继续奋斗。但四五年来，由于环境的压迫，我的行动不能自由，最近更不幸卧病经年，呻吟床褥，竟至不起。但我心怀祖国，惓念同胞，愿以最沉痛的迫切的心情，最后一次呼吁全国坚持团结抗战，早日实行真正的民主政治，建设独立自由幸福的新中国。我死后，希望能将遗体先行解剖，或可对医学上有所贡献，然后举行火葬，骨灰尽可能带往延安，请中国共产党中央严格审查我一生奋斗历史，如其合格，请追认入党，遗嘱亦望能妥送延安。我妻沈粹缜女士可参加社会工作，大儿家骅专攻机械工程，次子家骝研习医学，幼女家骊爱好文学，均望予以深造机会，俾可贡献于伟大的革命事业。"（一九四四年六月二日口述签字）先生临终前听到国际形势急剧变化，法西斯匪徒垮台在望，他还沉痛地说："我过去的二十年是锻炼自己，充实自己，刚到成年，如果病好了，还可为未来的光明的新中国再奋斗二三十年。……"

（《晋察冀日报》1944 年 10 月 12 日）

中共四分区地委指示　普遍开展乡村文化艺术运动

冷

【四分区讯】中共晋察冀四分区地委宣传部于九月十五日发出关于普遍开展乡村文化艺术运动的指示。把开展文化艺术运动作为当前一严重任务，指出把他视为无关重要的"文化娱乐"，诿为"抗联的事"的观点是错误的。对今后组织领导上，指出：各县应在各区有重点的帮助和培养一两个村剧团，建立几个制度健全的读报组，并可试办民办民校，定出一定计划和具体要求，给以一切帮助，以突破一点吸收经验，此项工作，在一个月以内（十月中）进行详细总结。在开展这一运动中，应防止的倾向，指示中说：只要在组织上不强调正规化，不闹独立性，在内容与形式上能和群众生活密切结合，才能不被孤立。但必须注意，在活跃乡艺的名义下，一些充满封建意识、诲淫诲盗的旧剧复活与借尸还魂，必须把旧形式与民族形式严格分开。部队文艺工作应与地方取得密切结合，过去有些部队建立起军民俱乐部的应更强化并健全之，未建立的可建立起来，这不仅能取得相互帮助之效，在增进军民间的团结与融洽方面，也是有很大作用的。

（《晋察冀日报》1944年10月15日）

迎接边区第二届群英大会及展览会

秋收已在紧张的战斗中基本上宣告结束，边区军民一年的流血流汗，已经收到了应得的丰富果实。回想去年秋冬反"扫荡"大战之后，敌寇"无人区"政策给我们的困难是异常严重的。但经过七年战争锻炼的边区军民，并不曾低头，我们高举着毛泽东同志"组织起来""自己动手，克服困难"的大旗，把战斗与生产结合起来，昂然前进。不到一年的时间，我们不但战胜了像过去那样严重的灾荒，而且初步地解决了人民生活上的困难，并在发展生产所造成的物质基础上，进行了胜利的对敌斗争，巩固和扩大了解放区。

应指出，在这伟大的斗争中，如果没有高涨的群众英雄主义，我们就不可能收到这样显著的成绩。大家都知道，经过今春的群英大会，把这些从群众中产生的英雄模范的辉煌事迹加以表扬，把他们的经验集中起来，又回到群众中去，就变成了广大群众的旗帜，成为他们战斗生产的工作标准；他们是政府政策法令的积极执行者，又是积极的宣传者和组织者，是党和政府与群众联系的桥梁；他们本身又逐渐提高了，成为战斗与生产的骨干。这种英雄和模范工作者，在各个地区各种斗争中，都发挥了不小的作用，而当党政军民领导机关加以坚强领导的时候，就得到了更显著的成就。不但他们自己的战斗或生产搞得好，而且带动了群众，涌现出新的积极分子、英雄和模范工作者，推动工作大步前进。

但从群英大会之后，在领导上是不够坚强甚至是自流的，表现出我们对战斗英雄劳动英雄和模范工作者在各种斗争中的地位，缺乏明确的认识，甚至是盲目的。

第一，由于不认识其重要性，就不注意或少注意发现英雄和模范工作者。有的同志把英雄看作神秘的超人，他们脑子里的英雄不是从群众中产生的，而好像是从天上掉下来的"完整无缺"的怪物，拿着这样的框子去套，他们自然找不到满意的英雄。实际上，在各个地区、各个部门，只要有工作有斗争，就会有创造出超出一般人战斗、生产、工作的标准的人，这就叫作"行行出状元"。我们不能拿固定的标准去衡量他们，而应从当时当地的标准去衡量。有人说，这样一来，英雄模范就太多了，对此问题的认识，我们过去是有偏差的，如认为今年的选举，应限于农业劳动英雄，并且只在某些有"众所公认"的英雄模范的村庄才进行选举，这就大大地限制了英雄模范的广泛发现，会给我们不可估量的损失。实际上，我们的实际斗争，需要千百万的吴满有、赵占魁、邓世军、李勇式的英雄和各种模范工作者，需要千百万子弟兵和民兵的战斗英雄，需要千百万开荒、深耕细作、积肥、消灭害虫害鸟等各式农业英雄，需要千百万纺织、运输、饲养等副业英雄，需要千百万刘建章、张瑞式的合作社英雄，需要千百万公营企业中的英雄，特别需要千百万把战斗与生产结合起来的英雄，需要千百万男女老少、党政军民各式各样的英雄和模范工作者。今天的问题不在太多了，而是发现的太少了，如今年围困敌伪点碉斗争中，民兵起了极大的作用，一定有不少的民兵英雄，但我们没有及时发现，报纸上也很少宣传。其他工作中，也有同样情形，这就叫"千里马常有，伯乐不常有"。

　　第二，过去已经发现的，没有很好培养。在第一届群英大会上，总结了一百多个英雄模范，他们都是有了一定的基础可以进一步提高的。有的地区注意了这一点，但一般缺乏经常性和计划性，有时没人去，有时党政军民作家记者都跑去访问，耽误了他们的宝贵时间，对他们的工作帮助很少，英雄模范感到是一种"负担"。应指出，少数英雄模范的自高自大，不向群众学习，眼睛向上，不尊重党政民，脱离群众，失掉英雄本色，这是很危险的，应引起我们警惕，今后要走群众路线，慎选好人；特别应加强培养教育，予以纠正。但有的地区开始时只有表扬，没有注意帮助他们改正缺点，后来又缺乏耐心，光是批评，没有鼓励，以致不少英雄模范，不但没有提高，有的反而退步了。

　　第三，不注意推广英雄模范的工作方法，改进和推动各种工作。往年，我们也选举过模范人物和单位，在各种总结中，在"优、缺、经、教"之后，总有一项"模"，在报纸上也充满了"模范例子"，但这只是为了"表扬成绩""扩大影响"，当作一种似乎不可少的点缀，因而流于形式主义。今年虽有转变，但不彻底、不普遍，不少地区仍然是老一套。

总之，我们没有或没有完全认识战斗英雄、劳动英雄和模范工作者在斗争中所起的伟大作用，没有或没有完全认识只要他们在斗争中所起的种种作用，一旦被我们明确认识并掌握的时候，就变成了我们改进工作、培养干部、联系群众最好的方法，形成了我们进行各种工作中可以普遍采用的组织形式和工作方法。

为将这种新的组织形式与工作方式普遍推行起来，边区不久即将举行第二届群英大会及展览会，将有各行政区的英雄模范参加。它将是晋察冀解放区有重大历史意义的盛会，党政军民机关学校工厂等等各系统都应热烈地迎接它。据本报通讯员报导，各地正在进行准备工作，这是好的。我们认为，要把这次大会准备好，首先就要改变对此问题的认识，党政军民各级领导机关，应普遍讨论《解放日报》社论《采取新的组织形式与工作方式》，以统一认识，根据当地情况普遍采用。此外，还必须切实进行繁杂细致的组织工作。

第一，要发扬民主。过去的英雄模范差不多都是指定的，未经群众讨论选举，今年必须纠正。在巩固区，应普遍召开村民大会，举行无记名投票选举，即在游击区，也应用区村干部提出名单、征求群众意见的办法进行，但所有战斗英雄（不论子弟兵或民兵）及机关部队工厂学校的劳动英雄，都必须民主选举。如此，一方面可以加强英雄模范对群众的负责精神，另方面可以加强群众对他们的监督作用，并提高群众的英雄主义。

第二，发动群众。应把这次选举当作新民主主义政治生活的丰富内容之一，和一年生产总结结合起来，发动群众检查本单位的各种工作，发扬优点，批评缺点，一方面选举英雄模范，一方面批评和鼓励落后分子，并发动群众批评领导机关的工作，提出对共产党和政府的意见，经过这次选举，把群众的意见集中起来，加以研究，打下明年大生产运动的基础。

第三，认真领导。要把这件工作做好，领导机关必须认真负责地深入领导，首先要转变观点，具体布置，选举一二典型，突破一点，吸取经验，坚决反对自流现象和官僚主义。没有深入的领导，没有将选举的意义及英雄模范的标准作深入的宣传解释，就不能发动群众认真参加民主选举，而只有经过群众审查，才能真正举出好的英雄模范。

第四，展览品的搜集，也应认真进行，特别是农业优良产品，如不及时搜集，容易找不到了，这种搜集工作，应进行很好的解释，使群众乐于送来展览。

最后，文化艺术工作者应很好地为二届群英大会及展览会服务。本报记者应在党政领导机关指导下，给每个英雄模范写一简要生动的传记，文艺工作者应用多种多样的艺术形式，如歌曲、图画、照片、剧本、小说等，把他们的事迹表现出来，广为宣传，这就是具体地为工农兵服务。

时间已经不很多了，希望大家早些动手，已经动手的应进行检查，纠正缺点，以此新的组织形式与工作方式，改进工作，培养干部和联系群众，发展我们的战斗与各项建设工作，壮大自己，准备反攻。

（《晋察冀日报》1944年10月17日）

一个小型生产展览会

马化民

边区印刷局最近举行机关生产展览会。陈列着自己动手造的漂亮铜钢笔和经久耐用的"劳动肥皂"、自己熟的羊皮、缝的皮袄、纺的棉线毛线、打的毛衣毛裤、做的衣服、腌的咸菜，有职工同志种的大谷穗、胖玉茭、芝麻豆角、山药蛋、药材和山菜、大茄子、西红柿、大萝卜、大葱。第四分会一小组的大葱，一根十三两半重，二尺多高。三分会二小组工人同志种的北瓜，有一棵结了八个瓜，一个大的整二十斤，另有六个都是十几斤，只有一个小的五斤重，共出一百零七斤瓜。三分会有一位老工人刘务本同志每日勤劳照管菜园，出产的各种菜比其他三个分会都强得多，他又学会了做针线活，他缝的一双布袜子陈列在展览室中，上面他写着"这是大闺女坐轿子——头一回，哈哈，见笑"，充分表现着他的愉快。展览室中放着几十双又结实又美的自造鞋，二分会全体职工的鞋子，都是由自己来解决，水局全体职工的鞋子现在走上了完全自给。四分会第四小组（杂务人员小组）共五人，生产成绩很好，运销分红每人千余元，开荒可收两石粮食，两千多斤北瓜和青菜，大家又是吃鸡又是吃肉，改善了生活。的确，在共产党的号召下，自己动手得到了丰收，吃得饱，穿得暖，用得方便，每个职工同志都在交流着生产的宝贵经验，互相学习与研究着生产的新知识和方法，打下了明年生产的巩固基础。

（《晋察冀日报》1944年10月17日）

陕甘宁边区文教代表大会开幕

朱总司令亲临讲话

【新华社延安十五日电】边区文教代表大会，已于十一日在参议会大礼堂闭幕，到会者千余人，由代表四百五十余人，分成八个代表团（绥德、延属、三边、关中、关东五个分区，部队，本市机关学校，少数民族），其中有从边区人民中生长起来的工农兵文教工作者，有热心边区文化建设的绅商，有蒙、回等少数民族代表，宗教团体的文教代表，有全国知名的学者、诗人、作家、美术家、医生以及热忱帮助边区文教建设的国际友人。教育厅柳厅长致开会辞，他说，一年来由于执行新的文教方针，边区各地已有了不少成绩与创造，并从群众中产生了大批新的文教英雄，今天能在这里济济一堂，谈论一百五十万人民的文教工作，的确是边区的一件空前大的事情，这是因为我们具备了下列条件：一、我们有了抗日民主的根据地，在人民受压迫的地区是不能开这样的大会的。二、今天边区人民丰衣足食，生活内容丰富，需要提高文化。三、我们在思想上有了准备。柳厅长对整风后文教工作的新气象阐述甚详，并说明民办公助方针的正确性，同时他指出文教工作中还有缺点，新方针没有贯彻，还不能普遍执行。柳厅长最后指出："在行将到来的对日反攻中，我们文化军队的任务更加重大，我们更要加强工作，做全国的模范，希望代表们好好交换经验，发现典型。我们还要尊重和发扬民族的优良文化传统，特别是鲁迅、邹韬奋、郭沫若、陶行知诸先生，我们在许多方面要向他们学习。"继请朱总司令讲话，他说，今天文化教育工作上的巨大成绩，证明毛主席前年在文艺座谈会上的正确结论发生了效果。从前文教工作者与群众没有结合得好，现在他们和群众开始结合，并发动广大群众自己来做，这是值得庆幸的事情。总司令指出贯彻民办公助方针的必要以后，即将边区和大后方的情况作对比。他说，这里不分贫富、男女、老少，都可以读书受教育；而在大后方，文化人说句真话就有生命危险。至此，总司令充满信心地说，将来对日反攻就要靠我们，而文教工作对于争取抗战胜利将起极重要的作用，希望大家时时刻刻要求进步，一点一滴地研究经验，整理出新的工作方法。吴老、徐老、李副主席等亦相继讲话，对各种文化建设提出许多宝贵意见。讲话完毕，通过主席团名单及大会组织机构，旋即休会。

【新华社延安电】参加边区文教大会的代表,除各级文教工作干部外,尚包括各业文化部门的英雄、模范及群众代表与各民族各宗教团体代表。以三边为例,即有回民阿訇、伊斯兰小学代表、蒙民及天主教代表、公学代表、□医代表、中医代表、模范群众秧歌队长、家庭教育模范、模范教师,全边区闻名的破除迷信英雄崔岳瑞先生亦远道赶来参加。各地代表对此次大会皆充满无限的兴奋和信心,除将有关材料预先寄递筹委会外,并亲自携带许多宝贵材料与重要提案。

(《晋察冀日报》1944 年 10 月 18 日)

延安各界筹备追悼邹韬奋先生

【新华社延安十四日电】延安各界于获悉邹韬奋先生病逝消息后,均深表哀痛。十一日上午由周恩来、柳湜、张仲宝召集邹韬奋先生生前友好,讨论追悼先生事宜,到吴老、博古、周扬、艾思奇、张宗麟等十余人,议决纪念办法:(一)华北书店提议,将该书店改为韬奋书店。(二)向边府建议,设立韬奋文化奖金。(三)俟先生骨灰抵延时,建立纪念碑。(四)建议文教大会,电唁先生家属,并在大会上介绍先生一生奋斗事迹,以作表率。(五)编印先生著作选集。(六)筹备追悼大会,在追悼会时,于《解放日报》出纪念专刊,并举行先生著作展览。暂推柳湜、周扬、艾思奇、张仲宝、张宗麟、李文、默涵等成立纪念韬奋先生筹备会。现由该会草拟纪念启事,征求延安各机关、学校先生生前一切友好相识,共同签名发起,以示隆重。

(《晋察冀日报》1944 年 10 月 18 日)

周扬同志在延安文教大会上谈发展农村秧歌队

【新华社延安十日电】周扬同志本月初于延安市文教大会上曾对今后在农村发展秧歌队的问题有所阐述。他说，在组织上，第一，根据各地具体条件不同，可以采取各种不同的形式，如文化台、自乐班、秧歌队等。现在秧歌队的活动仅限于新年，将来可以发展到新年闹秧歌，平时搞自乐班，使得大家在平时也有玩的。最好做到各地红白喜事都由自乐班来办，如果某些地方条件限制的话，成立范围比秧歌队较小的自乐班也可以。总之要做到每个地方的老百姓，都有新的文化娱乐活动。第二，要以民间艺术家为骨干，通过当地的学校、读报组、冬学、夜校等基层组织来组织秧歌队。第三，组织秧歌队一定要是从下而上的根据自愿的原则，女子参加要通过家长，要不误庄稼，经费也应自愿，不要成为老百姓的负担。第四，是剧本的问题，主要靠自己编，老乡们自己编的比知识分子编的还好，老百姓懂得自己的事情，自己讲自己的事讲得会更清楚一些，自己会写就自己写，不会写就口讲，由别人代笔。再则写的是本地方的事情，真有其人，真有其事，看起来就会更有味道一些。大家写的时候要大胆一些，比如写拥军，不单写一个赶羊的，还要写复杂一点。写斗争、写矛盾，不要用公家的话写，而用自己的，联想什么就写什么。编的时候要大家编，如果一边编一边排也好，大家你一句我一句地凑拢来。演劳动英雄，你就去多看几个劳动英雄的特点，演二流子就多看几个二流子，那么演起来就有把握了。实在事，演什么就像什么，这就是艺术，古今的大艺术作品不过如此。

(《晋察冀日报》1944年10月21日)

盂平县委深刻检讨半年通讯工作缺点

田云

【盂平讯】盂平县委在中心通讯小组会议上，对半年来通讯工作作严正检讨，认为尚存在下列严重缺点：

一、稿件内容不平衡、不全面，报导根据地建设多于反映对敌斗争，在对敌斗争上又是歌颂我们的模范多于尖锐揭露敌人的黑暗。另外有关教育建设的反映也太少了。

二、通讯领导上一般号召多于具体组织，只交付任务，具体指导不够，布置内容一般化，没指出各时期各地区重点，写什么、谁去写等等，发展工农通讯员的方向没有做到应有成绩。现县委正针对上述缺点加以纠正中。

（《晋察冀日报》1944年10月22日）

陕甘宁文教大会电唁邹韬奋先生家属

【新华社延安二十日电】边区文教大会，日前通过致邹韬奋先生家属唁电如下：

韬奋先生家属礼鉴：正在民主自由的陕甘宁边区文教大会开会之际，惊闻韬奋先生病逝，不胜悲悼。韬奋先生为全国文化界先进，为全国青年导师，奔走民族解放事业，二十余年，始终不渝，临难不苟，威武不屈，久为全国共仰。弥留遗嘱，尤举世感奋。同人等厕身新中国文教界，更当勉力，继续先生遗志，为建设新民主主义文化而奋斗。并望家属诸同志为国节哀,谨此电唁。

陕甘宁边区文教大会

(《晋察冀日报》1944年10月22日)

边区各界筹备追悼邹韬奋先生

【本报特讯】边区各界惊闻邹韬奋先生逝世,不胜痛惜。经边区参议会、文联等发起,于本月二十二日假边府会议室举行筹备会,出席者有于副议长及军区政治部、边府、边区抗联、本报、文联、联大等单位代表等,决定于最近召开边区各界邹韬奋先生追悼会,除通知各单位届时参加外,并征集先生著作、照片、手迹等,以备留存纪念。

【四分区二十六日特电】邹韬奋先生病逝噩耗,十七日晚夜传抵此间,专区各界人士倍感痛惜,尤以过去受过先生教育的青年们,更为悲痛,当即由胡开明同志等发起日内举行追悼。

(《晋察冀日报》1944年10月24日)

艺术和战斗结合的冀热辽尖兵剧社

可

冀热辽人民和子弟兵热爱着的尖兵剧社,已经战斗了一年了。这支文艺轻骑队从诞生的一天起,就把艺术当作团结人民、教育军民、打击敌伪的武器；他们同时也把握了另一支武器——三八大枪，他们拿枪保卫着他们的艺术工作。战斗来了，他们在山头上，在村里组织担架，那时就把胡琴背起来，取下大枪，监视着敌人。敌人退走了，或敌人被消灭了，他们马上背上大枪，换下胡琴，到村子里演唱起来。

战斗丰富了他们的艺术。他们一年来主动地参加了八次战斗，在昌黎平原上，追杀敌人，缴获了敌人的马步枪；在丰、滦、迁的伏击战中，得了敌人三百余发子弹；在滦河北遭遇战中，他们的一个小同志在战场上缴获两个治安军的枪而负了轻伤。这是一支艺术工作的游击队，在战斗中生存，在战斗中工作。

人民欢喜他们。人民在敌人压榨下，六七年来从未舒展过他们的心情。自从有了八路军，他们开始听到歌声，有了戏看，心情舒畅了，村庄复活了。新的战斗的歌曲在每个连队和村庄传播着，每个晚会，都可以见到从几十里地以外骑了毛驴来看戏的观众。……

战斗和行军占去了生活的大部分，他们每天的工作时间是不多的。在今年元旦前后，在丰、滦、迁，一天中发生五□情况。他们学会了战斗中工作，行军中背台词，山沟里排练，背了背包唱歌。因情况开不成晚会就到老乡家里去讲，到□上去教歌、上文化课等等。

一年来，他们创造了八十三次演出和一百零五次演奏的记录，观众达十三万三千五百余人。演出的剧本和连队唱□的歌子，大部由他们自己创造，话剧《村选》，歌剧《夜深人静时》，在广大群众中都起了很深刻的影响。因为这些剧本，反映了群众自己的生活和斗争。一年来，他们创作了剧本五十八个，歌曲、歌剧、伴奏六十个，连环画一百二十□幅，出版歌集六集，刊物三期，组织训练班六次，教歌尚不在统计之内。

（《晋察冀日报》1944年10月26日）

东江纵队全体指战员同声悼惜邹韬奋先生

特致电其家属吊唁

【新华社华南二十五日电】东江纵队全体指战员,得悉邹韬奋同志病逝噩耗,莫不同声悼惜,除筹备举行追悼会外,并于本月十二日致电邹同志家属吊唁,内称:

我们从电讯中,惊悉邹先生的病逝噩耗,恰如一个晴天霹雳!前年香港沦陷后,我们曾竭尽力量救护了留港的文化界同人出险,而我们认为欣慰的,是邹先生能够从敌人的搜捕中安全出来,与我们同住一个时期,我们至今还忘不了邹先生的面貌和声音。邹先生对革命事业的忠贞,深深刻在我们心里,自邹先生离开我们地区后,我们时刻挂念他,直到知道了他安全地到达了华中解放区。邹先生在这里的时候,我们正遭遇着空前艰苦的局面,内战烽火在爆发着,全区在这共同艰苦斗争的生活中,邹先生殷殷期望我们壮大发展。在今天,我们的确是壮大与发展了,我们支持着华南战场,建设了一个抗日民主根据地,可惜是邹先生已不能看见我们今非昔比的情形了!我们已决定在全区举行隆重的追悼大会,翻印遗嘱,使邹先生的精神深注到全区人民的心坎中。

(《晋察冀日报》1944年10月28日)

创造新型村剧团的商榷

平山县抗联宣传部

平山已在三点上开始突破

平山创造新型村剧团的工作，在县区抗联领导及火线剧社帮助下，已在全县三点上开始突破：五区洪子店、八区南庄、十二区东岗南。这三个村剧团，从组织上、工作内容上到演出方式上，都有很多创造。南庄村剧团的团长是区工会不脱离生产执委、制造小提琴的木匠工人，指导员是村青救会干部（曾任区青年部长）；洪子店村剧团的团长是村长老牛，副团长是村抗联主任；东岗南村剧团团长是村抗联宣传，副团长是妇女劳动英雄曹秀花。大家都有一套组织，主要是戏剧和唱歌，经常地集会，几乎每晚坚持着排演，即在麦收和秋收最忙的时候，也没有中断过。他们组成的成分，大部是青年和十个以上妇女，有些剧团的团员们，友好地组织成拨工组，曹秀花妇女拨工组，则全部加入了剧团。每个剧团又有编导组织，一部分知识青年，被邀请参加这个工作。剧团经费暂时还是募集，现在计划合作社解决，方法是：把剧团募得款项，交给合作社入股，从红利中维持每月一次或两次的演出费。另外，南庄村剧团曾在开荒和打柴里积蓄了一些资金，供给演出灯油零花。这种新的组织形式，保证剧团坚强的政治领导，和大胆吸收知识青年（包括好几个已经坦白改过的特务分子）参加编导和技术工作。在劳动英雄参加剧团以后，彻底改变了"剧团"的旧观。几年前，人们害怕把新剧团看成旧戏班，今天已经克服。剧团的工作内容从它的组成成分，促使和生产结合得很密切。

宣传中心工作，反映本村斗争生活

从春天到现在，他们用各种形式演出了反映群众斗争和人民生活的戏曲。举些例子，如：南庄村剧团在春天，就演出了动员大生产的快板剧，反映本村某户召开家庭会议的剧（在拨工组检阅会上）；洪子店演出《一个村庄的会议》《战时拨工组》，教育本村一个顽固家伙，最初他不愿意参加拨工组，到战时，自己的地种不上，后来找了拨工组长，参加了拨工组。演出形式是旧调新词的新歌剧。洪子店村剧团还有一个拉洋片和说大鼓的"沾脚"（好样儿），回舍区解放后，演出回来，从东回舍、温塘、洪子店作集市宣传，洋片有几十套，从抗战大势到大生产、上民校。东岗南烈士塔揭幕时，村剧团演出过《观塔》，四弦仿旧戏《小寡妇上坟》形式，边走边唱，素衣素鞋，代表了群众悲和愤的心情。妇女们哭了，马上又擦干了眼泪。《戎冠秀》等剧演出，刺激了群众顽强的意志，用积极生产扫除了消极的伤感。这些演出启示我们一个新的方向，村剧团必须宣传中心工作，并且反映本村群众斗争和群众的生活。这个方向开始被意识到时，并不是由于某个村剧团受了大剧团的指导，而是村剧团自己摸索和选择得来，这在东岗村和洪子店都是这样。因此，不可避免在创作和演出上的草率，如《×村会议》，用这样简单直接的方式：开场是敲锣集合，村长、抗联主任布置会场，青年妇女、老头和游击组都来参加，村长报告国家大事，抗联主任布置工作，接着挑战。群众的这种萌芽状态的艺术作品，带给我们朴实的、深刻的印象。群众演出了群众自己和自己的干部——领袖，群众用毫不做作的逼真，反映了自己生活里最平凡的片段。某一场里，演出田间耕种，农民用熟透的动作和稍稍夸大的姿态，超过了一切所谓"美"的不健康的场面，这就是新的发展方向。其中一个村剧团，曾经在短时间走了错误的方向。有一个农村青年,为了模仿艺术家(自然他是误解了)而蓄着长头发,他们意味着演出四幕大剧那种博得观众喝彩的景象,甚至准备演第二战场高鼻子戏,中心工作也在这里宣传。但是一般的、大而无当的,和本村群众斗争、生活、意志联结不紧的,一直到他们逐渐转变了这个方向,才更加被群众所爱护。

寻找适合的形式和方式

这些演出里,他们演出话剧,快板式的对话、秧歌舞蹈的动作,不是舞台,而是街头旷野。这种形式被群众所欢迎。但我们从另外一次演出里找到不成功的经验,某村剧团用京戏上演《第二战场》,饰斯大林和艾森豪威尔的均粉墨登场(饰斯大林系红脸),穿着旧戏元帅将袍,登场后曰:"我乃艾森豪威尔是也。"这种热心很可嘉,群众对象征的人物也没有提出意见,但平心静气检讨,这是不合情理的。艾森豪威尔和希特勒用刀枪大战三百回合,会给我们对新时代人物歪曲的思想,必须反对,把他们演剧的热情引导到正确的路上去。旧形式应该被广泛利用,话剧和现实的人物,作为主要的表现方式。

发展下去,村剧团成为群众自己的文化教育俱乐部,逐渐形成新鲜活泼的群众新艺术,这是必然的结果。

剧团在实际上又成了民校

剧团一方面教育和启示本村群众怎样做新社会的好公民,反对不良倾向和消极态度;另一方面,剧团团员自己也学会了唱歌,熟悉了政治内容和中心任务,剧团在实际上又成了民校。一区蒿田村一个青年在演戏读台词里认识了二百多个字,这种收获,我们不容忽视。南庄村剧团,开始也是由一个青年学习组改组而来。大批新的青年积极分子,可以从剧团里培养出来!

儿童们在乡村文化娱乐里是一部分骨干。普遍全平山的霸王鞭有了新的发展，主要是动作和花样增多，以及更加和中心工作结合得紧（主要是唱歌）。十岁上下的儿童，不曾见到国民党的寡头统治的专制独裁，他们只见到新的人民的党和人民的军队，新的社会建设和残酷的战斗，表现在他们的文化娱乐活动上，就去掉了旧的封建意味和剥削者贫血的态势，"活泼"和"有力"成为新的特点，而这些新的活动，又反过来教育广大儿童新的进步。

迫切的问题

目前最迫切的问题是农村编导干部的培养以及大剧团主要分散到村的帮助。村剧团自己创造出几十个剧本（洪子店、东岗南、南庄），形式上是模仿的，内容却是崭新的，在新的发展下，大剧团创作的剧本一般只能当作剧团团员学习的参考，因为：（一）有些一般化。（二）和中心工作结合不紧。（三）和本村斗争联系较差。（四）个别的太大。因此培养剧团自己的群众剧作者和导演人才成为迫切需要，这样也会带给我们新的群众创造。

要求大剧团分散到村里，参加村里一切工作，大剧团的同志们自己变成这个村的一个成员，培养群众观点和积极参加本村的斗争，去敏锐地了解和分析村的问题，然后帮助村剧团的编剧和排演。今天不应该只是技术上或表现方法上的指导，更重要的是如何正确地宣传和教育群众，从内容上具体地指导。反过来，对大剧团同志深入现实、深入斗争是有益的，只要虚心学习，村剧团中表现出的新的群众艺术的长处，是很多的。

创造新型村剧团必须经过艰巨的努力，平山在这个工作上用突破一点吸取经验的办法，首先从这三个不同的剧团开始的状态分析了以上经验，用以向大家商榷，并在今年冬天广泛和深入开展一村一剧团的创造新型村剧团运动!

(《晋察冀日报》1944年10月29日)

伟大民主战士精神不死

重庆各党派各界人士沉痛追悼韬奋同志

到会数千人莫不满怀悲愤　对国民党寡头统治痛恨已极

各界人民一致认为：现在已不是说话的时候了，是干的时候，是向法西斯进军的时候了!

【新华社延安二十七日电】自韬奋同志逝世消息传至后，重庆各党派及各界人士，对受专制统治高压而颠沛至死的这位伟大民主战士，深表沉痛的哀悼。旋由宋庆龄、于右任、张澜、张君劢、左舜生、章伯钧、黄炎培、林祖涵、潘序伦、冷遹、马寅初、郭沫若等七十二人发起，于十月一日开追悼大会。在此数千人参加的追悼大会中，各界人民对国民党寡头统治的愤恨达于极点，认为现在已不是说话的时候了，是干的时候，是向法西斯进军的时候了。但在《新华日报》发表大会报导时，纸版又被铲去七处之多，字迹模糊，为了读者易读，有些被铲去的地方，我们推敲前后文把它补上了，无法补的，都用"××"为记。而《时事新报》同日关于大会的记载，亦被铲得不能辨认。死了人还不准说话，这就是所谓"放宽尺度"！下面广播的，是十月二日《新华日报》的特写全文。——编者

一群一群的青年男女默默地去向韬奋先生致祭

在凄风苦雨里，一群一群的青年男女涌进了银社的大门，默默地

走向韬奋先生的灵前，不到祭仪开始，会场就被挤满了，后来的拥挤在两旁的走道和祭坛的两侧。虽然那么多的人，但是灵前却始终是静悄悄的，一片庄严静穆悲愤的气氛，占据了每个人的心，笼罩着整个的会场。

签名簿上，有宋庆龄、郭沫若、邵力子、褚辅成、莫德慧、左舜生、章伯钧、邓初民、马寅初、黄炎培、林祖涵、董必武、许德珩、冷御秋、王卓然、高崇民、潘公展、刘伯闵、王昆仑、曹孟君、付学景、倪斐君、史良、罗叔章、胡子婴、章乃器、张恨水、张友渔、潘序伦、潘梓年、阳翰笙、冯乃超、张申府、刘清扬、张西曼、郑振文、崔国翰、狄超白、俞颂华、张志让、常任侠、王炳南、艾芜、姚蓬子、刘尊棋、陆鸿仪、杨卫玉等八百多人，许多青年是没有留下名字来的，因为签名案旁边有些不三不四的人在注视着，他们拿起笔来，又只得重又放在砚台上，就迅速地转身走进灵堂去了。（附十月二日《新民报》报导）仪式还没有开始，会场里就已经挤得水泄不通，在门口散发的二千五百朵白花和二千五百本韬奋先生纪念册，很早就都光了，但是后来的人，依旧像潮水一样地出现于门边和窗前。会场的四壁挂满了挽词、挽联，灵前拢满了花圈，孙夫人宋庆龄女士的横题："精诚爱国"挂在当中，救国会的挽联是："历二十余年文化斗争，卓识匡时，很早就提到民主政治，有数十万读者拥护，真诚爱国，永远站在大众立场。"许多职业青年，许多大学生，从北碚、从沙坪坝、从歌乐山、从璧山、从万县赶来参加这个追悼会，他们没有带来挽词，没有带来祭礼，他们只愿在韬奋先生的祭坛前默默地站几分钟。

当挽歌唱起的时候，像铁链锤击着每一个人的心一样，会场浸在无限的哀伤里。

沈钧儒老先生挥泪报告韬奋先生事略
誓为民主政治奋斗到底

沈钧儒、左舜生两先生陪祭，黄炎培先生主祭，读完祭文后，沈老先生报告韬奋先生事略，沈先生热泪横流，泣不成声。他沉痛地说：韬奋先生为团结、为民主毕生奋斗，他看定只有团结民主才能救中国，假若中国有民主的话，韬奋先生不会被迫而颠沛流离，逃亡四方，以至于死。我们要宣告韬奋先生是为民主而死的！（鼓掌）我们哀悼他，我们要为实现民主而奋斗，我在韬奋先生的灵前，向今天到会的朋友宣誓：我虽然老了，我誓为中国的民主政治实现而要奋斗到底，才能对得起我的朋友。（长时间鼓掌）

邓初民先生沉痛提到杜重远先生已被残杀，
会场顿时一片嘘声

郭沫若先生、邵力子先生、林祖涵同志、褚辅成先生、《纽约新闻周报》记者伊罗生、左舜生先生、黄炎培先生、莫德惠先生、邓初民先生都作了极哀痛的讲演。郭沫若、莫德惠、邓初民等先生，都是在一边擦泪一边讲话，莫先生、邓先生还沉痛地提到杜重远先生的死讯，更增加会场的悲愤情绪，顿时只听到一片唏嘘之声。

会场里有人捐款给韬奋先生的家属。黄炎培先生报告说，韬奋先生家属还在湘桂流亡中。关于援助先生家属捐款事，已决定由黄炎培先生、潘序伦先生、杨卫玉先生负责。

十二时散会，许多青年还不忍离去先生的灵前，许多青年在那里自动地帮助收拾会场的挽联。

郭沫若先生怀着满腔悲愤走上祭坛讲话

【新华社延安二十七日电】重庆邹韬奋同志追悼会上各位演讲人

的演词如下：

郭沫若先生带着满腔的悲愤走上祭坛，几分钟的时间他没有发言，凝视着韬奋先生的遗像，又凝视灵前的人们。沉痛地说：我刚从乡下赶来，我很难过，昨夜一夜睡不着觉，想来想去，想要向韬奋先生说的话，今天在韬奋先生的灵前，当着大家的面，就说给韬奋先生听吧。（以下演词见另电）

邵力子先生

很惋惜地说：当他在莫斯科知道了韬奋先生离渝去香港的消息，他就觉得这是一件遗憾的事情，他曾和韬奋先生有许多接触，也都是为了许多言论上与出版上的问题。但那时并不如后来一个时期严重，后来一个时期有许多×××的事情，而××韬奋××××，这实在是深感抱憾的地方。

林祖涵同志提出我们要努力两件事

林祖涵同志很哀痛地说：韬奋先生的道德文章和他毕生的事业，都是为着团结抗战和民主，这已为千百万青年、为人民大众所深知。今天纪念先生，我们要努力于两件事情：（一）继续先生毕生为文化事业而奋斗的精神。曾忆当第二次参政会在渝开会时，先生和我商量，拟在陕甘宁边区和敌后解放区设立生活书店分店，以期为边区及解放区人民从事文化服务工作。当时先生派柳湜先生去主持。在陕甘宁边区、在晋察冀、晋东南解放区，都成立了华北书店。重庆生活书店是帮助大后方人民坚持团结坚持抗战，为抗日文化服务；敌后分店是帮助解放区人民，坚持敌后抗战，为解放区人民服务。这是韬奋先生对国家对人民的功绩，陕甘宁边区人民和敌后解放区成千万人民，也在那里同样悲愤韬奋先生之死。（二）先生为了团结抗战，他希望中国民主政治的实现，先生看见了中国人民的光明前途，看见了人民的胜利，他到苏北解放区去为人民服务，他是看到了那里的成就的。现在先生虽逝世，我们仍然要继续他未竟的心愿和事业，直到人民的完全的胜利的实现。

褚辅成先生

和韬奋先生第一次是在苏州监狱会晤，后来是在历次参政会中接触的。他说，先生是毕生为争言论自由奋斗，先生的出走是为了没有言论自由，先生的死×是为了没有言论×××××，先生忠心耿耿为国而死。先生之退出国民参政会，也是出于不得已，假若中国有民主，假若中国有言论自由，假若先生能够在重庆有发表言论、帮助抗战的机会，他是不会离渝出走，他也就不至于因病至死。

美记者伊罗生说：讲话无用重在做事

《纽约新闻周报》记者伊罗生说：他是一个美国的新闻记者，当年和邹先生相识于上海，他深知邹先生为中国的民主自由付出了很大的代价。作为一个编辑、一个新闻记者而论，在中国，邹先生是一个好的榜样，因为一个好的新闻记者，应该不怀恐惧，忠实地报导一切。我来中国做新闻记者，也感到同样的困难和苦痛，因为我不能够报导一切。检查制只应该运用于军事秘密。美国也许觉得还不能更多地了解中国，然而这却绝不是美新闻记者的缺点。希望中国的新闻界能像邹先生一样地努力，讲话无用，重在做事。

左舜生先生

简短地说：韬奋先生是因为没有言论自由而死的，假若中国有言论自由的话，韬奋先生还可以活十年二十年都不止，我们要言论自由。

黄炎培先生

从下列三点上说明韬奋先生的优良作风：（一）先生一生为大众写文章，不为有权有势的人写文章；（二）先生的文章是大众都懂得的文章，不求文藻词丽；（三）先生的文章都是大众心中想要说的话。

莫德惠先生哭得最悲痛

莫德惠先生哭得最悲痛，他的眼泪和哭声使他不能再继续讲话，许多人都跟着他一起哭，大家都摸出手巾擦眼泪。在哭声里，莫先生说：国家到这种危急的程度，能够报效国家的人才都跌下去了，据确息，杜重远先生已不在人间！杜、邹生前是好友，而今他们都不甘瞑目地死去了，而且都不能死在重庆，这是多么使人难过的事情！少壮有为都不甘瞑目地死去了，留下我们这些老年人作什么用！（全场泣不成声）

邓初民先生呼号向法西斯进军！

邓初民先生跟跟跄跄地走到灵前，眼泪流得使他不能马上发言。他说：一个人有自然的生命与社会的政治的生命，韬奋先生是以他自然的生命换取了他社会与政治的生命，并延迟了他政治的生命。所以，韬奋先生并没有死，他永远是在活着，活在人民的心里。像一切法西斯魔王、人民的刽子手，他们虽然活着，但是我们要向人民宣告说：他们已经死了。（鼓掌）哭是没有用处的，悲痛也是没有用处的，我们不能只哭、只悲愤。莫先生说老年人没用处，我觉得老年人学韬奋先生大有用处！（鼓掌）无论老的少的男的女的，一切热爱自由民主的人民，现在是时候了，是我们向法西斯们进军的时候了！（鼓掌）刚才那位盟邦朋友说，说话无用，重在做事，这说得很对，现在是到了我们要干的时候了！（历久鼓掌不息）

(《晋察冀日报》1944年10月31日)

冲锋剧社开会纪念鲁迅追悼韬奋

水林

【三分区讯】冲锋剧社为纪念鲁迅先生逝世的八周年和追悼邹韬奋先生，于十月廿二日下午开会纪念。全体同志以整风精神检讨了自己的思想倾向，一致认为两先生的战斗精神要大大发扬，在今后实践中要加强团结互助，克服缺点，力求进步，党员要加强党性锻炼和党一条心；非党同志愿学习邹先生和党亲密合作的精神，紧密和党站在一起。会上除宣读两先生的遗嘱、遗著外，并决议将日前成立的"冲锋文化供应社"改名为"韬奋文化供应社"，以资纪念。

(《晋察冀日报》1944年11月2日)

边区各界沉痛集会含泪祭悼韬奋同志

一致反对国民党寡头统治　誓为实现其遗嘱奋斗到底

磊

【本报特讯】十月二十九日的早晨，边区各界人士成群结队地从各个方向集合拢来，走进一条山沟，走向边区政府礼堂。小山沟显得格外寂静，只能听到缓慢的轻轻的脚步声；附近的老乡，尤其是活泼的孩子们，他们用奇异的目光注视着，感到今天的队伍有些两样，为什么同志们的脸上失却了往常的笑容？华北联大的同学远道赶来，在礼堂四周的空地上休息，大家静坐着，没有一个人谈笑。很多从平、津等敌占城市新来解放区的女同学们，正默默低吟纪念同志的悼歌。人们一见礼堂大门"韬奋先生追悼大会"的蓝字，顿时停了脚步，有的就低下头去，流出了眼泪。郭沫若先生的《韬奋先生哀词》，横贴在门边壁上，那是本报在昨晚接到新华社广播而星夜誊写成的。在这里，拥挤着很多的同志，年轻的，也有年老的各界人士，大家的脸上显露出沉痛，更显露出愤懑，并且夹杂着低微的泣声。一位老者呐呐自语："对，沫若说的对！"韬奋同志的遗像挂在礼堂的正中，瘦弱而清秀的面容，犹如生前一样，为忧国忧民而沉思着。人们向遗像凝视，很久不能移动脚步。有一同志说："先生在上海时（抗战前）面孔还要胖些，到重庆后，就比这更瘦了。"想起韬奋同志颠沛流离的生活，大家更是深切关怀今天仍为民主自由而在斗争着的大后方的民主战士和文化人；在会场的标语上，有一条正写着："援助大后方革命的文化工作者，反对国民党反动派摧残革命文化！"并欢迎他们到解放区来共同奋斗。礼堂四周贴满了边区各领导机关、文化团体、学校、出版机关、剧团的各种挽联、挽词、挽诗等等，用端正的楷书写成的韬奋同志遗嘱和中共中央唁电，贴在墨绿色的幕幔上，人们再三地看着，有的同志并且朗诵起来。中共中央晋察冀分局的挽联写道：

"生前为祖国人民忠勇之先驱，不屈不挠，堪称楷模，何期时局方艰，遽然长逝；

死后以遗嘱骨灰寄托于吾党，可歌可泣，足裹丹青，所愿当今多俊，仰此高风！"

会场情绪悲痛愤懑

当参加大会的同志们列队进入礼堂后,不仅座位挤满了人,礼堂周围空隙的地方也站满了。开会前,司仪宣读了重庆追悼韬奋同志大会的广播,读到哀痛处,到会四百余人,都为韬奋同志不幸牺牲而哀痛,大家和重庆爱国人士虽远隔数千里,而共洒同情之泪。大会在哀乐低奏中开幕,主席于副议长致词后,即由中共中央晋察冀分局、军区司令部、政治部、参议会、联大、本报、画报社等依次献花圈;继由抗敌剧社唱韬奋同志挽歌,台上的歌声震动着人们的心弦,人们擦干了眼泪,而泪珠终于又流出来。

胡锡奎同志讲话

会场肃穆沉静,读完遗嘱,胡锡奎同志即起立,以严肃而沉痛的语调,朗读中共中央给韬奋同志家属的唁电。接着,全体起来默念。胡锡奎同志复讲话,他走上讲台,声色非常哀痛。他首先介绍了韬奋同志十余年来为民主抗日的光荣斗争事实,以及为新民主主义文化事业的伟大贡献。当讲到韬奋同志是怎样死的时候,他悲痛而愤懑地大声说:"韬奋同志毕生为中华民族、中国人民的解放事业艰苦奋斗,正因为这样,他遭受国民党当局最野蛮的迫害、监禁、通缉,颠沛流离,卧病不起,以至于死。我们要向全国控诉,韬奋同志是中国法西斯害死的!"从敌占区来到联大学习不久的同学们,想到日本法西斯对他(她)们的杀害,而国民党反动派又同日本法西斯一样的残杀同胞,有的同志禁不住痛哭了。胡锡奎同志提议募款救济正在流亡湘桂道上的韬奋同志家属时,获得全场一致赞成。最后,他号召边区文化工作者继续韬奋同志遗志,为实现他的最后呼吁而奋斗;追随他为人民大众服务的新文化方向,努力建设解放区的新民主主义文化事业。胡锡奎同志并以中共中央接受韬奋同志遗嘱而追认入党的事实，来说明共产党对于忠心为国为民的一切党外进步人士的真诚态度。（详见胡锡奎同志讲演全文）

边府宋主任讲话

宋主任接着起来讲话，他说明自己是受韬奋同志主办刊物影响的一个，韬奋之死，是丢掉了一位很宝贵的导师。他又说："听了重庆追悼会消息，我自己也掉泪了，因为他们不仅在追悼韬奋先生，同时也在追悼成千成万被国民党腐败无能的统治者迫害、死亡的人们；而且也好像在追悼他们自己，因为自己说不定什么时候就会被国民党当局迫害死掉，或者在国民党失败主义者丧地千里的败退下，遭受日寇的杀戮。因此，连许多国民党人也要掉泪。"所以改组国民政府和统帅部不仅是解放区和大后方某一阶层人民的一致要求，即连国民党内冯玉祥先生等也一致赞成。宋主任继即坚决指出："解放区人民和大后方爱国人士团结起来，向法西斯进军，韬奋先生最后呼吁是一定能实现的。"（大鼓掌）

刘皑风处长讲话

边区政府教育处刘皑风处长起立讲话，他也同样说到韬奋同志出版的刊物、著作，对于广大青年知识分子的伟大作用，从韬奋同志的著作及刊物里，人们得到了一样"新生""永生"的力量，他说："韬奋先生的牺牲，不仅是文化界的一个损失，也是中国人民很大的一个损失；韬奋先生是继鲁迅而起的中国文化伟人。……看到韬奋先生遗嘱之后，更感到先生为劳苦大众奋斗不息死而后已的精神。中共中央批准先生入党而引以为荣，我个人更感觉到是韬奋先生的光荣，因为先生由生前的中共忠实同盟者，死后变成了无产阶级先锋队的队员。先生如能有知,则在悲愤国事之中会感到愉快,感到无上的安慰。个人也深深感到中共是真诚欢迎真正为人民大众谋解放的奋斗的人士,加入自己的队伍。"刘处长以党外人士的地位,希望一切党外进步人士学习韬奋先生的奋斗精神,和共产党紧密团结。他说:"有的党外人士因不能加入共产党而感到苦闷,我认为首先应来一个自我检讨,看先生奋斗的历史,是否在任何恶劣环境下仍无条件地为人民大众服务。"最后,刘处长为韬奋同志之死,向国民党提出了严重抗议,说:"韬奋先生是国民党的法西斯主义者屠杀的,在国民党统治下,爱国的先进人士,不但说话的资格没有,连生存的资格都没有,现在连死了人也不准说话,这是多么残忍啊!我们要□□一切法西斯主义者,并交给人民惩办!"(鼓掌)抗联代表岳志坚同志说:"韬奋先生的伟大,就是他一生为人民大众服务,先生的笔,反映了广大人民的呼喊。先生虽死,但精神永生,他在老百姓的心目中是永远忘不了的。由于共产党的领导,边区人民获得了解放,而大后方人民,在国民党反动统治下,仍旧过着黑暗的生活,我们解放区人民要援助大后方人民,争取在全国实行真正的民主政治。"

林子明教授讲话

第五个起立讲话的是华北联大教授林子明先生,他首先说出了对韬奋先生之死的悲愤心情。接着他说:我也和韬奋先生一样,到了抗日民主根据地之后,变得更加年轻了。一年来,逐渐认识了共产党领导抗战的正确,认识了人民斗争力量的伟大,因而精神愉快。当我们又看到大后方文化人青年学生不幸遭遇,国民党统治当局以秦始皇焚书坑儒故技,在大后方摧残文化。他愤慨地说:没有思想自由,没有民主,这就是文化人、青年学生的死路,多少文化人和成千成万的知识青年,正是在国民党没有思想自由的反动统治下而惨遭死亡的。在比较了敌占区、大后方和解放区的情形之后,林先生更加愤慨地说:"重庆已成牢窟,对待文化人革命战士非常野蛮和卑鄙,先威胁,不成,就利诱,再不成,就迫害;敌后解放区应起来做大后方后盾,援助大后方受痛苦的文化人获得思想和身体的解放。"继之,他肯定地大声说:"中国前途是光明的,延安就是一个光明的地方,祖国解放的光芒,将从延安照遍全国!(鼓掌不息)韬奋先生遗嘱要求把骨灰送到延安,请求中共中央追认入党,这是先生认识的正确,好像给我们放下了一盘指南针,我愿跟随先生方向前进!"沙飞同志介绍了韬奋同志在上海的遭遇和怎样同反动派作斗争。他说:一九三六年国民党要迫害先生,许多朋友得悉后,劝先生对国民党言论温和些,并劝他暂离祖国,先生答复道:"我们应当永远站在自己的战斗岗位上!"这是先生可贵的顽强斗争精神,我们今天要以此精神向法西斯进军!(鼓掌)接着王甦代表联大全体学生讲话,他说:联大同学接到《晋察冀日报》,看到盟国胜利消息非常兴奋,但看到我们青年爱戴的导师韬奋先生病逝的消息,大家顿时沉默了。(台下联大同学泣声)他提出以下意见:我们不要辜负韬奋先生对青年的热望,要以我们的生命,挽救民族的危机,洗涤中国的耻辱。什么是中国的耻辱呢?就是中国有了法西斯,有了国民党反动派。我们要接受先生临死指示,跟着共产党前进!(鼓掌)陆中文化教员黄少立同志起立要求讲话,他是韬奋同志刊物、著作的老读者,他念念不忘韬奋同志对他的好处,以具体的事实,发出自己的景仰和哀悼。大会从上午十二时开到下午五时,一直开了五个钟头,中间没有片刻休息,全体同志始终静坐在沉痛和悲愤的氛围里。因限于时间,许多同志没有能将心里的话说出来。临时动议时,一致通过以大会名义向韬奋同志家属致唁电,并致电延安纪念韬奋同志筹备会,告知边区追悼会情形,并愿为实现韬奋同志遗志而共同奋斗。

大会发起募捐救济韬奋家属
并建议华北书店改名为韬奋书店

胡锡奎同志提议为韬奋同志家属募捐，又获全场一致通过，由各单位分别募捐，将捐得款项交本报转边区文联，然后汇寄韬奋同志家属。沙飞同志建议改边区华北书店为韬奋书店，以资永久纪念，也为全场一致赞成。至此，大会即在悲痛愤懑的口号声中散会，同志们怀着誓为实现韬奋同志最后呼吁的决心，返回到各自的战斗岗位上去。

（《晋察冀日报》1944年11月2日）

追悼邹韬奋同志

——胡锡奎同志在边区各界追悼会上的讲话

今天边区各界开会追悼邹韬奋同志。我代表中共中央晋察冀分局以满腔的义愤和沉痛的心情，对韬奋同志的逝世，致以十分的哀悼！为什么我们的心情和平常不同？这不仅是因为韬奋同志是一位为民族解放、民主自由和革命文化事业奋斗了十几年的老战士，他的死是全国人民的重大损失，使我们特别感到愤慨和沉痛的是，韬奋同志的死，是不平常的，他是遭受国民党寡头统治的高压而颠沛流离致死的！是在国民党爱国有罪卖国有赏的反动政策下牺牲的！我们晋察冀边区人民，对于韬奋同志不屈不挠的斗争，一向非常关怀和景仰，他所主办的刊物曾给我们晋察冀和全国人民的民族民主斗争以有力的支援。而当国民党与敌寇签订塘沽、何梅两卖国协定的时候，也正是韬奋同志因参加"民权保障同盟"名列"黑单"被迫出国流亡归来的时候，他立即号召全国，主张开放民众运动，停止内战，组织民族联合战线，实行抗日。在此后的轰轰烈烈的"一二·九"抗日运动中，韬奋同志一方面实际参加救国会的领导工作，推动全国团结救亡，另一方面，不管国民党当时怎样查封禁止，韬奋同志再接再厉创办《新生》《大众生活》《永生》《生活星期刊》等杂志，成为当时全国人民的喉舌。经过这些刊物，从思想上行动上训练出了无数青年，成为斗争的骨干，而韬奋同志也就在广大人民中取得了爱戴和敬仰。抗战以来，韬奋同志为反抗国民党的专制独裁和促进全国民主的斗争，始终坚持不懈，直到弥留时仍"关怀祖国，惓念同胞"，呼吁全国坚持团结抗战，实行民主政治，建设独立自由幸福的新中国。但是，韬奋同志这种为国为民的斗争事业，却一直遭受着国民党反动当局的摧残。国民党从一九二七年叛变了第一次大革命的时候起，就建立了一党专政的寡头统治，它摧残了到现在还在摧残着人民的革命力量，他们进行了十年的空前残酷的反共反人民的内战，杀戮了几十万共产党员和青年学生，摧残了几百万工农人民。在他们看起来，共产主义和共产党一定被杀尽灭绝了。事情却完全相反，他们的"军事围剿"和"文化围剿"统统失败了，而共产主义者的鲁迅，就在这种"围剿"中成了中国文化革命的伟人。韬奋同志，和一切真正爱国爱民的战士一样，遭受着仇视文化、仇视民主、仇视人民的中国独裁主义者的迫害。文化与法西斯主义是不能并存的，有法西斯的地方，就没有文化，以撒谎著名的法西斯宣传家戈培尔曾说道："一听到文化这个字眼，我就要拔出手枪来！"因此如果说法西斯有文化，那就是郭沫若先生说的为法西斯刷粉墙、刷浆糊、刷断头台、刷马桶的文化！而韬奋同志使用的却是一支"不折不扣名实相符的钢笔"，一支捣碎法西斯的粉墙、摧毁他们的断头台、把他们抛到茅房里去的（一支）钢笔。因此，韬奋同志就遭受到他们的种种迫害。他所办刊物屡被查禁，书店横遭封锁，著作禁止发行，本人则言论自由、人身自由经常被剥夺，甚至如像企图并吞生活书店、无理强要入党这一类无耻的阴谋手段，也敢于对韬奋同志尝试起来，以至韬奋同志被迫出走。而当香港沦陷，韬奋同志脱险到达东江解放区时，国民党竟密令通缉，"就地惩办"，使这一位为伟大祖国与伟大人民战斗了十几年的民主战士，颠沛流离，病逝上海。现在，国民党仍继续其高压政策，大后方文化界和各界人民正遭受着严重的灾难，甚至重庆各党派人士开会追悼韬奋同志，还派些"不三不四的"特务们去监视破坏，开会消息又被删改的字迹模糊，不能辨认。死了人还不让自由开会，还不许说话，这就是国民党的"放宽尺度"！事实已证明由于国民党寡头统治，残民以逞，招致了并还在招致着民族敌人深入国土，引导正面战场走进日益深入的危机。而当我们又听到杜重远先生被惨杀和韬奋同志家属流亡湘桂的消息，使我们更加痛心和愤慨！我代表中共中央晋察冀分局和全边区的共产党员，抗议国民党摧残革命文化和革命力量的罪行，向韬奋同志的家属致无限沉痛的亲切的慰问！向大后方文化界人士致无限的关怀！

在今天追悼韬奋同志的时候，我们要做一些什么事情呢？

第一，我们要抗议国民党摧残文化、压迫人民、迫害韬奋同志颠沛流离而死！欢迎大后方和敌占区一切被迫害的文化界人士到解放区来和我们共同奋斗。韬奋同志家属尚在湘桂道上流亡着，我提议大会要号召边区各界募捐援助韬奋同志家属！

第二，继续韬奋同志的遗志，为坚持团结抗战，在全国实现真正的民主政治，以挽救正面战场的危机，配合盟国作战，准备反攻，建设独立自由幸福的新中国。而当前的唯一办法，就是立即改组国民党政府和统帅部。韬奋同志生前只能在解放区看到民主政治，看到新中国的未来，而在国民党统治区，却依然是黑暗独裁，他是死不瞑目的！我们今天可以告□韬奋同志：今天的世界是民主浪潮汹涌澎湃的世界，一切法西斯都要被这伟大浪潮永远淹没的！现在重庆爱国党派各界人士不正在呼号向法西斯进军吗？只要我们继续努力干下去，法西斯的最后失败和人民的民主斗争胜利是必然要到来的。

第三，要学习韬奋同志坚强的斗争精神，为中华民族与人民的解放事业奋斗到底。要像韬奋同志那样坚信只要有共产党和人民存在，中国的光明前途就有了最可靠的保证。因此他生前虽不是共产党员，但他早就是共产党的亲密战友，而在临终则又请求加入共产党。我党中央，在电唁韬奋同志家属的电文中宣布我党"以严肃而沉痛的心情接受先生临终的请求，并引以为吾党的光荣"。这一事实说明，只要真正为人民大众忠诚奋斗的人，我们党是不拒绝他们的请求的，而且有的在死后，还可追认入党。（这类事情在联大也常常遇到，比如在火线上当发起冲锋之前，常常收到入党请求书）有些党外朋友常常考虑自己入党的问题，我想，韬奋同志这一事实，可以给党外朋友们以恳切的生动的解答。

第四，要继续韬奋同志的事业，普遍深入地发展解放区新民主主义的新文化。韬奋同志的著作是为人民服务的，内容是写人民大众心里的话，又是写给大众看，大众能看懂的，所以得到广大读者的爱戴和拥护，与广大群众有密切的联系。但他在国民党压迫下，不能自由地进行工作，不能把自己的著作更深入地和人民大众结合起来。在我们解放区，情况是完全相反的，许多年来，文化界先进战士们所理想的条件，在我们这里是具备了的。今天到会的有许多是文化工作同志，只要我们能检查自己，使自己的工作和韬奋同志的方向完全一致，我们就能更好地贯彻毛泽东同志所指示的文化艺术为工农兵服务的方针，而取得更多的成绩，更有效地承继韬奋同志的遗产，把中华民族和中国人民引导到彻底的胜利的道路上去，韬奋同志的精神永远不死！

（《晋察冀日报》1944年11月2日）

大会致延安纪念韬奋先生筹备会电

韬奋先生逝世噩耗传来，晋察冀各界莫不同声哀悼。韬奋先生十余年来目睹国民党之辱国殃民，为挽救民族危亡，奔走号呼，百折不挠，对抗日与民主斗争贡献很大。弥留时犹殷殷"心怀祖国，惓念同胞"，以"全国坚持团结抗战，早日实行真正的民主政治，建立自由幸福的新中国"相号召。其忠贞刚毅为真理奋斗到底之精神，堪为全国爱国志士所师法，而其临终遗志，将为全国人民所继承，必促其实现而后已。韬奋先生十余年来之奋斗经验，昭告吾人者要有二事：其一，国民党之寡头政治，陷民族于严重危机，抗战以来，仍无悔悟之心，专制黑暗，且随抗战之持久而变本加厉，进步书报，任意查禁，正义人士，横遭迫害，致使大后方爱国志士，报国有心，立足无地，韬奋先生及其他正义人士，所以不得不愤然出走者，即由于此。其二，中国共产党所领导之解放区，由于实行民主政治，军民敌忾同仇，勠力抗战，人民文化经济生活，蓬勃向上，韬奋先生到达华中解放区以后自称："目睹人民的伟大斗争，看到了自由幸福新中国的光明未来。"由此可知，中国共产党所领导之广大中国解放区之一切进步措施，实为抗战建国之所必需，为全国正义人士所向往。晋察冀各界于追悼韬奋先生之时，对于国民党变本加厉之反动统治，迫害文化界及一切正义人士种种罪行亲痛仇快，不胜愤慨；对于国民党统治下之文化界及一切正义人士所受迫害，无任关切。同时深知，欲挽救正面战场的危机，配合盟国反攻，驱逐日寇收复失地，建设自由幸福的新民主主义的新中国，必须清除民族解放大道上的绊脚石，立即结束国民党一党专政，改组政府和统帅部，成立联合政府与联合统帅部，实行真正的民主政治。此为解决目前时局挽救正面战场严重危机的唯一出路。我们誓本韬奋先生遗志，与全国人民共同奋斗，一直到中国人民的完全胜利为止。谨电。

晋察冀各界追悼邹韬奋先生大会

十月二十九日

（《晋察冀日报》1944年11月2日）

大会致邹韬奋先生家属唁电

韬奋先生家属礼席：月之十二日，此间各界惊闻韬奋先生脑病不救，群情骇愕，悲悼莫名。伏念抗战前夕先生为救国运动被逮入狱，举国愤激，舆论沸然，影响所及，益使爱国志士，攘臂景从。洎七七以来，先生更因争取民族解放胜利，坚持抗战，反对寡头统治、妥协投降，历经迫害，颠沛转徙，奋斗不息，不渝初志。乃至弥留之际，犹呼吁民主团结，并请求中共中央追录党籍，同人等下属逖听，益深感奋！誓当勉自淬砺，愿在中国共产党领导下，为团结抗战，实现民主政治，建设新民主主义的新中国而奋斗。除于十月二十九日假晋察冀边区政府礼堂设位追悼，藉表钦仰，并改华北书店为韬奋书店，永留纪念外，惊闻家属诸位尚流亡湘桂道上，当即发起募捐，一俟汇集成数，当即邮奉。尚望节哀自玉，勉承先志！谨此电唁！

晋察冀边区各界追悼邹韬奋先生大会（□）

（《晋察冀日报》1944年11月2日）

陕甘宁边区设立韬奋出版奖金

【新华社延安二日电】边府最近一次政务会议决定，设立韬奋出版奖金，基金定一千万元，专用以奖励对办报纸杂志及出版发行事业有特别成绩之人。又讯，此间华北书店为纪念韬奋同志生前致力于新文化出版事业的奋斗精神，已自十一月一日起改名为韬奋书店。

【新华社延安二日电】延市追悼韬奋同志大会筹备会，于前日举行扩大会议，议决广泛征集纪念论文、诗歌、木刻等，刊行纪念特刊和专册，以表哀思。会议决定追悼大会于十一月二十二日举行，是日为韬奋同志八年前因主张停止内战团结抗日而被捕入狱之日。

(《晋察冀日报》1944年11月4日)

龙华冬学运动中提出选拔学习模范

李振基

【龙华讯】龙华为了普遍深入开展冬学运动，指示各村应注意发现和选拔民校模范学员，以模范学员作为群众努力学习的方向。选拔模范民校学员的条件及选举办法规定如下：一、选举标准：（一）学习积极，经常到校，不随便旷课，并遵守民校公约者。（二）学习有显著成绩，在学员中识字最多者。（三）政治上进步，能推动帮助别人学习，团结学员，得到全校学员拥护者。二、选举办法：（一）以行政村为单位，采用民主的直接投票，从全体学员中选举二个学习模范（男女各一）。在分散村庄，以民校处数为单位，每处选出男女各一人，最后由民校委员会集中一起，进行测验，根据成绩评定男女各一人为全村学习模范。（二）村选完毕后，区根据各村学习模范的条件，选拔前三名为区学习模范。最后区将全区的前三名报县，县再根据各区学习模范的条件，选出全县的学习英雄。各学习模范均予以物质或名誉奖励。

(《晋察冀日报》1944年11月5日)

冲锋剧社演完戏当场征求观众意见

席水林

【三分区讯】日前分区冲锋剧社在专区开晚会,为了吸取群众的意见改进剧本与演出,在演出之前,剧社以自我批评的精神,把以上剧本的创作过程与历次演出中观众反映,向到会观众介绍了,并要求大家边看边想。戏一演完,观众与演员、剧作者、导演、舞台工作者即坐在一起畅谈,举凡戏中内容、动作、表情、化装、布景、道具……观众都讲出了具体意见。此种方法,不仅教育了艺术工作者,还进一步加强了观众与艺术工作者的联系。

(《晋察冀日报》1944年11月5日)

葛存区黑板报有成效　经验值得各地学习

洪仿

【龙华讯】在葛存村影响下,×区黑板报已建立的村庄占全区四分之三以上,最多的已出到六期,最少的二期。

黑板报的主要内容,包括以下三方面:一、发扬模范:如在打蒿当中,龙王庙黑板报登出了:"拨工队长邢有顺,生产工作全能干,一天打蒿八百整,还下决心,克服全村的困难,谁要没蒿真为难,快快向他谈一谈,拨工大队为互助,一定想法来照管。拨工队长邢有顺,关心大家出力干,全村各家都拥护,争取当个英雄汉。""妇女打蒿出英雄,王淑珍的力气使不穷,人家打了快一筐,她才跑来割得勤又勤,晚上回来用秤称,一共就有九十斤。十六岁的邢惠芳,年纪小小本领强,能写能算能打蒿,打了一回九十五,累了一天还不说,还要帮助来记工。"宋各庄的妇女打蒿模范,及时地在大黑板上登出表扬,所以最初妇女打蒿的只五六人,很快增加到二十九人。二、批评落后:这一方面的材料各村登的最多,对懒汉懒婆的批评相当尖锐,例如桑园村登了一篇批评懒汉的是:"丁普今年三十三,正在中年'模范'汉,好吃懒做不生产,带着手镏子妈妈门子串,偷偷摸摸他也干,希望大家别学他,他是一个大懒汉。"另一篇批评懒婆的是:"芦俊英,真不沾,吃饱饭没事干,擦胭脂抹粉挨门串,请大家看一看,你们说此人讨厌不讨厌!"登出后,干部又亲自进行了教育,后来他们都参加了打蒿。又如龙王庙还登过一篇《谁是懒老婆?》:"懒老婆,不做活儿,抱着孩子门口坐,东家道道西家说,乱七八糟瞎啰唆,看见人家打蒿去,羞得自己没话说。"并发动了小学生们来猜,有的说是西沟谁谁,有的说是东沟谁谁,弄得懒老婆们都互相疑心起来,以为是说自己,便赶紧去做活儿,不敢再懒了。三、时事教育:在龙王庙、北城司、建国村、宋各庄等村,都用最通俗的话登出,有的比读报作用还大。现在区宣教委员会并向全区提出了以下三大号召:(一)办黑板报要有组织领导,由村生产委员会和宣教委员会共同掌握这一工作,拨工小组长、学习小组长是当然的供给材料者。(二)写稿一定要公正,合乎事实。例如发扬模范,一定是全村公认的才行;对批评落后的,开始时最好不要写出名字来,以防过火起反作用。(三)出黑板报的地址,最好是在人们常集中的地方,并要配合口头宣传,造成一个群众舆论。另外,黑板报不要太分散,以免宣传火力不集中。

(《晋察冀日报》1944年11月5日)

关于九、十月份的通讯报导工作

晋察冀分局宣传部

（甲）九、十两月份的通讯报导工作，总的说来是：数量保持经常（九月份一一一七件，十月份一一四四件），但质量则较前两个月为低。据统计，最近三八四篇退稿中，因暴露军事政治秘密的只四件，其他都是零碎、不具体和没有活泼生动内容的。就是在刊登的稿件中，也有许多只是在报社综合改写时吸收进去的。检查质量下降的原因，一是客观上有许多干部在一定时期内的集中和调动，给了一些困难，二是在通讯工作总的领导上没有及时地注意和指导，但应指出：其主要原因仍是各级党委对贯彻全党办报方针注意不够，特别是把通讯报导工作提到领导方法的地位加以重视不够，还不善于利用通讯报导，交流经验，指导各种工作。这表现在：各级领导机关的主要负责干部，在这个时期很少甚至没有写稿，在领导上还停留在一般号召的阶段，只向下级要一定数量的稿件，没有细致的组织工作。一般的只交给通讯干事去做，审查稿件几乎完全是形式主义的，有的根本不看，有的只是盖章，有的连签字盖章的形式也没有了。更谈不到对通讯工作的及时检查和具体帮助。这种自由主义态度，使通讯报导陷于自流，应引起我们高度的警惕。

具体说来，军事报道和敌伪动态的报导仍是很薄弱的。像晋东北敌第一线堡垒的崩溃是一件大事，但没有系统地及时报导；回舍区的解放，最初只收到一篇较空泛的速写；敌奔袭"扫荡"三分区完唐地区也没有系统报导；冀中区许多重要战斗也没有生动的通讯。值得提出的是，雁北关于敌伪奔袭灵丘的综合报导，虽然尚不够深刻和生动，但从雁北的具体条件看，则是好的。姚远方同志写的《一个村庄、两个炮楼、三种地区》，则是一篇较杰出的典型报导，它简明地刻画出敌后游击战争的特色，给人们的印象是很强烈的。最近时期曲阳、云彪、定唐关于民兵沿村作战及村落战的报导，比较及时，行唐关于康福山的报导较系统。

按地区说，平西和二分区孟寿、寿榆等地的稿件有大量增加，但一般的是零碎、不及时，应特别注意组织性和系统性。龙华铺于葛存村报导较经常和全面，并能提出一些经验，但对其他英雄人物报导不够。云彪县自我批评的稿件很及时也较尖锐，而且已在当地实际工作中产生了很好的影响，是值得各地学习的。

（乙）根据目前的实际工作要求，希各级党委对通讯报导工作加以整理。我们的方针是：

一、各级各部门干部特别是主要干部，应认真贯彻全党办报的精神，负责写稿和组织写稿，一般地区应再一次发动干部写稿。在一、三、四分区已经发动的地区，应强调提高质量。

二、要重新整理登记通讯员，冀中区应迅速建立各种通讯组织，各地通讯员名单应在十二月底以前交来。

三、为提高质量：（一）各级党委必须细密地组织稿件，具体确定写什么、怎么写、由谁写，□领导讨论，负责审查，克服自流放任现象。（二）纠正"以量胜质"的方法，提倡集体讨论，集体写作，要求供给稿件不在篇数多，而在质量精彩。（三）冀中、平西、平北、二分区及其他距中心区远的地区，更应加强组织性，按时期、按地区或某项工作和事件，作系统的典型的报导，有时间性的，可用电报发来。（四）解决此问题的关键是主要负责干部是否严肃地对待党报工作，应强调首长负责，亲自下手。在干部精简条件下，尤其重要，一切没起作用的中心通讯小组都应恢复和健全起来。

（丙）除军事报导军区已有指示外，还须注意把握目前通讯报导的几个重点：

一、各个地区（根据地、新解放区、敌占城市等）各个阶层各界人民以及敌伪内部对目前□局的意见，应进行深入采访，应进行反复不断的报导，但应力求具体生动。

二、迎接边区第二届群英大会及生产展览会（详下）。

三、练兵的热潮、新经验、新创造。

四、冬学运动中贯彻民办公助方针遇到的问题和解决办法。

五、冬季生产及人民生活改善情形。

六、乡村、连队文艺活动。

此外，各地应增加本地区的重点，如八、九分区怎样组织领导群众度过水灾等。

（丁）今年关于群英大会的报导，是改造我们的报导方法的最好时机。

一、通讯报导应适合工作的进度，各个阶段有不同重点。（一）村选（连队、机关、工厂等同）主要是反映群众对选举的态度，特别是对英雄模范的看法，产生的问题和新经验、新创造。（二）区群英会主要是反映英雄模范互相之间怎样虚心学习，他们怎样将群众的意见反映给领导机关。（三）县群英会，除与区相同者外，可选择最突出的英雄模范加以介绍。（四）机关部队依次类推。

二、关于英雄模范的介绍。（一）要求抓住特点，只有深刻地描写了特点，才能给人以生动深刻的印象。大家应学习《解放日报》最初介绍吴满有的方法，以简单明确的新闻，写出了这位英雄奋斗的历史和群众不同的特色，以及群众的反映。（请参看《毛泽东选集》第四卷第一八三页毛泽东同志引用材料）（二）不但要写出英雄模范所创造的战斗、生产和工作的标准，特别重要的是要写出他怎样达到了这个标准。只有这样，才能使群众学会他的方法，走他的路，才能达到改进工作、培养干部、联系群众的目的。(三)要求真实,要经过领导机关的审查,并尽可能地经过群众鉴定后再寄出。(四)语言文字要力求使用群众语言,力戒华而不实。(五)因报纸篇幅限制,村区(连队、工厂、机关等同)的英雄模范一般的不在报纸详细介绍(有特殊情形值得描写者例外),出席县以上群英会的英雄模范可作千字左右的介绍,出席边区群英会者可作一千五百至三千字的介绍,但经边区群英会选出的边区各种英雄模范的介绍,字数不加严格限制,并欢迎投寄各种描写他们斗争生活的文艺作品。

(戊)边区级机关的通讯报导在最近时期特别薄弱。希各该党团和党的支部从速加以整理,将通讯报导工作列入党的工作日程,加以经常的布置、讨论和检查。

十一月五日

(《晋察冀日报》1944年11月9日)

唐县各村黑板报开始有新的改进

方志 萧月 张天德

【唐县讯】张各庄黑板报在村里起了不少作用,但还有以下缺点:第一,忽略了国内外大事;第二,忽略了有计划的组织群众去读;第三,村太大,黑板少,没有使他"流动"起来;第四,揭发缺点多,鼓励少。根据以上检讨,他们现正积极改进,黑板报上开始讲我国正面战场与敌后战场的对比,并且画上地图,提出改组国民党政府及统帅部。同时,将全村划好四个读报站,由读报小组组员分工负责,增设了两个黑板报,有计划的组织群众读,各站互相竞赛,互相观摩。如第二、三站人数较少,就由读报组集中力量突击,使得人数渐渐多起来。第一站站长李喜子领导得好,一夜就有七十四人参加,大家都愿拿出一块钱来买灯油,开展读报。另外,黑板报与识字运动结合,把要学的字写在黑板上。

【又讯】二区稻园也改造了黑板报,他们检讨出过去黑板报作用不大的原因,主要是内容上与群众联系少,光抄报纸,干部不重视,形成"报员办报"。又因字多而小,想看也看不清楚。现在他们决定三分之二的地位登本村事情,时事要写得简明。一区山南庄试行了民办民校,他们的黑板报就登大家所学的东西。群众说不会看日历,记不住日子,就在街上划出阴历阳历日期表各一,每天调换,写阿拉伯码子和中国数字,这样一方面认了字,一方面又记住了日子,群众都很高兴。

(《晋察冀日报》1944年11月11日)

四分区各界沉痛追悼韬奋同志

对国民党摧残文化极为愤慨

洛灏

【本报讯】四分区文化界在十月二十四日集会于滹沱河畔,追悼韬奋同志。分区及平山党政军民均有代表出席,并赠挽联花圈以表哀念,二十里地内的小学教师及四十里外的短师同学,亦赶来参加,共四百余人。火线剧社连夜赶制挽歌演唱,筹委会经一天突击出版的纪念刊在会前散发。大会始终在沉痛义愤的空气中进行。会中有七八个人自由讲话,说到沉痛的时候,有不少人红了眼圈掉下泪来。冀晋军区王昭同志及四专区臧专员也相继发表演说。到会人士对国民党摧残文化的罪恶行为表示无限愤慨,对韬奋同志临死未竟之遗志一致声援。大会直到闭会有人好像还不愿散开,有的说:"先生死了还要参加共产党,活着的应该怎样拥护这个政党啊!"

(《晋察冀日报》1944年11月11日)

七月群众两剧社在印刷局演出《血泪仇》

全体职工痛恨国民党反动派　高呼改组国民政府和统帅部

马化民

【印刷局讯】七月剧社和群众剧社在印刷局公演《血泪仇》,全体职工看了印象极深。当工人同志看到国民党军队欺压打骂穷苦人民时,泪流满面,痛骂国民党反动派,全体举拳高呼:"立即改组国民政府和统帅部!"有一个青年工人王崇梅同志痛恨得不住地啼哭,同情着受难的人民,他拿出了一百块钱,要救济河南难民。木工韩纪彬同志在小组检讨会上说:"抗战前我家里一亩地也没有,自从八路军来到后,有了二亩地,虽说家里生活不强,但已能凑合着过,可是自己过去不安心工作,在前几天我看到《血泪仇》以后,激发了我的工作热诚,进一步认识我是做着革命工作,今后要把工作搞得好好的才行。"好些同志检讨出自己过去的立场不巩固,对中国法西斯曾抱有某些幻想,看了《血泪仇》,更加清楚地看见了中国法西斯的罪恶。大家都决心为革命事业多出些力量,争取革命早些胜利。

(《晋察冀日报》1944年11月12日)

敌寇穷途末路　迫害鲁迅遗留文物

先生遗著风行于沦陷区

【新华社华中十月二十六日电】敌寇在沦陷区对鲁迅先生遗留的

文物，不断加以迫害。现在不仅鲁迅先生的坟墓被敌伪任意摧残，而且敌伪把阅读鲁迅先生遗作的沦陷区居民视作"危险分子"，买卖交换先生遗作者，不时遭到敌特、宪兵的盘诘拘捕。然而敌伪这种凶残的压迫，丝毫也不能减少鲁迅先生作品所给予沦陷区人民的鼓舞。在汉奸文化人大喊"没有文化，没有人肯读书"的今天，鲁迅先生作品，却在沦陷区秘密风行着，鲁迅先生全集单行本中几□□文集，□买到。许多中学教员，都秘密劝学生们阅读先生遗作，学习他的奋斗精神。上海西郊的鲁迅先生墓前，更不时有着秘密前往的青年男女，对着残破的坟墓敬献鲜花。

（《晋察冀日报》1944年11月12日）

定唐游击区设阅读室解决群众读报困难

李志毅

【定唐讯】×区（游击区）各村群众非常关心时事，读报热忱很高。因为报纸份数少，××村教育委员常到区借报纸来抄写，回去读给群众听；××等村因看不到报纸，纷纷要求看旧报。区为适应大家要求，将全区报纸八份（内有区各部门四份）统一分配，指定位置适当的八个村庄组织阅报室，由各该村教师负责保管和读报。这样不但解决了群众读报的困难，□干部下乡阅报的困难亦得到了解决。为减少区公所事务，并设中心读报室，负责报纸的分发。

（《晋察冀日报》1944年11月16日）

《血泪仇》在二分区演出　万余观众痛愤反动派

当场联名通电要求立即改组国民政府和统帅部

【二分区讯】群众剧社和七月剧社，在三周中共联合演出《血泪仇》七次，博得一万多观众的热烈欢迎。十月五日，于分区直属队大会上首次演出后，七日便开始巡回公演。在盂平二区蛟单庄，由于群众再三地要求，连续进行了二次公演，该区很多老乡，都远道赶来看戏。当演到《龙王庙》一场时，观众看到国民党军队对待老百姓残暴不仁的情景，全场出于愤激，自动高呼口号。该区一位妇女干部，从座位上站起讲话，大声控诉国民党祸国殃民的罪行。在×团演出时，千余观众，当场联名通电："立即改组腐败无能的国民党政府和统帅部，要求给八路军、新四军发饷发弹药武器，要求把同盟国援助的军用物资，按抗战功绩分配！"

（《晋察冀日报》1944年11月16日）

柳亚子著文赞扬敌后军民

【新华社延安八日电】桂林《大公报》八月二十一日载柳亚子《现在的中国会等于明季吗》一文，赞扬我敌后军民英勇作战。柳氏称："挟持成见的人，硬说中国民众不长进，愚昧而怯懦。其实七年来的抗战，早已应该把这一类诡辞邪说，一扫而空的了。现在还讲这些话的人，简直是站着做梦。试想不靠中国广大的劳苦民众，还能挨得下这七个年头空前绝后的苦难吗？中国农民是忠实的，不能轻易发动是真话；但既经发动，便排山倒海似的，更没有其他的力量可以阻止他们。……七年以来，要是没有这些民众，那么半封建半殖民地的中国，怎样能和已经进步到资本主义最高度的日本法西斯强盗来对抗呢？"该文继称："现在的民众，试问倘然绅士和官吏投降了，他们会跟着你走吗？他们已经有了前进的思想和高度的觉悟，决不愿意再做人家的尾巴了。敌后的苦斗，牵制着敌人最大的军力，难道还不是铁一般的事实吗……"

(《晋察冀日报》1944年11月16日)

盂平大坪文救小组的文化艺术活动

田

【盂平讯】大坪的文救小组成立很久，这是五六个农民搞起来的一个组织，组长叫张庆荣，粗通文字，好写街头诗，在村子里担任治安员。由于他们的学习比较努力，在文救工作上也显得活跃。他们在各个中心工作中写出街头诗数十篇，常用很小的纸贴到墙上，并给人朗诵。在大生产中，他们写了《懒老婆耍花样》，曾使某些懒妇很生气。后来又针对懒妇的心理写了几篇，有的采用叙述形式，有的采用问答形式，终于有效帮助了改造二流子的工作。他们的街头诗，有《入伍学文化》《劝儿上战场》《娃娃学本领》《牛耕地》《栽甜桃》等。此外，也许因为组长是治安员，对于反特务的诗写得也很多，如《母亲劝儿反省》《妻劝夫》《妹妹劝哥哥》《儿子劝父亲》等。且抄下两首看看：

十五十六月正明，

送儿上学读书文，

只盼成人又长大，
谁知做特务卖母亲！
政府宽大政策下，
迅速反省对住母亲，
若有一句不忠实话，
臭名流传咱门中！

——《母亲劝儿反省》

小小娃娃下南凹，
刨个坑儿种南瓜，
叶儿绿，
花儿黄，
结个南瓜给爹娘，
爹吃着面，
娘吃着甜，
乐得娃娃睁不开眼。

——《娃娃种南瓜》

去年冬天，他们在学习读报，根据报上的材料，你编一句，他编一句，一句句唱起来，于是跟着闹起村剧团，随编、随教、随唱，他们把很多的人都动员参加了村剧团，铁匠、长工也是团员。演戏的时候，没有鼓，拿葫芦割成板鼓。他们演的戏，全村大小都来看，人们传说："四五十年大坪没有秧歌，现在闹起了。"这个剧团第一炮打到庄子上，随后在大河沿岸轮演，很受人欢迎。

他们的读报工作，也做得很好，如德国的内乱、国共谈判、苏德战局等等，并且把他们看来的消息，传播开来，这已经成为大坪文救小组的习惯了。

(《晋察冀日报》1944年11月17日)

艺术组研究利用与改造庙会

【新华社延安十日电】边区文教会艺术组，日前举行座谈，讨论如何利用与改造庙会，使成为进行群众文化教育工作的武器。边区系农村环境，人口分散，人民基于商业、娱乐与宗教迷信的需要，兴立各种庙会，名目繁多，如娘娘庙、龙王庙、药王庙等，不下数十种。近年边区国民经济日益发展，过去因兵灾荒旱而停止的庙会，今天大半恢复。据不完全统计，陇东分区共有庙会二百七十一处，三边六十七处，绥德分区的四个县，仅以有戏的庙会计，即达五百处之多。庙会又可分别为：以迷信为主的香烟会，与以交易买卖为主的骡马会两类；而香烟会更占绝大多数。如陇东二百七十一处中，香烟会占二百一十八处，骡马会仅占五十三处。群众赶香烟会，主要是许香还愿，求卦问卜。香烟会的规模有极大者，如葭县的白云山庙会，庆阳的桃花山庙会，会上每天人数逾万，群众有远从数百里外赶往参加者。三边镇原五乡娘娘庙，每个赶会妇女，平均要花费三千元，大捆香表投之一焚，农忙时期不惜误工，这说明庙会在群众中的根深蒂固。改造庙会，一方面须从交易市场改造，择适中地点，帮助与扩大它，使其适合群众的经济需要；另一方面则须着眼于文化宣传，大众戏剧常对庙会起决定作用。有些庙会，往往请到戏就起会，请不到戏就不起会。此说明群众需要红火热闹。如绥德枣林坪区石岔村，即单纯为热闹，每年有两次庙会。但今天边区能赶庙会台口之剧团，为数尚少。故各地庙会，不得不请旧戏。庙会改造工作的第二步骤，应从剧团入手,各分区地方剧团,应有计划地进行赶台口演戏,业余剧团或群众秧歌队,在一定条件下,亦应参加庙会工作,但须出于自愿,绝不能勉强。对于各旧戏班子,负责同志应首先重视它们,供给他们新剧本,帮助他们逐渐改变其旧的一套。另外根据陇东庆阳民教馆庙会工作的经验,戏剧以外尽量利用民间艺术的固有形式,如拉洋片、说书等,分别进行唱、说、讲、画,宣传卫生,并应设置医疗处,为人畜治病。

(《晋察冀日报》1944年11月17日)

认真加强群众时事教育　洪子店创办讲报馆

设置地图,张贴报纸,集日宣传与文艺活动结合,是适合大集镇的宣传方式。

平山抗联会

【平山讯】洪子店在十月下旬成立了一个"讲报馆",成立之前,县区干部都到这里帮助筹划这一工作。在工作内容上,确定以讲报为主,着重集日的时事宣传,经常组织时事座谈和时事晚会,组织群众的读报运动。馆址在村北庙里,正在刷墙,张贴各种地图和悬挂《晋察冀日报》《群众报》等。另在大街上用了八天,花了一千元(集上募捐的)画了一张大地图,长三丈,高七尺,并用桐油油过,图分世界、太平洋、欧洲和中国抗战形势四幅,顶上题着"天下大事分明"六个大字,两边对联为"敌后战场到处胜利,共产党救国救民","正面战场节节败退,国民党腐败无能"。紧靠地图是黑板报,一面是战争消息,一面写着全国人民要求改组政府统帅部的呼声,逢集宣传,已进行两次,第一次达五六百人,集上为听讲的群众所阻塞。群

众看到大红箭头，从东西南指向希特勒老窝，有的说："快啦！"有的说"这回看得明明白白，早先人家说到那里，咱也不知道倒在那里！"洪子店的讲报馆，已被赶集的老百姓称为有效的讲报办法。这个讲报馆由村里组织管理委员会，设布置股、集日宣传股、墙报股等，由五个委员管理，并和洪子店村剧团集日宣传，如拉洋片、说快板配合。这个办法，很快要在回舍、小觉、郭苏几个大集镇上采用。

(《晋察冀日报》1944年11月18日)

援助韬奋同志家属　联大进行募捐

张□□

【联大讯】联大教育学院全体教职学员，对于流浪在湘桂道上的邹韬奋同志的家属非常关怀，响应边区韬奋同志追悼大会的号召，进行募捐，共募得九百六十一元一角，作为接济韬奋先生家属之用。

(《晋察冀日报》1944年11月21日)

陕甘宁边区少数民族文化有新发展

【新华社延安十八日电】文教会少数民族代表团，日前座谈边区蒙古民族文化的发展情形，兹摘要报导如下：原设延安、现设三边的民族学院，主要吸收蒙古民族学生，同时尚吸收有诺速（夷）、博巴（藏）、佑禄（番）等民族学生。蒙古民族学生，除学蒙文课外，并学汉文课，在学习上进步极快。如学员中的云照光，原在家庭拦牛牧羊，八路军开赴大青山开辟抗日民主根据地后，弟兄相偕来延。在五年的学习中，不但通晓蒙文，汉文程度也能看《解放报》，能写文章。文教陈列室，尚展览有他用汉文写的拥军秧歌剧本，同时在参加生产中比全班的二十几个同学更能吃苦耐劳。在学习□□外，蒙古同学□□继续课外秧歌□□，克立根、八□□白彦道而儿，□□尔达□等人，□□研究学习秧歌□□式和表演技巧，采用蒙古民歌，编出了蒙古戏剧《赶会》。以后又陆续编出了《找八路军去》《到好地方去》和《反抗》四个蒙古歌剧，这是蒙古戏剧的创始。以后轮回出演于三边、盐池、定边等地赛马会上，蒙人看后极为感动，咸谓：蒙人有了说话申诉冤屈和快乐的机会，蒙古民族定会获得自由解放。在蒙古民族文化座谈会上，代表乌兰达赖、布□特古斯及民族学院副院长王祥，均畅谈边区蒙民所享受的民主自由生活，蒙民在边区劳动英雄受奖励的，有三边苟池打盐英雄胡那汉、阿包池奎娃、索冒、机关学校生产英雄李应标、李花等。关于沟通蒙汉文化方面的情形，在延安设有成吉思汗纪念堂及蒙古文化促进会，每年三月二十一日举行公祭成吉思汗，有会员三百余人，编印的蒙文书籍已有《成吉思汗纪念册》《那素滴勒盖纪念册》《毛主席著作》及《边区施政纲领》等十余种，另外尚印行《八路军》《那素滴勒盖》及反映生产的宣传画及年画多种。

(《晋察冀日报》1944年11月21日)

盂平文化活动简报

一、连环画报

盂平一区周三村（塔上）小学教员梁雍春所画的《周三连环画报》《周二连环画报》，曾多次在街头、集市展览，博得群众欢迎，教育了群众，也鼓励了英雄本人。尤以《周三连环画报》在展览时，同时配合一幅周三大画像，甚为引人注目。由于梁雍春所画的连环画报，影响了五区教员也画了《郝聚和（五区劳力与武力结合的模范）连环画报》。

二、流动画报

和连环画报类似，二区小学教员燕培清创造了流动画报，其办法是吸收儿童的画稿和文稿及时随中心工作宣传编成小报，到处展览。这不但是配合了中心工作的宣传，而且也鼓励了儿童的创作情绪，加强儿童家长对其子弟的教育信心。这种流动画报已出版五期。

三、《王老三减租小唱》试验作识字课本

盂平宣教会议上对今冬识字教学法曾作了一番讨论，各地教员举出许多不同的教学办法，其中"唱歌识字法"也是一种。记者即将《王老三减租小唱》试验作识字辅助课本，每晚教给两个不同的儿童。根据试验初步结果，成效尚好，刘兰玉（过去稍识几个字。）三晚即将该歌第一段全部学会，而且全部会写，她又将所识之字教别人，当了小先生了。如此看来，"唱歌识字法"，各地可酌量采用。这不仅帮助识字教育，而且帮助了政治教育，是识字教育与政治教育结合的一种教育方法。

四、七里河村剧团

盂平三区七里河村剧团，原为乡村中的一个活跃的剧团，但不幸由于区抗联某干部的旧型"正规化"思想与缺乏群众观点，曾要求该剧团买口琴、制办舞衣，因而叫村干部害怕起来，村干部们说："现在剧团还不像样子，就叫买这买那，如果闹好了，就不知道还要买些什么？"干脆停止村剧团活动。后经区干部重新解释清楚，才恢

复工作。

五、《新三字经》

孟平文化互动社不久以前出版了两本小册子，一是《通讯写作手册》，一是《新三字经》，这两本东西对于乡村文化工作很有作用，买的人很多。连识字不多的青年学习模范梁文耀也买了一本《通讯写作手册》，经常在手头翻阅。至于《新三字经》因其内容主要是叙述大生产及边区各种政策，与群众生活密切相关，又因其顺口易读，群众大都购买一本作为识字课本。现第一版已快售完，正准备再版，以供各地群众需要。

（《晋察冀日报》1944年11月23日）

曲阳涧子村群众喜欢听讲报

田若珍

【曲阳讯】涧子村是住有七十户人家，绝大多数是自耕农，经过今年大生产，人民生活水平提高了，对文化学习的要求是很迫切的。一区规定该村为学校民办的实验村，村干部都很兴奋，在区的直接帮助下，对过去教育工作进行了自我批评。上月二十五日全村群众大会上，群众对过去学校提出如下意见：（一）上识字课少，内容又不适合自己的需要，又没有识字课本。（二）上识字课时教师讲得太快，没有学会就讲过去了，政治课讲得太深，听不懂。（三）在民校上村干部常布置工作，耽误了学习。（四）教师不民主，强迫命令，好用话刺激人。（五）学员人数太多，秩序很乱，男女也没有分班。对今后的意见，大家一致要求教育切合实际，如学写路条、打算盘、学除害虫等，尤其喜欢听讲报，他们说："不学这些就落伍了！"会后，首先试办妇女民校，在自愿原则下，九个青妇组成三个学习小组。她们经过讨论自动订出学习公约，推选妇救主任贾素奇为班长，小学教师关寿卿为文化教员，课本是根据她们最需要知道而且经过讨论才编写的。大家都很满意，学员逐渐增多，现在已有二十一名。

(《晋察冀日报》1944年11月25日)

陕甘宁的黑板报

【新华社延安十七日电】今年以来，边区的大众黑板报有了大量的发展。在几个办得好的地方，它已成为批评、奖励、发扬民主、团结群众、推进工作、改变旧习惯的有力工具，成为群众自己最直接的舆论机关。据统计，全边区约有六百余块黑板报，大体可分两类：第一类是群众自己办的，第二类是公办的。

靖边城乡（即靖镇乡）的黑板报，完全是群众自己创新起来的，实行"大家办，大家看"的方针，创造了一些新办法。第一，组委会六人全由群众自己选出，民校教员一人、手工业工人一人、小商人一人、绳匠一人、乡长一人，又推定三人每期轮流写报，每人有一本《来稿登记簿》。写报前，讨论内容、反响，稿件然后由一人执笔。第二，通讯员三十人，广布各村，全乡共一百八十户，平均约每六户就有一个通讯员，都是自动参加的。每村为一小组，群众自选组长一人。第三，创造了两个新的投稿办法，一为捎话，一为写纸条条。因为通讯员中有十三人不识字，识一百字以内的六人，识千字以上的只有三人，其余的只识三百到八百字，所以采用了捎话通讯的办法，使不识字的人也可以是通讯员。在七十天中，共收到稿子一百十四篇，捎话的就占七十九篇。更重要的是这些稿子真确地反映了每个村子的情况，使黑板报成为群众自己的喉舌。

延市桥镇乡的黑板报，开始由乡文书主办，但因四二年鲁艺俱乐部曾在该乡办过"街头新闻"，每天从《解放日报》上摘录几条国内外消息，群众对它没有兴趣，所以今年开始时，群众对新的黑板报也很冷淡。后来在七月下旬的乡政府委员会上，作了一次关于黑板报的检讨，提出"大家办、大家看"的方针，把黑板报交给群众，由他们自己组织的编委会来办，同时乡文书从旁积极帮助，培养群众中的积极分子，作为黑板报民办的准备。八月间始成立文化委员会，黑板报由其领导。编辑二人，一是街上商人，一是变工队长，每村有□文委会委员，都担任通讯员，负发动与组织群众投稿之责。这个黑板报现在也成为边区最好的黑板报之一。

绥德市现有十一块黑板报，是去年五月间由于留图书馆创办起来的。当时只有五块，在开办的初期，缺点甚多，如大报作风、分栏编写、长篇大论，不反映本地情况，群众都不喜欢看。去年整风后大转变，今年五月成立文委，开展文教活动，又增添了六块。分散在南关、米粮市、交通要道及热闹地区。这些黑板报和上述两块不同，是公办的，尚未吸收群众参加编辑，但因为它们反映了本市群众活动（占全部内容百分之九十），消息也写得很通俗，短小精悍，写报形式、字体也有了进步，从此颇受群众欢迎。

上述黑板报所以为群众喜爱，是第一登载群众最关心的事情，通过表扬与批评的方式，教育了广大的群众。如靖边镇靖乡黑板报，表扬了贺天才的"纺织家庭"以后，贺天才便高兴地要再制一架弹毛机，将全村妇纺组织起来。常市桥镇乡有个吴羊圈，不好好生产识字，群众商量着要让他"爬黑板报"，他怕丢人，跑来要求不登这稿子，并保证以后改正。以后他果然努力生产和学习了。吉镇黑板报上，登了春耕运动中新劳动英雄和二流子改造的消息，以后群众看了报，都说："而今好人能上报，坏人也能上报，坏人以后再没啦。咱们劳动人更得要操心干。"绥德市黑板报，今年登了二十多次"拾金不昧"的稿子，影响很大。九月间有个刘老汉，由宁夏回山西，路过绥市丢了一头驴，后来通过黑板报上找到了。刘老汉感动地说："边区真好，政府老百姓都好，我走到那里要说到那里。"第二，与群众的关系很密切。延市桥镇乡和靖边镇靖乡的黑板报，做得最好，由群众自己选举编委负责。第三，帮助政府推动工作。如宣传政策、法令。葭县城头黑板报，公布了"减征公粮"后，群众极受感动，对政府赞扬不已。又如展开群众卫生运动，宣传反对巫神，极有效力。桥镇乡展开长期建设运动时候，按户计划等，黑板报起了组织与推动的作用。有些黑板报还登药方、讣闻以及各种启事之类。

根据目前黑板报的情况，有几个问题值得提出来：第一，方针问题，应向大家办的目标走去，提倡民办；如民办条件不成熟，也可公办，但须尽量吸收群众参加（特别是通讯员），并要培养当地积极分子作为民办准备。第二，内容和形式，按当地环境（城市农村大路）、文化水平等条件来决定。如用什么材料、字数多少，每期二三百字或二三句话、每期一条或数条消息都可；但字要写得大端正，不写简笔字，可用红白粉笔写，文字尤其要用群众语言，反映群众生活。第三，党政方面，要注意领导和帮助，使黑板报真正者不愧群众的舆论。第四、最后也是最重要的，全边区六百余块黑板报中，有一部分只具形式与群众无关的，如有的黑板报竟放在土地庙里，有一个村子只有三个人识字，却有两块黑板报，这些缺点是需要很快改正的。

（《晋察冀日报》1944年11月25日）

从文教陈列室里看到的边区文教工作的阵容

刘漠冰

【新华社延安十八日电】在全边区第一次文教会的陈列室里,每天观众不断地涌来,每个人都热烈地想从这里看到边区文教工作的缩影,从这里学习到边区今年实践毛主席的"建设文化思想"究竟做了些什么。

一千五百人有一所学校,四百五十人有一个读报识字组

教育部分,两月前的统计,全边区民办学校五五五处,连公办的完小、中小、普小共一零八一处,中等学校六处,延安大学一,医科大学一,干部学校有党校、抗大等,另外还有民族学院及日本工农学校。

在社会教育方面,有夜校×××(电码不明)处,读报识字组三三七一组。

按人口平均,每一千五百人有一所学校,每四百五十人有一个读报识字组。

现在国民教育中,一个重要的问题,是全边区人民都要识上一千字。这里总结了今年开展识字运动的成绩,群众中的丰富创造,民教民的办法,已发现有十九种农民在变工队□识字,家庭进行识字,工厂工人组织识字学习,铁匠工人组织读报识字,小学生回家组织识字,民教民的新方法——文化棚,这是今年已经收到成效的办法。延市桥镇乡的识字运动,显示着群众文化建设中的新的成就。该乡办识字组、半日校、商民夜校、秧歌队、黑板报、画报、通讯组、文化娱乐台、群众中展开妻教夫、夫教妻、儿子教娘娘、孙孙教祖母工作,

屋边放识字牌等办法，形成了全乡学习热潮。

在适应边区目前条件下的民办小学，发现了不少成功的典型例子，它们都有一个共同的优点，就是按具体情形施教，部分地方所实行的巡回学校和轮学，以及私塾的改造，公办的普小、中小在民办公助方针下实行了改革，都是值得研究和注意的问题。

一千五百人有一秧歌队，今年观众共达八百万

艺术部分的重要内容，是群众的秧歌、戏剧、音乐活动，计全边区共有秧歌九四九队，音乐班一一四班，皮影六二班，旧戏二五班，地方职业剧团七（军队的剧团除外）。另外，还有各地方的娱乐活动，如道情、乱弹、绥德的赛赛班、关中的□号子，分散在民间的说书盲人和吹鼓手等。

群众中现在一千五百人有一秧歌队，今年吸收的观众共有八百万人。

群众的秧歌、戏剧活动，今年在实行毛主席的新文艺方针下，不但有了量的发展，并且起着质的变化。今年已出现了七七队新秧歌，半新的有二八九队。在各地的群众秧歌典型中，他们大部都演出了自己创作的剧本，或是集体编演的，或是和知识分子合作写的，或是不识字的农民将蕴蓄在心中已久的情感，慢慢用话语积累而演唱出的（并且在乡间娃娃中也创作了剧本）。他们歌颂抗日和人民领袖，歌颂共产党和八路军，赞扬边区人民的生活，赞扬劳动英雄，赞扬生产。用他们现实的生动的真实和丰富的感情表演，得到群众的拥护。

群众戏剧活动的另外一部分是改造旧戏和皮影戏，提出戏团赶庙会是一个最值得注意的问题。

机关学校的秧歌队、各地方剧团、民众剧团、延安鲁艺工作团，

他们工作上辛苦的努力和创作上的艺术性的完整，都给群众秧歌、戏剧、音乐活动以直接的、深厚的影响；同时，他们都拥有极广大的观众区，为群众所喜爱。

在美术和文学部门上，美术工作者创作了大批的剪纸和年画，如揭地、纺线、织布、驮盐、放哨、识字、变工、合作社等活生生的现实生活，渗透成为新剪纸和年画的内容，并且形式上又得着新艺术的增补。因此，这些都深为群众所喜爱。其次在木刻陈列室里，也展出了很多优秀的作品。

每七十人有一份定期的报纸，每七百七十人有一名通讯员

报纸有三类：《解放日报》是带全国性的，在边区发行的份数只占一部分；纯边区性的报纸有《群众报》（周报，四开纸铅印），四种分区报（五日或周刊，有铅印和石印两种，都系四开纸），十一种县报（大都系周报，油印，四开纸），边区内共发行二一五零零份，平均每七十人即有一份定期的报纸。

在边区，报纸是反映人民的生活和意见，反映工作动态，成为指导和推动工作的武器。在"大家办、大家看"的口号下，建立了报纸的通讯网。全边区参加为报纸写稿的通讯员共有一九五二人，平均每七百七十人就有一人为报纸担任通讯员。

培养工农通讯员是报纸的方针。现在有一一一四个区乡村工农干部成为报纸的通讯员，他们一方面看报识字、提高文化、给报纸写稿。

不识字的工农分子是否能成为报纸的通讯员？边区的事实回答是可以的，就是提倡知识分子和工农分子的互助合作及工农干部的集体创作，这在各分区都已收到很大成绩。

第三种是黑板报，全边区共计办了六六八块。

边区的部队出有二十三种报纸，每班有三份到五份定期报纸，每个连队都有自己的壁报。此外，各机关、学校、工厂亦有自己的墙报。

组织一零七四名中医，扑灭数万人、数千牛的死亡

"财旺人不旺"，这已是在边区亟须解决的问题。陈列室的两种统计，吸引着每个观众的注意：（一）边区若干地区，成人的死亡率为百分之三，儿童的死亡率为百分之六十。（二）主要牲畜——牛的死亡率为百分之三点六，驴死亡率为百分之一点四，羊死亡率为百分之十一，死亡牲畜总值七三二八七石细粮。

造成这项严重死亡率的原因，是因为旧社会遗留下来的人民不卫生的习惯、迷信的毒害和医药的不发达。

迷信是边区人民的大害，旧社会统治者捏造了六十一种鬼神，旧社会遗留下二零二九个巫神（其中有的已经改变，有的正在改变，有的还根本没改变），他们制造许多种骗术。延安县的统计，五十九个巫神在十一年里面，直接治死二百七十九人；因巫神治病耽误性命的有七百七十九人；群众的消耗总值可办十二个卫生合作社或药店三十六个或学校一百个（共三千六百万元）。

因此，今年各地展开破除迷信运动，各地举行巫神坦白会，努力消灭巫神危害人民的性命的事件发生。

"为减少疾病死亡而斗争"，在积极的方面已办出成绩的，第一是妇婴的卫生。妇女注意营养和身体健康，改良接产的方法，注意婴儿的营养和卫生，这是减少妇婴死亡、解决群众人口兴旺的大事。第二是开展群众的卫生和防疫工作。群众要挖水井、修厕所、猪圈勤打

扫、勤洗衣被、扑灭苍蝇，注意食物营养及疾病预防，开展乡村的卫生防疫运动。第三是多办药社，提倡中西药合作。各地群众合作办药社，挖采土产药材，中西医打破宗派主义观点，亲密合作，医生下乡给群众治病。

关于牲畜的卫生和防疫治疗，积极的是改进饲养和管理。建设□今年制造牛瘟、猪瘟血清，贡献甚大。

在边区，我们计有医院十一处、卫生所七五处、休养所七、西医二七零人，群众中有中医一零七四人、西医六人、兽医五四人、药铺三九零家、接生员六一、保健药社二十六，另外各地办了助产人员训练十五班，吸收学员四一零人。

公家医院和医生大量给群众治病，中西医合作是今年工作中的最大成绩。从陈列室里我们看出什么？边区是处在农村分散的环境，特别又是在旧社会遗留下的人民不识字、不讲卫生与迷信盛行的地区，但由于新民主主义的实现、共产党的领导、边区人民及各界人士的努力，不仅人民的生活已得到极大改善，而且在新文化事业上也有相当成就。

（《晋察冀日报》1944年11月26日）

平定宣教干部检查教育工作

明流

【平定讯】县宣教干部会议上，对于过去教育工作，大家都从思想上进行了检讨，归纳起来，由于：（一）教育工作的出发点是为了上级，不是为了群众，即便有时很"卖力气"，也是为了出风头，显露自己；（二）不管群众需要不需要，能不能接受，就硬往下"布置",因此许多群众不愿上民校,还骂群众"落后";(四)评判民校好坏的标准是人数到得齐不齐,而保证人数多的"唯一办法"就是纪律,虽然表面上那些纪律是"群众自己订的",实际上全是干部定出来,在群众面前经过"民主"的形式而已;(四)过去有些区村的"组织动员""组织保证",实际上带有强迫性;(五)不少的民校教员,当教员是为了免勤务,甚至有免了勤务也不上课的挂名的民校教员;(六)小学教员认为自己的责任就是教儿童,民校与他无关;(七)轻视宣教工作;(八)认为自己是群众的上司,是教育群众的,于是扫除文盲时便自以为是"扫"的,而群众是被"扫"的;(九)不关心贫困儿童和青年的学习,他们因生活困难不能来上校,认为他们"坏儿童""落后青年"。经过深入坦白的反省后,对"民办公助"的新教育方针已有新的认识。

(《晋察冀日报》1944年11月28日)

陕甘宁文教大会闭幕

林主席勉励大家继续努力

【新华社延安二十二日电】边区文教大会,历时一月,业于十六日胜利闭幕。上午由罗迈同志最后作总的结论,下午举行隆重给奖礼,到首长来宾及全体代表千余人。主席台上遍悬红色奖旗,台前满布各类奖品及精美的褒奖状。首由乔木同志主持,通过各组所提出的议案,其中除卫生、教育、报纸、艺术、部队及工厂、机关、学校文教工作各项决议外,并有关于加强荣誉军人学校文教工作专门决议一件,与确认邹韬奋同志为革命出版工作者的模范的临时提议一件。继请李副主席给奖,受奖的代表们——特别是几位外国医生,受到了全场历久不绝的掌声的欢迎。此次受奖者，计有个人特等奖十九名，集体特等奖二十一个，个人甲等奖五十四名，个人乙等奖八十七名，褒奖廿五名，学习模范十七名，集体普通奖五十个。给奖完毕，即请林主席致闭幕词。林主席兴奋地说："我刚从重庆回来能赶上这个大会，觉得很荣幸，因为这是陕甘宁边区第一次文教大会，是新民主主义社会建设中的一件重大工作。在全国说来，这样的大会从来没有开过，现在也只能在边区开。有这样一个边区，中国便有了前途。因此，我非常为中国庆幸。"林主席应大会之请，报告了国共谈判的经过与大后方的文教状况。最后，重复勉励大家继续去努力，并勿以既得成绩而骄傲。

（《晋察冀日报》1944 年 11 月 28 日）

清除特务分子后洪子店宣传队面目一新

张云山

【平山讯】洪子店宣传队积极、活跃，已获得各方好评，它是由"抗建剧社"改组过来的。"抗建剧社"成立于一九三九年，因为混进了顽固分子和特务，造了许多谣，作了些坏事，使抗建剧社在群众中失去了威信，并与群众对立。今年反法西斯教育、反特斗争普遍的展开后，"抗建剧社"的真面目，被群众揭破了，群众说："国民党反动派从来没有做过好事"，随着把一些坚持错误的特务清除了，（经过坦白，愿意进步的仍在继续工作）并改名为"宣传队"，直接归村宣传小组领导。从此，他们以突击的精神、战斗的姿态，创作了些新的短小的作品，到新解放区——回舍去演戏，进行了集市宣传。七月节主持了洪子店隆重的纪念会和中秋节的优抗晚会，群众非常欢迎，再不说是"特务剧社"了。自接到县抗联会"创造新型剧团"的指示以后，组织领导上抓得很紧，村长、抗联主任曾一度担任正副队长，现在队长是自卫队的中队长担任着，不论内容与形式上，更和群众生活密切地结合起来。该队曾演出《战时□工组》《闲赶集》，现在又正排着《牛村长》，这些都是直接反映群众的生活与斗争的剧本，群众很熟悉，收效也是最大的。在形式上，广泛地采用为群众所喜闻乐见的话剧、快板，特别是拉洋片、唱大鼓，在几次集市宣传中，群众反映很好。

(《晋察冀日报》1944 年 11 月 29 日)

陈庄剧团创办文化合作店

也平

【灵寿讯】陈庄剧团为了解决剧团经费，创办一文化合作店，完全由团员经营，赚的钱一部分给团员分红，一部分存作剧团经费，现已开办了二十多天。该店现□□□一头，自己磨面，供店里用，面粉出卖比市价便宜一元。并优待军队干部，用饭并比其他客店便宜四元。另外还有运输股，有两个团员负责，半个月内，光客店就获利两千余元。现在团员情绪极高，正在突击创造剧本和歌子，准备把陈庄附近的乡艺运动烘火起来。

(《晋察冀日报》1944 年 11 月 30 日)

开展大规模的群众文教运动

——罗迈同志十一月十五日在陕甘宁边区文教大会上的总结提纲

一、边区群众文教工作的总任务

边区文化有其进步的和落后的两个方面：新民主主义文化是其进步方面，封建文化残余是其落后方面。边区人民，从政治上、经济上破坏了封建统治，反映政治经济的文化生活也应破坏这种统治，从领导方向与新文教工作的政治地位看，文化上的这种旧统治也已经破坏了。从边区的军队、工厂、公立学校和许多群众组织来说，这种旧文化的统治，也已经基本上结束了。从农民的观念形态的最主要方面看，封建的束缚也已经被打破了。但从多数农民的文化生活的广大领域看，则封建文化的残余还是存在着，并在某些领域，如卫生上与艺术上，暂时还占着优势，与边区的政治、经济生活相反而不相称。因此，从旧到新，破坏封建文化残余，为新民主文化打开广阔发展的道路，使之正当地反映新的政治、经济生活，仍是边区文教工作的重要历史任务，需要付以巨大的努力才能成功。

与破坏封建、半封建的政治和经济同时，边区人民即建立了新民主的政治和经济，这个建设在近几年来，尤有长足的进步（抗日与民主、民选政府与三三制、合作社与变工队、工厂与作坊等等）。可是另一方面，由于封建文化的破坏不彻底与新民主文化的发展不足，在边区人民的前进道路上，还横着巨大的绊脚石。若干地区，成年人百分之三与婴孩百分之六十的死亡率（还有在生产上居重要地位的牲畜的死亡率也是很大的），百分之九十的文盲与迷信，严重地妨碍了他们政治、经济生活的继续发展。因此，边区人民迫切需要生理上（卫生）与心理上（教育）的解放，也就是说需要卫生运动与教育运动（报纸和文艺也都是教育的形式），从无到有，从极少数人到大多数人，使文化生活适应于政治、经济发展的需要，使政治、经济的发展获得完全的解放。

因此，边区群众文教工作的当前任务，是开展卫生、教育、报纸、文艺的大规模群众运动。在生产第一与继续发展生产的基础之上，五年至十年之内，消灭百分之三与百分之六十的死亡率，大大增加人口繁殖率，消灭男子四十岁与女子三十五岁以下的文盲，大家能读、能写、健康、愉快，享有新文化生活，从而有充分能力向前发展政治、经济。

因此，应该重视文教工作与文教运动，过去不重视的应该转到重视，动员一切可能动员的力量，一致奋斗。

二、新的时期开始了

边区文教工作的历史，大致可以分为三个时期，现在开始进入第三个时期。

内战暴风雨时期，人民把教育权夺到自己手里，为革命事业服务。文艺方面除各种剧团外，革命歌曲普遍流行，报纸也能反映群众的斗争生活。这时的文教工作，虽是比较粗糙与简略的（受当时环境的限制），但由于密切联系了群众和实际，对革命事业起了鼓舞群众意志与动员群众行动的积极作用，新鲜活泼又健壮有力。

抗战后至一九四三年，边区因尚未遭敌人蹂躏，处在相对和平的环境，大批外来知识分子进入边区，参加文教工作，数量上和规模上，都有发展。但由于教条主义（内容上和方法上）与形式主义

（作风上）作怪，日益同实际脱离，同群众需要违背。初期犹有一种活泼气象，一九三九年后，更转入沉闷与软弱无力。一方面，代表正确方向的因素被挤掉，或退居于次要地位；又方面，客观上帮助了封建文化残余的活跃（教育方面特别是文艺方面）。

一九四三年以后，特别是今年，开始了一个新的局面，从沉闷转向活泼，并转向大规模发展（村学、识字组、读报识字组、黑板报、秧歌等）的局面。由于生产发展，群众的文化需要提高了，更重要的是由于整风运动，文教工作从与实际脱离转向与之联系，知识分子从与工农隔绝转向与之结合，因而被群众所热烈欢迎。新时期与新局面，是第一时期优良作风与第二时期发展规模相结合的产物，其前途将是大规模群众文教运动的展开。

救命第一。我们大会特地把群众卫生运动放在群众文教工作的第一位，教育、报纸和文艺都要充分反映和指导这一运动。但它在第一、第二时期，是没有地位的，因为过去根本没有重视过它，这主要是官僚主义作怪（也有一点教条主义）。现在应该是这官僚主义彻头彻尾结束的时候了。

这一切工作，现在都还在开始，但已预示了灿烂的前途，群众创造能力的闸门被打开了，我们已经发现了不少的模范医生、模范医药组织、各卫生模范村、各模范小学与识字组、各模范黑板报、读报组、工农通讯员、模范秧歌队……只要我们善于坚持下去，一定能在数年之后，使边区面目为之完全改观，边区将在各方面都成为全国的模范。

三、组织广泛的统一战线，团结为主

毛主席在大会上指示我们，要组织文教战线上广泛的统一战线，不要闹孤立主义，这是十分重要的。我们的敌人是百数十万群众脑子

中的封建遗毒，我们的建设是百数十万人的识字与健康，而我们的干部又如此缺乏，我们的物质力量也深感不足，如果没有广泛的统一战线，便不要幻想大规模群众文教运动的成功。

统一战线的实质有两方面：一方面是为要联合一切可以联合的中间力量，向封建文化的残余进军，是为要在文化上解放群众的旧脑子，从带有若干封建残余的脑子变为完全民主的脑子；又方面是为要动员一切可能动员的进步力量，大踏步开展新民主文化运动，是为要在文化上扩展群众的新脑子，让他们看得远一点，从今天出发又能照顾明天。由此，两条战线斗争，会在各个问题上发生，也势必发生。要反对投降封建残余的倾向，又要反对打倒一切的倾向。一般说，以团结为主，从团结达到改造，达到消灭封建残余。暂时允许三字经是为要消灭三字经，团结中医是为改进中医，联合"改组派秧歌"是为要发展新秧歌。

何者应团结或争取，何者应改造或批评，要从各个问题的具体性质与具体情况出发。比如，中医的理论是缺乏科学的，而能治好病的药方则未必不正确；旧秧歌的内容是封建的调子，唱《兄妹开荒》则未必封建；报纸一般没有封建问题。所以不可一概而论，要加以具体分析。譬如，关于文艺形式问题，不是抽象争论所能解决的，要看它能否表现新的内容，或能表现至何程度。凡是能够表现新内容而又为人民喜欢接近的，就要让它们发展，给以帮助；凡决不能表现新内容或只能部分表现的，则应给以批评和改造。在群众文化战线上，即使是应该反对的东西，也不是简单地打倒。巫神及各种封建迷信的敌人，不发生联合问题，但也不是用简单打倒方法所能解决问题的。要经过群众与本人的自觉，才能解决问题的，才会被消灭。勤勤恳恳地像改造二流子一样，去改造巫神，破除迷信，这就是我们的目的与方法。

四、发动群众，加强领导

四项文教工作，都要发动群众运动。群众运动必须群众路线。就群众文教运动说，必须是内容（目的）上为群众，形式（方法）上经过群众的路线。内容上应该具体实现（即根据边区当前情况的具体需要来实现）新民主主义的文教方针（即人民大众反日反封建的方针），这个问题已经明确地解决了，并且说过了。现在要说的，是形式上如何经过群众的问题，是何种方式最能为群众接受和最易普及的问题。这个问题的适当解决，同样要从边区今天的具体条件出发。今天边区还是农业为主的经济，还是地广人稀、村庄分散、劳动力不足的条件。在这种基础和这种条件之上，群众文教工作宜于分散经营，以村庄为单位，以村庄的形式出现（如村学、村的识字组、读报组、卫生组……），才为群众乐于接受，才易于普及。过去由一个或两个乡办理集中的初级小学，与上述条件不适合，即使采用了强迫办法，实际上也办不通。所以一般说来，群众文教运动的推广与普及，需要采取分散的形式，主要靠群众自己觉悟与自己动手，主要靠村民自己主办。由此，提出了民办公助政策。

民办公助的目的，就是经过群众自己觉悟与自己动手，也即是毛主席所说需要与自愿这两个原则的具体实现。自然，民办公助不是任何工作非如此不可，也不是任何时候、任何地方非如此不可，而是群众文教工作，特别在边区今天具体条件下的原则。

我们的民办是群众公办，是小公办，与旧社会的私办不同。我们的公办是民选政府办，是大民办，与旧社会的官办更是根本不同。小公与大公是统一的，是可以互相转变的，是不可互相脱离的，反对脱离小公的大公，也反对脱离大公的小公，所以民办必须公助，所以民办不是不要公办。

今后一个时期里，边区群众文教工作，将是大量民办，大量民办需要大量公助。例如干部、课本，部分地还有经费，没有公助是不行的。特别重要的，是要加强领导，决不能减弱领导。领导的作用，首先在于使民办文教的内容，能够符合于新民主主义的文教工作方针，既能密切联系劳动生产，联系卫生工作，并适当地适应家庭的需要，又能提高人民的政治觉悟，解放他们被封建文化残余束缚着的脑子，转向民主文化迈进。

领导的作用，又在于能够发动群众的创造性，照顾民办形式的多样性，既不机械地限制他们的手足，又善于选择最可靠、最能持久的形式，加以提倡。譬如经验告诉我们，在有热心积极分子为骨干，在有良好的变工队、唐将班子、合作社支持的民办文教工作，就特别可靠，特别能坚持。我们就要在群众文教战线上提倡变工与合作的方法。譬如经验又告诉我们，读报与识字结合的形式，是最能起作用的形式。因为识字开眼睛，读报开脑筋，两者又互相推动，我们就要在可能条件下，提倡读报识字相结合的形式。

领导民办比领导公办更要不容易，所以需要加强领导，注意更复杂、更细致的领导方法。

在今后边区的群众文教运动中，一方面要展开大量民办，以资普及，又方面需要小量公办，真正办好，作为民办的楷模与核心，以去提高。放弃或忽视小量公办是不对的。但现在某些脱离群众、脱离实际而为群众所不满的小学（包括所谓普通小学与中心小学），必须在短时期内彻底改造，成为群众所满意、所爱护的学校。确为群众所拥护的公立小学，不必转成民办。但不能因为要维持公办而限制民办（如限制学生转学等等）。

在民办公助的问题上，已发生了各种偏向与误解，以为民办只是解决经费（由群众出钱）问题，以为民办无需公助或不要过问，以为民办即是废止公办等等，这是一类。还有另一类，对于民办则采取命令主义办法，所谓"官逼民办"，对于公办则强迫维持现状，不敢发动批评和实行彻底改造。前一类是放弃领导的偏向，后一类是恶劣的官僚作风，都是错误的。在今天情况之下，主要的危险还是强迫命令与惧怕批评，所以尤应努力纠正。

五、质与量并重，反对形式主义

文教工作要不要量？要不要急？要的。在五年至十年的时间内，要求消灭百多万文盲，百分之三与百分之六十的死亡率，消灭戏剧与秧歌中的封建内容，又要求成千的村学、读报识字组、黑板报、新秧歌队与医药卫生组织，这些要求都是应该的，并不是"左"倾空谈。全边区干部与人民，应有此决心，应作此努力。谁对此不抱着十分热心而继续着官僚主义的冷淡态度，是完全错误的。

但要切合我们要求，质、量并重，而不要变了质的量；要求有步骤地急，而不要不成熟地急。要十分明白，群众文教工作的目的，是经过群众自己的觉悟，自愿地改造他们的脑筋，自愿地挤掉封建传统，自愿地接受新民主主义文化。毛主席指示我们，改造千百年的习惯，比打倒一个日本帝国主义还要困难些。这是一件非常需要说服的工作，命令主义毫无用处。这又是一件非常需要细致的工作，形式主义也同样毫无用处。

我们之间，有些同志求成心太切，任务一经提出，恨不得马上成功。这个热情是好的，但是缺乏实际的计算，于是采取了简单命令的办法布置下去，将领导上成熟了的东西当作下级干部和群众也已经成熟了，不加解释说服，不愿等候，因而下级干部和群众接受不了，瞒上不瞒下，数字很多，内容甚少，命令主义产生了形式主义，好心肠引起了坏结果。所谓欲速则不达，就是这个道理。

也有这样的官僚主义者，实际无知识，架子十足，不调查，不研

究，贪便宜，怕苦干，爱好形式，轻视内容，追求数量，忽视质量。这样官僚主义就与形式主义结合在一起，成为更顽固的病症了。

这样或那样的形式主义，在许多工作中，或多或少地存在着，这是与实事求是完全相反的不良作风，大大妨碍我们对于现实的了解，大大妨碍我们工作的深入，必须随时随地警觉，展开批评与自我批评，认真肃清之，尤其在文教工作中。

这次大会之后，各位同志回去，千万不要重复命令主义与形式主义，必须在自己机关中、团体中和村庄中，进行思想酝酿。首先在干部中和积极分子中酝酿，然后在群众中酝酿；首先搞通思想，然后商议具体办法。只要干部和大多数群众的思想搞通了，酝酿成熟了，办法就会很快地产生出来，群众就会自愿地动作起来。新的人物、新的创造、新的成就，也会随之出现。这次大会上许多受特等奖励的同志、团体和村庄，不是这样产生出来的吗？向他们学习需要与自愿的原则，热情与计算的原则，艰苦细致的作风，凭着这来开展大规模的群众文教运动。

六、培养大批的边区知识分子，是开展文教运动的总关键

我们上面说的，主要是农民群众中的文教运动。但是，我们还有八路军战士、工厂工人和机关学校人员的文教运动。这些方面的群众，在量上比农民少得多，在质上却比农民更重要，只有把这些都组织发动起来，才是边区群众文教运动的全貌。但是，因为时间关系，我不来叙述这些方面，已有其他同志叙述过这问题了。现在我再谈一个总的、适用于各方面的根本问题，就是边区文教运动既然是仅次于生产运动的严重任务，既然是继续发展生产、提高边区一切工作的必要条件，那么这个工作要靠谁来做呢？

卫生也好，教育也好，以至生产也好，决定了方针，剩下的就是要干部。我们现在已经有很多干部，在群众运动中又涌现了许多干

部，但是我们的干部够了没有呢？差得远。在文教工作方面，尤其差得远。我们要提高现任干部，要继续发现和培养群众中的干部。我们还要在各级学校中训练干部，这就是干部教育问题。只有解决了干部和干部教育问题以后，我们大会的各项决议才能实现，才能达到提高边区，使群众文化落后的边区，变为群众文化先进的边区之目的。所以高岗同志特别指示我们，干部教育头等重要。

高岗同志指示我们，边区一级的领导机关，要负责把延大办好，分区一级的领导机关，要负责把中学和地干班办好，各县的领导机关，要负责把完小和区乡训练班办好，各级政府机关都要办干部文化夜校，在两三年内，消灭干部中的全部文盲，这是极端重要的。我们一定要把现在的工农干部知识分子化，尤其要为边区培养大量的、足够的本地知识分子（外来知识分子是不会永远留在边区的）。这是边区今后一切工作的关键，当然更是开展文教工作的关键。

我们的干部教育，一定要有明确的实际目的和适合目的的方针、制度，应该彻底抛弃教条主义内容和教条主义方法，但也要防止和反对经验主义内容和经验主义方法。除必要的政治、文化、科学知识与专门技能外，应该着重学习边区建设，学习边区的经济政策和文教政策，尤其注意新的人生观的培养，使每个干部具有为人民大众服务的无限热情和向人民大众学习的真正决心。这是知识分子与工农兵结合的决定关键，又是业务成功的决定关键。这在我们这次大会上，也完全得到证明。只要回忆一下大会的讨论和发言，就可以明白谁能弯腰向着群众，鞠躬尽瘁地为着群众，虚心从群众中学习，不骄傲、不浮夸，谁便获得群众的真心爱护，谁便有创造、有成绩、有真本领和大进步。我们应该奖励表扬这种人，我们应该教育出这种人。只要合于这种要求，无论工农分子或知识分子，我们都欢迎。我们应该充分重视和信任革命的知识分子，他们同样是边区宝贵的财产。

我们的群众文教工作和干部教育工作，是这样艰巨的任务，没有各级首长负责，亲自动手，没有党、政、军、民、学一切力量的动员，是不能完成，甚至不能进行的。我们要求各方面的负责同志，都能切实注意到这两项工作，共同来执行这次大会上毛主席和高岗同志的指示，共同来执行这次大会的各项决议。

政府和党要把群众文教工作和干部教育工作的干部，看作政治上重要的干部，边区人民政府和党的重要干部，校长、教职员、医生、兽医、护士、助产士、编辑、记者、通讯员、读报识字组长、秧歌队长、作家、演员，总之一切文教工作者，只要在自己岗位上做出成绩，就是对抗战、民主和经济建设作了积极贡献，就是对革命事业尽了一定的政治责任，对他们应该给予政治上的指导、照顾和学习的机会（参加会议、听报告、读报纸和其他出版物、在职学习和学校学习等），并应关心其物质生活、家庭生活，解决其工作上的需要，鼓励他们努力前进。

同志们，我们应该以身作则，不疲倦、不自满地完成边区人民所给予我们的光荣任务。（新华社延安二十三日电）

（《晋察冀日报》1944年11月30日）

延安各界举行追悼韬奋同志大会

【新华社延安二十二日电】延安各界人士及韬奋先生生前友好近二千余人，于二十二日下午二时，在边区参议会大礼堂举行大会，追悼邹韬奋先生。（八年前的这一天，是韬奋先生及其他救国会领袖六人，因爱国有罪，被国民党反动派非法逮捕入狱之日。）灵台正中，高悬先生遗像，右边挂着中共中央致先生家属的唁电，左边则为先生的遗嘱。当与会者读到"……最后一次呼吁全国，坚持团结抗战，早日实行真正的民主政治……"及"……请中国共产党中央，严格审查我一生奋斗历史，如其合格，请追认入党……"时，潸然泪下者甚多。会场四壁悬有毛主席、朱总司令、高岗同志及各界人士、各机关的挽联，台前列满花圈，在悲愤沉痛的挽歌声中，主祭人吴玉章同志及陪祭人周扬同志、柳厅长就位，领导全体献花圈行礼，继由柳厅长报告韬奋先生生前事略。

柳厅长报告韬奋事略

柳厅长述及抗战后国民党当局曾强迫生活书店与官办正中书局、独立出版社合并，并胁迫韬奋先生加入国民党，而先生的回答是"我五十余个书店可以不要，但方针必须坚持，不能有丝毫改变"。这种英勇不屈、坚持立场的精神，粉碎了反动分子的一切阴谋。最后柳厅长提到，韬奋先生生前有两个最大的希望：一是办一个真正为群众服务的大报，一是实现他的大规模的出版事业。这两个希望，均因国民党反动派百般压迫，未能实现，使先生赍志以死。可是中国人民，中国革命的新闻工作者、出版工作者，一定会完成他的未竟的遗志的。

朱总司令讲话

朱总司令讲话，首称韬奋先生所有的著作，都是为了中国的民族民主革命，他的遗嘱对我们感触甚深。临终时他把希望寄托在中国共产党身上，请求追认入党。因为他到华中根据地后，亲眼看到了共产党的主张符合于全国人民的要求。目前中国民主势力与反民主的势力，正在剧烈的斗争中，我们要更加努力于民主运动，团结全中国人民，争取抗战建国的胜利。

李副主席说韬奋有如明灯

李副主席讲话指出，除了陕甘宁边区和敌后解放区，中国还在漫

漫长夜中，而邹韬奋先生有如一盏明灯，给全国无党无派各党各派人士，照出了一条道路，只有和共产党合作，团结抗战，争取民主，才能建立独立自由幸福的新中国。

朱宝庭同志叙述蒙受韬奋援助经过

老海员工人朱宝庭同志，亦上台讲话。他叙述他三七年在上海出狱后，生活流离，韬奋先生不避嫌疑（当时国民党当局诬陷朱老以"伤害民国"的罪名），慷慨募捐援助的经过。最后他说，在中国有韬奋先生这样优秀的人才，临死时要求加入中国共产党，在法国有著名的科学家、七十二岁的郎之万教授，最近要求加入法国共产党。这些铁的事实，证明了共产党是人类的救星。最后由韬奋先生胞弟邹恩洵同志，代表家属致答词。

一致通过成立纪念委员会

讲话毕，张仲宝同志代表筹委会报告。第一，向大会提议成立纪念委员会，办理此后有关纪念韬奋先生的一切事宜。经大会一致通过周恩来、吴玉章、林伯渠、博古、陈毅、续范亭、杨秀峰、成仿吾、贾拓夫、柳湜、周扬、艾思奇、丁玲、张宗麟、林默涵、李文、张仲宝等同志为纪念委员会委员。第二，陕甘宁边区政府为纪念韬奋先生起见，已决定成立"韬奋出版奖金"。其基金管理办法和奖励办法，会委托筹委会草拟，今后移交纪念委员会办理。追悼大会在通过致韬奋先生家属唁电后，全体起立，高唱《义勇军进行曲》，大会即在雄壮的歌声中散会。

（《晋察冀日报》1944年12月1日）

盂平文教简讯

（一）本县民校教员训练，现在分三处集中进行，三、四、五区为一处，受训民校教员八十余人，大家检讨了过去的错误。义务教员的待遇问题，是否免除抗战勤务，曾引起很大的争论，最后一致认为一般不应当免除勤务，但各村应规定具体办法，予以适当待遇。全体教员踊跃参加了教联会，大部教员参加了文化互助社，以求加强自己的学习和交换经验。（兵）

（二）第二完小最近成立"前进剧团"，分区七月剧社同志前往帮助教唱歌、演戏。本月六日晚，在拦道石民校教员训练班初次演出，节目有《上冬学去》《兄妹开荒》等，都很精彩。最受群众赞扬的是《十八扯》，这是完小学生看了《血泪仇》之后记下的一段，演出逼真。拦道石老乡自动拿出瓜子、胡桃一大筐，慰劳小演员。（葛文）

（《晋察冀日报》1944年12月2日）

阜平九区各村选举英雄会上村剧团很活跃

若明

【阜平讯】九区各村剧团在选举英雄、模范大会上，都活跃起来了，计有十二个村演出秧歌舞、快板剧、街头剧，内容是《全家富》《英雄一家》《边区生活与大后方生活的比较》《动员上冬学》等。这些剧本，都是群众自己创造的；演出《兄妹开荒》的有七个村，还有歌咏、霸王鞭等，老乡们都说不错。

（《晋察冀日报》1944年12月3日）

易县白堡村

大生产运动中村剧团为群众服务

演出十一次观众近万

杜唐　傅贺章　张振义

【易县讯】白堡是拥有六百户人家的一个大村，抗战前就有旧戏班的组织。一九三九年，旧戏班被改造为新剧团，且曾一度活跃；一九四一年敌寇大"扫荡"，剧团用具全遭损失，剧团因此消沉。

在今年大生产运动中由刘明哲等倡导，剧团又重新恢复了。一开始很简单，也没一定组织形式，只把旧有的人组织到一起，配合村生产任务的布置，在每次群众大会出演几个节目，如《生产谣》《表扬本村的生产模范》《快板》《劝懒汉》等。观众很兴奋，连声赞好，一个老头儿说："白天干活儿，黑夜看戏，也不累得慌！"得到群众的拥护，剧团才重新正式地组织起来。

他们虽处在比较不稳定的环境中（距荆山据点十里，独乐据点十二里，大王店十八里），敌伪不断出来骚扰，但是从没有停止过活动。几个月当中，在不影响生产和工作下，共出演了十一次，本村五次，外村六次；八个节目，都是他们自己改造或新编的，有的用旧形式新内容，如《青峰寨》改为《模范干部》，《柜中缘》改为《模范妇女》，出演过旧剧《打渔杀家》。除此之外，还有歌剧，如《王大炮回头》《探亲家》《小放牛》以及舞蹈、歌咏或乐器演奏，一般的都受群众欢迎。每次演出，观众都不下一千人。

在平时，每天晚上集体排剧，生活是活泼愉快的，并且很有纪律。每个团员，都牢记着，并且确实执行着他们自己的公约。在白堡村剧团的影响下，一区已有两个村开始组织剧团，七个村正酝酿着组织，甚至离敌据点很近的××村也要求组织剧团了。

综合白堡村剧团，有下面几个特点：

1. 它是群众自动组成的，部分剧本反映了当地群众自己的生活和斗争，得到群众的拥护。

2. 它是一个各种艺术的综合性的娱乐集团，其中包括戏剧、音乐、歌舞……各色各样群众中的艺术活动。

3. 和中心工作密切配合，如在政治攻势中、生产突击中、纪念节，剧团都是很活跃的。

4. 与学习结合很好，能够抓紧时间进行文化与时事学习，所以团员们说，"剧团是一个好学校！"

5. 能自动克服困难，比如解决经费、剧本等，并得到合作社的支援。

（《晋察冀日报》1944年12月3日）

群众艺术的新创作

高街剧团演出《穷人乐》

反映了劳动人民翻身的斗争和愉快

【本报特讯】最近高街村剧团演出《穷人乐》，报导该村抗战前的苦难生活，与八路军来到敌后解救人民改善人民生活，特别是今年大生产运动的种种事实，获得观众好评。该剧所采的形式有话剧、有歌、舞蹈、秧歌舞、快板，群众称它为"大杂会"，剧情均为事实，演员三十人都是真人（只有马如龙太老未亲自上演）。全剧共分十二场，各场次序都按实际斗争的先后排列。

《穷人乐》的内容

第一场为快板,叙述老佃农马如龙抗战前背着一条空口袋,带着孩子,受喇嘛地主的苛打,挨捶挨打挨骂、罚跪,叫喇嘛爷,上打佃,两年租子一年交,草租、料租、鞋钱、黑钱、米豆钱……都要,动不动拔锅锁门子;又述说去年敌寇"扫荡"后,人民生活的困难,和今年抗日民主政府贷粮贷款,领导人民渡荒,使劳动人民翻了身,"教导团帮助修滩""马县长坐阜平,什么困难都能战胜"。第二场为村干部布置春耕,合作社贷粮贷款,解决人民农具籽种和吃的困难。第三场是贷粮,男女老幼贷到粮,买了农具,到合作社买铧子,一个比市上贱三十元。老婆婆张凤成贷了两柯豆子,做豆腐,救活了全家,还扩大了资本到两千元做生意。第四场是村合作社主任陈富全组织拨工组,创造出拨工新方式"零拨整算"和"整拨零算"及"实物齐工"的办法。第五场为陈富全领导男女光棍拨工。第六场报导儿童拨工组生产与教育结合。第七场为妇女做鞋小组,民主议定鞋价,合作社贱卖给原料。第八场为打蝗虫(舞蹈)。第九场为保卫麦收,以秧歌舞形式,报导陈富全拨工组的生产与战斗结合。第十场是捉稻蚕(秧歌舞)。第十一场是群众自动用好粮食还贷粮、交公粮。第十二场为穷人乐,饱受苦难的老头马如龙,用快板叙述他的美满快乐生活,其中有一段:"我老汉,吃的是,煎饼饸饹杂面汤,磨豆腐,烧菜汤,小米干饭黄干粮;我老汉,穿的是,结结实实灵寿布,新里新表新衣裳……"最后说"丰收年大家乐洋洋",大家齐声说"乐洋洋"。四面挤满群众,老头提议扭秧歌舞,大家同意即扭起,并唱七月小调三段。群众看了《穷人乐》都很满意,许多贷粮户都说:"这个戏是事实,今年合作社和往年可不一样了,真救了我们。"上大园村社主任说:"这比陈富全作一个生产总结报告还详细哩!"平常不好闹的人们说:"再演穷人乐我们也参加呀,许我们乐不许呀?要不要我们?"妇女做鞋更上劲了,现在分配三百双鞋谁也不发愁,早早地到合作社门口等着开集(卖东西),并埋怨赶集的不快回来。许多人对村剧团关心了,村长也主动地打问什么时候还演出。收到这样良好的效果,是由于发挥了群众的创造性,从编、排到演出都听取了群众的意见。最初并没想到演出《穷人乐》,只是合作社工作好,计划开一个大渠,想演出个贷款开渠的剧。在贷款之前,原任剧团团长(现区青救主任)李有章曾到滩地问村干部演个什么戏好,村剧团指导员周付德说:"演个穷人乐吧!"李有章问:"怎么叫穷人乐哩?"周付德说:"抗战前受喇嘛的苛打、卖人口、掏佃钱……如今八路军来,种地才保了险,大家也有滩地(过去少数人有),今春又贷粮、贷籽种,要不政府帮助,凭什么活到现在,凭什么种上地。今年光景又不赖,除了稻子不强,你说什么不好,棒子谷子都丰收了,以前挨饿受冻,现在有吃有喝,这不叫穷人乐吗?"

《穷人乐》演出过程

大家同意他的意见,就找村里干部群众来,商量编剧,你一句我一句,叙说老年受喇嘛苛打及庄头给地主舐屁股等等事实(把群众意见集中起来),当晚就排。排时先把场面内容告诉演员,让演员自己编话。本来陈富全没有角色,叫别人上的角,但怎样也学不像,说的话又和他原来说的不对,后来在大家鼓励下亲自演出。其他村长、滩地主任等也都是亲自上台出演。在演出中,又根据群众意见修改了几处,在内容头次演出为十二场,二次演出改为十一场。在技巧上群众也提了好多意见,如锄苗时太乱,群众说:"那不把苗锄瞎了吗?"后改过。打蝗时走得太乱,群众说:"那不把苗踩坏了吗?"后也改正。据李有章在三专区文艺座谈会上的发言称:在演出《穷人乐》

之前，他还认为：（一）这剧太平板，没奇形怪状的新事；（二）觉得群众写不了、排不了；（三）自己为工农服务的观点没有；（四）认为群众不会创造，光会供给材料，写的还得是我，"艺术"不是谁都会弄。但在演出以后，经过群众的鉴定，他的认识完全改变了。他说，他认识了演出《穷人乐》是为群众服务，推动工作；是从实际出发，总结工作；向群众学习，发现群众的艺术，知道群众自己写出的、想出的群众更愿意看；群众有创造能力，只有当群众的学生，才能当群众的先生；没有材料是知识分子的认识，是瞎说，只要走群众路线，从实际出发，是有材料的；以前想走大剧团的方向是不对的，"一个村剧团要为一个村服务，服了务就尽了责任，这么着才对，也才能得到群众的拥护"。在整个的演出中，剧本困难是解决了，但还有两个困难，一为导演，一为音乐。由于专业剧团的同志的帮助，解决了这两个困难，这说明了只有专业剧团与村剧团相互学习，相互帮助，才能使我们的艺术工作得到提高，更好地为群众服务，为实际斗争服务。

（《晋察冀日报》1944年12月3日）

三专区文艺座谈会奖励《穷人乐》的演出

侯金镜

【阜平讯】三专区文艺座谈会，奖励了高街村剧团《穷人乐》的演出，说这个戏是群众自己提出本村的材料、自己编、自己排，又是群众自己演的，贯彻了村剧团为本村服务走群众路线搞戏的精神。村剧团干部又反省了删掉第一场（喇嘛剥削）是没有尊重群众的意见，缺乏群众观点的表现，所以回来立刻加上喇嘛剥削那一场，在区英雄会上演出了。

并且召开了剧团团员和村干部的联席会，加以检讨。有的干部检讨了过去对剧团不关心，有的团员如妇救主任反省了过去不愿意化妆老娘娘，是不对的。大家又觉着纪律和制度还有缺点：（一）演员不知道都是谁，有时候还"聘请"演员，请来也不积极；（二）演出时东西临时才借、乱抓，借来了又乱丢；（三）能演戏的自高自大，等人请，差点的就"自流"偷着跑了。最后决定：（一）把演员按住的远近编组，定请假制度，不演戏到教员屋里学字、打算盘、作个针线活；（二）现在抗联组织部是副团长，宣传部是指导员，演员也都是会员，各救会要负责动员解释；（三）村剧团有大事，各部门干部都来参加，提供点意见；（四）为了让剧团和各部门联系更好，成立"剧团委员会"。为准备县英雄大会的演出，大家一致的意见要演《陈富全》《妇女做鞋组》《李盛兰献古钱》，小孩跳霸王鞭；把冲锋剧社发的《八月十五》改成《九月初九》，《陈富全》让老陈一家子和村社干部讨论着写，《妇女做鞋组》让妇救主任耿天凤组织做鞋组在纳底子的时候找个热炕头上商量，李盛兰让他自己说抗敌剧社同志给编成快板。现在《妇女做鞋组》大家"对"成了两幕话剧，一两天就可以排成了，因为事是真事，词又是大家想的，不用背词。

后来大家又提了个意见，要提高技术，《穷人乐》虽然不坏，可是人太多、场太乱，踢里踏啦的，要压塌了台子，麻烦得不行，现在还有点困难是没锣鼓、胡胡，想着从生产里解决。

（《晋察冀日报》1944年12月3日）

曲阳韩家峪组织军民"俱乐部"

前日初次演戏备受欢迎

牛烨如　张兆祥

【曲阳讯】为了加强驻军和群众的联系及配合当前的中心工作，二区韩家峪村抗联主任及该村驻军杨指导员等人，发起组织"军民俱乐部"。这个消息传出后，部队群众及当地区政权、完小纷纷响应，随后便开会正式成立。杨指导员与村抗联主任分任正、副主任，下设宣传股（搞墙报、黑板报、山头广播）、文化娱乐股（组织剧团及歌咏队）、总务股（准备宣传器材）。在俱乐部成立后的第四天，正是冬校教师训练班的最后一天，晚上便召开了军民联欢晚会，军民剧团演出了《不打走鬼子不回家》《民办冬校》等三个剧。观众的情绪很高，特别是附近各村的教师，他们说："回村咱们也建立俱乐部，成立剧团！"到会的老百姓纷纷问下次什么时候演，大家好把衣裳穿得厚厚的来看。

（《晋察冀日报》1944年12月3日）

胡顺义演出《胡顺义》

周邦佳

【又讯】群英大会继续进行。二日小组进行英雄介绍，一天半之后，于三日下午进入典型报告。是日晚由城厢、高街村剧团联合演出《胡顺义》《霸王鞭》《高街作鞋组》《穷人乐》《两家乐》等五个节目，英雄代表胡顺义、陈富全亲自上台，颇得英雄和观众好评。

（《晋察冀日报》1944年12月9日）

李副主席关于文教工作方向发言

【新华社延安九日电】边区参议会大会第三日，李副主席作关于边区文教工作方向的发言，指出边区民主政府和广大人民正以有力的步伐向愚昧、迷信、疾病死亡和封建残余进军。李副主席检讨了边区文教工作中曾经发生过的缺点，尤其是将有些有关部门对大批人畜死亡熟视无睹的现象，提起严重的注意。讲到边区文教运动新的高潮，他归纳于发展生产，改善了人民群众的物质生活，整风打通了干部的思想，并盛赞毛主席提出的为工农兵服务的新文艺方向。然后他叙述到文教工作开始和边区实际与人民的需要结合后，群众在这方面所表现的积极性和创造性大大增加，各种新的模范人物不断涌现出来，新的为群众所欢迎的方法也开始推行。李副主席继即唤起大家的注意，文教工作在迅速的开展中，已开始发生形式主义的倾向。李副主席又着重指出，由于文教工作的新的转变，根据群众的自愿和需要而组织起来的识字、读报、秧歌等组织的发展，由于文教工作的总方针开始真正实现（这个方针就是为边区、为边区人民服务），因而文教工作开始成为群众性的运动了。这也就是倚靠群众。群众像在政治上、经济上一样，在文化上也逐渐站稳了。他更带着兴奋的口气，说到曾被拒绝于文教门外的人民，现在开始改造为先进的人民，做到了"农民不出门，能知天下事"，而对于大众黑板报的丰富与生动的内容，尤其是识字不多的人民所实际享受到的出版自由的权利，更加赞扬。接着李副主席指出今后的任务，是在不妨碍生产和服务于生产的条件下，开展卫生、教育、报纸、文艺的大规模群众运动，在五年至十年内，坚决消灭严重的人畜死亡现象，坚决消灭男子四十岁以下、妇女三十五岁以下的文盲，普及卫生习惯，普及新民主文化，把封建迷信在群众文化生活中的优势,加以消灭。最后,他说到要实现这些任务的关键,在于干部,因此培养边区知识分子与有文化的工农干部,就成了头等重要的任务。至此,李副主席勖勉党政军民学一齐动手,像建设民主政治与发展生产一样,为建设新民主主义文化而斗争。

(《晋察冀日报》1944年12月10日)

盂平县宣委会初步检查冬学工作

县宣

【盂平讯】县宣教委员会对目前冬学作了初步检查,认为有三个问题需要县区干部注意:一、干部在思想上还未很好动员起来;二、将冬学工作和其他中心工作分开来看,比如有的同志搞减租、搞群英选举忘掉冬学,不知这正好和推动冬学一块做,不知正好把有些中心工作放到冬学里做,使冬学成为一个大火炉;三、培养骨干不够,因为没有更好地注视这个工作,没有把这个工作和发动群众联系起来,因而认为"这些骨干不多"。宣委会已根据以上缺点作了及时指示,号召马上开始有重点地检查,及时总结经验,并将不合格的民校教员由好干部充当起来。

(《晋察冀日报》1944年12月12日)

印刷局工人掀起文艺创作热潮

马化民

【印刷局讯】本局在选举英雄和模范中,一、二、三分会的几个剧社，认真的配合这一工作，工人同志写作了十四份小节目（有大鼓、快板、拉洋片、梆子戏等），内容丰富真实又生动，反映了英雄们的事迹，全是工人同志自编自演。一分会铁工陈福荣同志，识字不多，但他也写出一个拉洋片，他的创作过程是：他想着念着，叫别人给他代笔写下来，然后自己再反复念着修改。这种创作精神，真值得我们大家来学习的。二分会印刷工人郄晋文同志，他这次就写了七个小节目（大部都是在几十分钟内就写成的）。由于工人同志的积极写作，推动了全局的文艺活动。

(《晋察冀日报》1944 年 12 月 12 日)

本社胜利完成英雄模范选举

青

【本报讯】本社机关英雄模范选举已胜利完成。在选举过程中，充分发扬了民主，先由各生产小组开会检查每个同志对英雄模范及此次选举的认识，然后每个人作生产和工作的总结。经过三天小组会的讨论，从各个人总结中发现了许多同志的优点，也发现和批评了许多人以及领导上的缺点。虽然开头有些同志对选举态度冷淡，至此也积极起来了。因而不但在小组会上提出了大批候选人，直到此后的竞选中仍不断提出，候选人占全社人员的三分之一以上。竞选时造成了群众性的热潮，除因公外出者外，候选人都作了自我介绍和竞选演说，大家认识到不是为了争锦标，而是为了将自己的经验介绍出来，以推动工作。有的同志还为自己编了竞选的歌曲，再三再四地演说，以各种实例证明自己确实是英雄模范。在竞选热潮中，发展了批评和自我批评，以至论争，因而竞选最激烈的并不一定当选。竞选用了三天三晚，投票结果，陈肇当选劳动英雄，智良俊当选工作英雄，两个人都是知识分子。有几个工农出身的同志票数虽多，仍不超过选票半数。这一结果引起大家的不满，认为我们的方向是劳动人民的方向，在报社机关，大多数人是翻了身的劳动者，另一部分是正在努力改造自己，为劳动人民服务的知识分子，因而我们选出的英雄模范应当是能够代表这种方向的许多人。产生这一结果的原因是：领导上只是放手让大家竞选，但在第一次小组会中进行对英雄模范态度的检查时，部分人对劳动人民方向的认识不够深刻，而是在选举过程中逐渐认识的，部分同志要坚持报纸出版工作，没有能够参加全部竞选过程，对已被发现的某些劳动者候选人不熟悉，不会投这些人的票，而工农出身的人员觉得自己很平常，反而认为知识分子同志能够那样刻苦劳动是"不容易"，投了知识分子的票。经过第二天的热烈讨论，对此问题有了共同认识之后，决定再次投票重选，结果，除以上两同志再次当选外，又选出了李志和同志（炊事员）为劳动英雄，张吉平（饲养员）、张玉然（交通员）、王升科（摇机员）三同志为工作英雄。对这一结果，大家感到满意，因为经过此次认真的民主选举，大家找到了学习的榜样。

（《晋察冀日报》1944年12月13日）

文娱简讯

阜平二区干部们，在每一个中心工作来时，大家即根据中心内容，集体创作剧本，利用戏剧形式进行宣传，推动工作。最近一月来，已出演四次，三个剧本：《民办民校》《幸福是谁给的》《赵德禄》，这些剧本的内容，都是区干部下乡时所搜集的实际材料，群众

很熟悉。(陈道山)

完县桑园、东于家庄、辛寨等新解放区村庄,在英雄选举运动中,文化娱乐很活跃,特别是辛寨儿童霸王鞭,和蒲王庄青妇的《十不闲》,以及马家台、东于家庄两村青妇霸王鞭最为烘火。(梁有义)

行唐××村的宣传小组,曾在信庄大集上演出《坚壁清野》街头剧,动作逼真,收效很大。赶集老乡谁也没有看破这是演戏,回家途中纷纷交头接耳地议论:咱可赶快回去坚壁好,落这样一个落头,可就背啦兴了!(韩子谨)

(《晋察冀日报》1944年12月13日)

周三、郝玉林剧团新年准备演戏

文昭 峰景 进才

【盂平讯】周三塔上村把民办小学与冬季学习运动完全结合,过去民办小学的委员会也是冬学委员会,全校共分六个识字小组,男女老少混合编组,以家庭为小组,个人订个人计划,小组订小组计划。村干部也在里边,每组有骨干分子领导,他们这种小组,实际上是变工、社员、会员、识字一元化的小组,规定七天一次小测验,一月一次大测验,发动组与组、个人与个人的相互竞赛。另外按村落远近,组成两个宣讲班,五天讲一次时事。塔上并组织起村剧团,青妇儿童十余人正排演塔上大生产,周三现被选为团长,全村一致决议,新年全村集体大会餐时演出。

战斗英雄郝玉林提出向五区郝巨和应战,四个算盘组提出争取"第一架算盘"的称号,条件是加减乘除样样都会。郝玉林剧团已成立,阳历年时老百姓自己决定集体会餐吃"煮糕",现正排演《插花石□□两次大战》《妇女儿童变工》《全村大生产》《失足分子坦白》和《变好人》。

(《晋察冀日报》1944年12月15日)

芝麻沟村剧团演戏生产冬学结合

永□

【灵寿讯】芝麻沟村剧团在县群英大会上，唱出《歌唱杜庆梅》和以大秧歌演出《血泪仇》，获得意外成功以后，曾进行了一次深刻的检讨。除检讨出演技方面仍有不少缺点和剧团组织不够周密外，更检讨出因准备演出而耽误了不少冬季生产和冬学工作，当即再度改组。现团长由抗联主任张鸿云（区劳动英雄）担任，下设团副及正、副导演、总务各一人。团员也划分了小组，和生产组织、冬学小组结合，白天尽可能不排戏，戏词各抄各的，作为团员的识字课本。自改组以后，生产与冬学即转趋活跃，团员互相拨工挑土（垫猪圈），有十一家卖豆腐赚豆渣吃，一集还能赚几升玉茭。两个团员作运销，其余的都参加了运输。李秀瑞背大黄一〇四斤，五十里挣了一五七点五元。女团员除运输外，还组织学纺线。县生委会慰劳剧团的母羊一只，他们准备作为建立剧团合作社的基金。在识字学习上，出去运输也先学几个字才走，团长张鸿云已识了四十多个字。

【又讯】芝麻沟村剧团为了准备旧历年全县文化娱乐大比赛，除自己创作两个剧本外，并拟演出《兄妹开荒》《纺棉花》等剧。

(《晋察冀日报》1944年12月16日)

洪子店讲报馆一月来获很大成功

苏芳

【平山讯】洪子店讲报馆,从十月下旬到十一月下旬,共讲报六次,(每次均有村剧团配合锣鼓、拉洋片等)县抗联宣传部、短师完小校长、区长、乡村书店等都轮流讲过。各村赶集群众已逐渐形成听报的习惯,每到十点钟左右,有不少的群众集聚在大地图处,静待听讲,锣鼓一响,三三两两的群众便自动地迅速集合。在摆摊的小铺子里,常常是一个人看摊,一个人去听讲。每次固定的听众有五十至百余人,讲完后有不少的群众细看地图。讲报馆的房子里也颇引人注意,一进门,便看见各战场的形势图和鲜明而通俗的标语(标语上带画),其中有"不吃饭,饿得慌,不喝水,渴得慌,不听报,急得慌""快快来,快快到,错过时间听不上了!""听报和上民校一样"等,门口设有两小块黑板,专报导新闻。由于集日讲报不在房子里(过小,不是中心地带),所以房子里的地图、画报与大地图的结合就不够,这一点我们正筹划把它和洪子店村冬委会试办的全村综合性的民校结合起来,使得集日的讲报和平日的群众时事教育结合起来。十一月二十三、二十四日,讲报馆和五区宣委会联合召开了扩大的时事座谈会,到会者有附近学生代表,全区小学教员,居住洪子店的各机关团体,开明士绅和宣传站长、村剧团负责同志等,共一百余人,这不仅是加强了大伙的时事学习,同时也充实了讲报馆经常工作内容。围绕着逢集讲报的进行,讲报馆建设了六个黑板报,并有简单的分工,两个是以中心工作、生产经验介绍、科学知识为中心,四个是以时事为中心(逢集换一次,有专人负责,注意到了宣传火力集中)。经费的解决是在讲完了四五次后在集市募捐的,这时候,群众对讲报馆有了认识,出起钱来也是痛快的。一个月来,讲报馆工作是按（步）〔部〕就班地坚持了，而且已形成一座新型的民校。讲报馆的成立，不仅是加强了群众的时事教育，还强化了区村干部对时事学习的注意（每次有不少的区村干部去听讲）。

【又讯】平山温塘亦筹备建立讲报馆，现已开始画地图。

（《晋察冀日报》1944年12月16日）

工人英雄大会上的文艺活动

集体讨论　王华执笔

整十天工人英雄大会上的文艺活动，是显得特别活跃的、有收获的。这里有不少经验，也可以说是文艺活动一种新的方式，兹介绍于后：

第一个特点：文艺活动真正和大会的任务紧紧结合了起来——集中表现了工人群众的英雄主义。在大会中写出演出的大大小小的五十多个文艺作品里，都贯串了这一中心内容。这些作品，有些是工人同志、英雄模范自己写、自己演的，有些是文艺工作者写的，有些是合作的演并且都是极短的时间里闹出来的。它不仅活跃了会场，使参加会的同志自始至终都精神饱满，并直接帮助了典型报告，使大家对英雄模范有了更深刻生动的印象和认识，还补救了有些英雄模范做得好说不好的缺陷，如军火组刘润田等几个同志，都有极高度为革命为同志自我牺牲的精神，但说不出来。有些同志因时间关系，不能都在大会上发言，我们也用文艺的方式表现了出来。从最后选举的结果来看，可以说明大会的宣传是很有效果的。

第二个特点：大会的文艺活动是群众性的。整个文艺活动是由大会宣传股直接领导，参加的文艺工作者有抗敌剧社四人，群众剧社十三人。但文艺活动并未限制在这些人身上，很多工人同志都热心地参加了这一活动，最后连铁工老英雄郄金喜、染工老英雄杜占雪、军工英雄丁一、鞋工英雄张宝玉等都亲自上台演了戏。尤其是《老英雄郄金喜》这个三幕短剧的演出，博得了很大的好评。□从下列数目字里，也可看到文艺活动的普遍性和成绩：工人同志自编自演的大剧有四个，快板五个，歌子两个，短剧、活报三个，拉洋片一个（和文艺工作者合作的不在内）。这些东西里，有不少是很成功的，如《歌唱刘润田》、《陈福荣洋片》、短剧《保卫工厂》、大鼓《张金太》等。这里说明了工人群众不仅能在劳动上创造出光辉灿烂的奇迹，他们在文化艺术上，也有极大的创造能力和天才。所以有这样成绩的原因是：突破了一点，首先组织了工人群众中文艺活动的积极分子，当军火组第三天大会上活跃起来之后，别的组也都自动跟着活跃起来了。另外，大会把文艺活动的领导，看成是一件重要的不可缺少的工作，在这一工作上配备了不少人力，花费了很大的精力。

第三个特点，是使用了多样性的文艺形式和演出方式，有演戏、唱歌、说大鼓、说快板、拉洋片、唱梆子、招贴画、连环画、肖像画、朗诵诗、小传单等十几种形式；在活动方式上，各种不同的场合用各种不同的方式，有剧社比较大的晚会，群众剧社演出了《陈永福办合作社》和《王瑞堂》，不老树村剧团演出了《血泪仇》，抗敌剧社演出了《英雄儿女》和《兄妹开荒》等，还和剧社合开了一个同乐晚会，有三十多个节目，大部分是工人同志自己搞的，可惜因时间关系没有演完。在休息间隙里，在典型报告中，我们也都抓紧时间，不断演出小节目。为了及时迅速地反映，我们在典型报告中创造了所谓"急性节目"，随时编写随时演出，特别是印刷业小组的《陈福荣洋片》，在报告前演出，和大鼓《张金太》等，都收到了很大的效果。在节目的配备上，我们接受了群众的意见，开始进行一般的宣传，后来又转到了给没有报告机会的人宣传，最后又进行了有重点的典型宣传。当小形式闹得太多了的时候，我们就组织了同乐晚会，满足大家的要求。

参加这次大会的文艺工作者，在工作精神上始终是很旺盛的，工作态度很认真负责，通宵的开夜车都不觉疲倦，并开始进一步了解了为工农兵服务的方针。大家都觉得过去没有好好多为工人服务是最大的惭愧，特别是在和工人同志一起写作演出时，感到了自己在那一点上也不如工人。这次共写出演出的作品大小共三十一个，其中有一些是很得工人同志欢迎的，如话剧《老英雄郄金喜》《打花鼓》《王水山大鼓》《歌唱牛步峰》《边区工人歌》等，但也表现出了对工人生活是很不熟悉的。

这次工人同志对文艺活动的反映都很满意，但普遍都提出了"为什么你们过去不到工厂来？"的问题，还随时纠正了我们作品里的一些毛病。对这次自己上台演戏都感到了最大的兴趣，郄金喜老英雄还准备到边区群英大会上去演呢！

这次在工作上缺点有这样几点：一、组织领导上抓得还不够紧，有时显得有些乱。二、在使用文艺干部上开始没有集中使用，太散。三、作品量比质大，有些作品功夫下得还不够，吸收工人同志的意见不够，如《刘润田歌活报》就是一个例子。四、有些同志只愿写一个对象，放松了听典型报告，固然也有些客观原因，但这还是不好的。

（《晋察冀日报》1944年12月21日）

鲁迅先生逝世纪念日　国民党特务捣乱会场

【新华社延安十七日电】鲁迅先生逝世八周年纪念会，在昨天

（十九日）举行了，在这次大会上，我们又得了一次人民不自由的铁的事实的证明。虽然政府在不久以前要人民自由讨论宪政，可是政府仍然用对待奴才的办法对待人民。请看下面的事实吧。

开会时，沈钧儒老先生报告筹备这个纪念的困难和痛苦之后，继之有胡风、茅盾、孙伏园先生的演讲和舒绣文女士、常任侠先生的朗诵鲁迅先生遗作。

这时孙夫人和几个国际友人都先后退席了。主席宣布自由演讲时，一位自称姓田的起来说，他"新自上海来"，想来报告点鲁迅先生家属在上海的情形。但他并没有说出什么上海的事情来，只是发表了两点"感想"，说是年年只有极少数人在纪念鲁迅，并说"看见日本杂志上有许广平的文章，鲁迅被敌人汉奸利用"等等。这时冯云峰先生起来说，他对鲁迅先生和许广平先生都是知之最深的，许广平先生被敌人俘囚，严刑拷打，已失去自由，敌人汉奸会无耻地去盗用鲁迅先生名义，这是不足为奇的。我们相信，今天在中国在世界，任凭敌人汉奸和（屑）〔宵〕小们怎样无耻，这都不足有损于先生的毫末。胡风先生说："他同意云峰先生的声明。"他说，敌寇汉奸的盗欺鲁迅先生，像盗欺孙中山先生一样，但孙中山先生、鲁迅先生是永在中国人民的心里的。

这时几条穿着制服的壮汉同时起来，在会场大骂，摔破椅子茶杯，一时二十多个壮汉加入捣乱，会场秩序大乱，桌椅全被摔倒，在旁边站着几十个壮汉同时上来，参加捣毁。

这是设计好的有计划的捣乱，开始因为孙夫人和国际友人在场，他们还不好意思作这种蠢态。孙夫人和国际友人刚刚离会，他们这几十个打手就霸占会场，大打大闹，这就是"法治精神"和"自由保障"。

（《晋察冀日报》1944年12月21日）

合作社主任陈富全任高街村剧团团长

组织团员运销解决幕布

杨守信

【阜平讯】高街村合作社与文化教育工作结合后，由合作社主任陈富全任剧团团长，在他直接领导下，剧团工作更日益活跃。合作社抽出了公益金解决了剧团演剧的经费开支，演员情绪提高，短短的期间演出了《穷人乐》《高街村做鞋组》等话剧、歌舞，真正反映了本村的实际工作和斗争。剧团缺乏幕布，团员一致要求以个人生产来解决，经过剧团委员会的讨论，想出了具体办法，即组织团员集股作运销。一个幕布大约要一万五千余元，只私人集股二万余元，为了双方利益，所得的利，私人与剧团对半分。合作社并临时投资四万元加以扶持。

（《晋察冀日报》1944 年 12 月 22 日）

关于三分区文娱工作的简单介绍及对于专业剧社下乡工作的几点意见

中共冀晋区党委宣传部

一年来，冀晋各分区乡村文娱工作在贯彻"为工农兵服务"的思想下，取得了很大成绩，因为材料不全，这里只把三分区的情形作一简略介绍，并提供几点关于剧社同志下乡的意见，供大家参考：

一年来，三分区的乡村文娱活动，在民主建设与大生产运动的物质基础上，呈现了空前活跃，群众感到需要，自觉与自愿地组织了自己的文化娱乐生活。例如春天，唐县杨家庵村剧团，以反特为内容而演出的大秧歌，流布在唐县一带，成为反特斗争中一支有力的宣传队。夏天，《兄妹开荒》在广大农村热烈地演奏着。秋收之后，由于大生产收获的喜悦，群众性的文娱活动自然地更向前发展了，这里，出现了阜平高街村剧团的《穷人乐》，成为群众文艺活动的新范例，标志着边区人民的艺术创作天才。十一月，在分区召开的乡村文娱工作者座谈会，各个来自各县的生产业的乡村文娱工作者的报告，都强烈地证明了群众热爱艺术与懂得艺术。特别是在会议期间，迷城、杨家庵、刘家庄、秘园、下庄等村剧团的公演，其成绩远超过一般观众之预计，获得很大好评。尤其下庄剧团在冲锋剧社的指导下单独演出了《血泪仇》，成千观众一致赞许。最近三分区各县区召开群英大会，都有各自的剧团来出演，甚至在村的英雄选拔会上，仅在阜平九区，就有十二个村子能够自己演出。

三分区冲锋剧社在这群众性的文化娱乐浪潮中，也提高与锻炼了自己。剧社同志自从今年三月间，在分区召开的文艺工作者座谈会上，对于"文艺至上主义"曾作过一次较严肃的斗争，之后全体下乡，在将近三个月的下乡活动中，大部分同志都能□□打破"下乡做客"的狭小圈子，实际地参加了当时农村蓬勃热烈的大生产，以及到处开展的反特斗争。他们有的担任小学或民校教师，有的在县区搞宣传或通讯工作，大多数人都在下乡中找到一个比较实际与固定的工作岗位，自觉地在群众中生活与学习。同时，他们与农村的文娱工作者（如村剧团）进一步联系，作为村剧团之一员而工作着、学习着。事实证明，专业剧团深入农村群众中（或士兵中）去，并且与非专业的农村（或连队）的文娱工作者取得密切联系，向他们虚心学习，互相帮助，是专业剧团执行党的文艺政策，达到为工农兵服务的正确道路。因为冲锋剧社在这方面的努力，因此他们有了些新的进步，他们虚心研究群众热爱的内容与形式，吸收生动的现实斗争材料，而创作出反映连队大生产的《第一连》，用综合的不同的艺术形式表演《兄妹开荒》《李国良回家》《八月十五》《埋地雷》等小型节目，都一致得到群众的欢迎（当然还有缺点）。

十一月中旬，冲锋剧社参加了三分区乡村文娱工作者座谈会，大家又都深入一层地检举自己的非群众观点与文艺至上思想之残余；十二月初，剧社同志便再度有重点地分散下乡，向群众学习，并将与广大群众一起活跃起三分区新旧年的文娱活动。这次下乡是需要而且很有意义，但下乡成绩之大小，首先决定于每个同志是否真正定群众路线。

这里，我们提出关于专业剧社下乡的几点意见，供各分区参考：

（一）无疑的，我们还有不少同志，对于今天解放区群众的创作力还没有深刻认识，对于"艺术为工农兵服务"了解也不深刻，因此他们下乡，思想上首先不是向群众学习，而是"领导"与"帮助"群众。因为不肯向群众学习或不够虚心，所以他们的"领导"与"帮助"也必然是主观主义的。此外，仍旧有些同志，虽然他主观上否认"下乡做客"，但实际上他的思想是在群众之外，他单纯抱着"看看听听""搜集材料""学习些群众语言"的目的而下乡。以上的错误思想一天不纠正，下乡就收不到真实效果。

（二）剧社同志在比较长的下乡期间，应该尽可能在区村中找到一个比较固定的（不是三天一变五天一换），实际的（不是挂名的）工作岗位，像一个区干部或村干部似的工作着、生活着。各级干部应注意给剧社下乡同志以更多地参加区村实际工作与斗争的机会（是参加而不是旁观），根据他们的条件使他们参加必要的会议，与供给他们阅读必要的文件。总之，尽可能给以更多的实际帮助。另一方面，下乡同志不应把自己限制在单纯搞村剧团工作的狭小圈子，而对周围其他事物不闻不问，因为文娱工作不是脱离各种斗争而孤立的。

所以，要想把一个村子的文娱搞得好，必须熟悉本村的环境与各种斗争。剧社同志下乡应争取参加周围一切群众的活动，例如参加劳动、学习、民兵训练，战时参加游击小队，等等。党员必须参加农村支部，像其他农村党员一样地受党的教育，过党的生活，有的可以暂时参加支委会。

（三）今天，不少剧社同志在艺术技巧上有很大提高，但政治思想上之提高则不够迅速，个别剧社在领导上偏重技术，忽视政治，使有些同志政治水平与技术水平极不相称，这是封建旧艺人的特色，不是革命的艺术工作者的方向。今后各个剧社应重视政治思想与党的政策的教育。过去有些下乡的同志长时期的不知国内外大事，整个月的有报纸也不看，空谈艺术，这现象必须停止。

（四）不要过分勉强村剧团排演外来的大剧本或唱大戏，不要单纯依赖外来的材料，要相信与启发群众的创作天才，与群众在一起吸收该村或区的，群众最熟悉与生动的现实斗争材料，依照着高街村剧团创作《穷人乐》的方向前进，发挥与培养村剧团独立活动，自己解决材料的能力。不要好高骛远，不要以主观主义的艺术观点而去轻视群众自己创作出来的东西。

（《晋察冀日报》1944 年 12 月 23 日）

盂平一区成立文化互助社

洪群

【盂平讯】在县文化互助社的号召下，一区于十一月二十一日群英大会上，提出成立文化互助合作社，是综合性的群众性的组织，推动全区一切文化教育活动，特别是组织目前的冬学。当场得到各个英

雄模范的拥护,大家踊跃入股,即时收到股金三千多元。现在各村也开始普遍入股,并有前大地小学生保证制造大批石笔,供全区应用。文互社并购到笔墨纸张,供各村冬校学习小组购买,解决了学习上的困难。该社设主任一人,下设编辑研究股、组织出版股、总务发行股、文具采制股。各村成立文互小组,与冬学小组密切结合,并和区社取得联系。

(《晋察冀日报》1944年12月27日)

群英大选中村剧团普遍演新戏

正积极准备新年文化娱乐

胡海珠　林漫　周力　杜唐

【本报集讯】各地村剧团在高街村剧团演出《穷人乐》成功的影响下,都纷纷演出新编的反映自己生活的新戏,并在英雄大选中,起了活跃情绪深入宣传的重大作用,各地村剧团都经过一番改造与刷新的过程。

阜平八区各村纷纷编制新剧

如阜平八区村剧团,因为受着旧的封建艺术思想的影响,以往曾产生了两种不正确的偏向:第一种认为演戏要专门表现那些奇奇怪怪或者不存在的事,一出台就能惊倒观众,让观众拍手叫好才行。第二种认为演戏必须表现那些才子佳人,姑姑姨姨,男人女人的情事,否则就不能吸引观众。这两种认识都非常有害地阻碍了文娱工作的开展,有些村干部说:"上级布置什么工作都能完成,就是这文化娱乐工作实在没法闹。"编写剧本就更被看成不是一件平常事。经过区干部的解释和看见别村剧团（特别是高街村剧团）演出的成功，使得许多村干部不仅积极帮助剧团工作，并亲自参加了演戏，妇女也被动员参加了剧团。桑元坪村剧团大部分是不识字的"瞎汉"，他们在村里选举英雄的时候，一夜工夫连编带排两幕剧，第二天就上台演出了。在其他的村子里，现在群众也开始自己编戏了，不到半个月的工夫，各村先后就编出二十多个剧本来了，在这些剧本里面，像《李歪小翻身》《拥护八路军》《扩资》《过新年》《反迷信》等等，大部分都是编得非常活泼、生动而为群众所喜爱的。现在八区（特别是上半部，如桑元坪、龙泉关、平石头、西下关等村）的剧团，经常每晚活动到深夜，他们正在热烈地准备过新年。除了演戏以外，群众还要求过年时把从前的狮子滚绣球、跑旱船、社火、高跷、梆牛子、走圈秧歌等等民间艺术也闹起来，村干部对村剧团说："你们闹吧，今年大生产的胜利，剧团花消个千二八百的是不成问题的。"

应县××庄初演《血泪仇》

又如应县××庄，抗战前群众在农闲时节，大多赌博耍钱，作为娱乐，今年来因为我工作的深入，赌博耍钱的恶风已经绝迹。但因没有及时组织群众的文化娱乐，该村群众就自发地花白洋一百五十元买了一套旧戏戏箱，并且在旧历十月一日在奶奶庙上大唱起宣传封建迷信的旧戏，如《列女传》《翠屏山》等都是极端反动的封建旧戏。当时县区听见这事，就派人到村里去制止，再三说服解释，群众还是要唱旧戏，最后表面上制止住了，但干部刚出庙门，旧戏锣鼓又当当地响起来了。经过再三解释，并介绍《血泪仇》让他们排演，这样就连夜排唱起来，情绪也好。县政府又特别请他们在群英大会上演出《血泪仇》，但是因为时间仓促，只排了五场，各地英雄模范看了都说："咱回去把咱村的剧团也闹闹，这倒挺好！"群英大会又给××庄剧团送了一面旗子，这样他们情绪更高了。回去的时候，他们决定要把剧团组织得更好一些，把《血泪仇》要全排演完，准备新年在各地去出演。其他有些村，也都在着手组织剧团，并且要拿今年大生产和这次反"扫荡"里的一些事编成戏演唱出来。

灵丘群英会上文化娱乐活跃

灵丘县群英大会开幕后，全县各乡村剧团，纷纷前来作贺。大会开幕时有大辛庄全体儿童唱出英雄赞，并有大辛庄村剧团音乐队的奏乐，下午有附近村赶来作贺的独峪村全体小学生的霸王鞭。大会进行中因休息时间很短促，所以只有大辛庄音乐队以及远道赶来的龙玉池剧团音乐队的奏乐，异常热闹，老乡都说咱们县里做大喜事呢！直到大会第四天晚才有时间，当下有祁家庄剧团出演山西梆子《失河南》，大辛庄剧团的《迷信的结果》《跑回边区去》。在大会闭幕的那天，下关和岸底的儿童剧团也已赶到，是夜五个村剧团联合演出，盛况空前。特别有龙玉池剧团的《上冬学》，指出了今年冬学的方针与方法。大家看了都很赞美。还有祁家庄刘文斌剧团的《沙崖台战斗》，战斗英雄刘文斌亲自上演，群众都很感动。当岸底儿童剧团演出大后方人民生活的痛苦时，台下群众流泪，一致呼喊："改组国民党政府，改组统帅部。"

易县白堡剧团荣获奖旗一面

易县一区选举英模中，有白堡、大坎下、阮台、中家店每个剧团集中到区表演，他们自动提出比赛，邀请区里评判。白堡出演的第一幕是《四劝》，内容是劝丈夫参军，技巧、表情都可以；第二个是演参军的故事，自己编的一幕话剧，内容是某青年母亲劝他参军，他不愿意，要求讨老婆，借以避开，但讨过老婆后，他老婆是个进步女子，也劝他参军，结果参加了。出演得很老练、逼真，群众狂欢，拍手称好。大坑下一幕是《过新年》短话剧，内容是拥军优抗，但在演出上个别女演员不严肃，表情动作欠熟练。第二幕是《朝廷自白》，中心意思是讽刺当前国民党的独裁专制，用旧形式旧腔调出演的。阮台村第一幕是《双回家》，内容是两弟兄，一当伪军，一抗日，同时回家，后来伪军被抗日的争取过来，群众看了后反映很好。第二幕是《活的英雄死好汉》。中家店出演的第一幕叫《模范中队部》，第二个是《劝大嫂》，演员尽是妇女，表现拘束不大方。评判委员会分三组，根据政治意义、技巧、表情、布景化装等评判，结果白堡第一，阮台第二，大坑下第三，中家店第四。评判委员会公布后，奖白堡剧团一面奖旗，团员们兴奋异常。别三个剧团，当场又提出"咱们下次还要决赛哩！"这次竞赛观众达二千人。

(《晋察冀日报》1944年12月28日)

康福山家乡村剧团演出《大拨工》

一起　竟忽

【行唐讯】北桥村剧团远在一九四〇年就成立起来了，在反"扫荡"反蚕食的战斗中，始终坚持工作，特别经过今年六月里反特务斗争后，工作大大地活跃起来。现在他们的人数已达四〇人，共分戏剧、歌舞、音乐、编剧四个组，即时排演新剧，反映本村生产战斗的情形。另外，还帮助其他村子开展乡艺工作。截止到现在，他们教会了本区以及三区、七区二十二个村子的霸王鞭和舞蹈。他们的生产非常好，今年已赚了一万多块钱，帐幕行头已做到了☐。最好的康莲蕊，现在已会了二〇〇个字（从今年冬学开始到现在），他们创作剧本都是根据实际斗争的情形，集体讨论后来编写。秋收后，他们把本村大拨工的情形，编了一个六幕话剧：第一幕，开始拨工，各阶层对拨工不同的意见；第二幕，实行拨工的情形；第三幕，是一个模范家庭的会议；第四幕，康福山武装保卫秋耕；第五幕，打退了敌人的进攻，活捉四名伪军；第六幕，戎运先锋王清燕救护伤员，总结拨工成绩。实际领导大拨工的干部，都参加了编剧导演，许多真实的人排演了真实的角色。第一次在□龙岗村出演时，群众非常兴奋，都说："这都是实在的事，上了戏更带劲！"不过因为剧太长，演的工夫过大（要演三个多钟头），现在根据群众的意见，正在修改精练，准备重新排演。

(《晋察冀日报》1944 年 12 月 31 日)